Libros, Bolígrafos y Hurto

J. F. Nodar
Northport Booksellers
Spring Farm, NSW, Australia

Publicado por primera vez en español en 2024.
Publicado por Librerías de Northport
Correo electrónico: info@jfnodar.com.au
URL: https://www.jfnodar.com.au

Impreso para los libreros de Northport en Australia
Libros, Bolígrafos y Hurto
Nodar, José F.
ISBN 978-0-9756618-0-2 (impreso)
ISBN 978-0-9756618-1-9 (edición Kindle)
Traducción por: Verónica Martínez Zavala

SOBRE ESTE LIBRO

Comencé a escribir este libro por diversión después de escribir una historia corta que se incluye en "Cuentos Para Compartir Con Mi Pareja Libro 1" y, antes de darme cuenta, otro capítulo se gestaba en mi mente y luego otro.

Mi objetivo en la jubilación era viajar tanto como fuera posible con los pequeños fondos que había podido ahorrar antes de mi jubilación, cuando ocurrieron varios eventos que cambiaron vidas y que arruinaron las cosas, como dice el cliché, y pusieron un freno rápido a los objetivos de viaje.

Confinados en una cama de hospital durante más de 120 días en 2020-2021 y luego los cierres por COVID-19 en Sídney, nos confinaron aún más a mí y a mi esposa a caminar por el vecindario y a saludar a los muchos vecinos que encontrábamos en nuestras caminatas diarias.

Con mi energía acumulándose diariamente y mi mente preguntándose sobre el cuento mencionado anteriormente, surgieron otros cuentos y, antes de darme cuenta, estaba escribiendo esta pequeña novela.

Durante todos estos eventos mencionados, tuve una visión en mente: estar con mi esposa, quien también había pasado por un momento peligroso en su vida meses antes que yo, estando en alguna playa paradisíaca. Es su amor el que hizo que todo valiera la pena y el que me mantiene adelante, por eso este pequeño esfuerzo está totalmente dedicado a ella: ¡mi Red!

Espero que disfrutes este libro y si tienes algún comentario, envíame un correo electrónico a info@jfnodar.com.au y te responderé en 24 horas.

Promesa.

Gracias por tu apoyo y una vez más, ¡disfrútalo!

TABLA DE CONTENIDO

INTRODUCCIÓN

Me han dicho que las historias deben comenzar con una explicación rápida de quién cuenta la historia, una visión rápida de su vida y cómo llegaron a donde están hoy. También me han dicho que debería detallar quién es su antagonista, qué están tratando de lograr, sus intereses amorosos, sus amigos y, por supuesto, una apertura fantástica.

En mi caso, puedo decir que mi vida fue muy placentera creciendo en Northport, un pequeño pueblo en Nueva Gales del Sur, (NSW) Australia. Northport está a unos 80 kilómetros al suroeste de Sídney y tiene una pequeña población de alrededor de 7.300 habitantes, según el último censo. Mi familia era una familia de clase media. Mi padre trabajaba en la ferretería local Williamson's y mi madre trabajaba como bibliotecaria en la Biblioteca Northport en Mavis Street. Llevé una vida idílica en la zona rural de Nueva Gales del Sur y tuve una infancia prácticamente sin incidentes. Después de terminar la secundaria, comencé la universidad con la carrera inicial pensando en la arquitectura. Sin embargo, aunque me fue bien en la escuela secundaria y en la universidad, después de tomar el primer curso supe, en el fondo, que no era arquitecto. En cambio, descubrí que disfrutaba del mundo minorista.

Para ayudarme con los gastos de ir a la universidad, mi madre me puso en contacto con el Sr. Hebert McCullum, propietario de McCullum Booksellers, quien me contrató como vendedor minorista a tiempo parcial, reponedor de estanterías y todoterreno, en general. Este trabajo a tiempo parcial, relacionado con los libros, hizo que mi elección de carrera fuera sencilla, por lo que cambié mi título a Licenciado en Bellas Artes en Arquitectura.

Durante todo este tiempo, mi mamá siguió trabajando en la biblioteca mientras mi padre seguía trabajando en la ferretería y ambos seguían preguntándome cuándo iba a "establecerme". Salí con algunas chicas en la escuela secundaria y mientras estaba en la universidad, pero el "verdadero amor de mi vida" no apareció en mi biografía. Así que me mantuve atento a los libros y a mi trabajo con el señor McCullum antes de, finalmente, dar mi paso más ambicioso: dedicarme al negocio.

Trabajar en McCullum Booksellers fue una gran experiencia diaria, como descubrí desde el primer día. El señor McCullum decidió que el servicio principal de la tienda era la venta al por menor de artículos de papelería, como papel y productos de papel para artículos de oficina, y novedades de papel. Al principio, este fue un negocio exitoso para el Sr. McCullum. A medida que Internet despegó y el antiguo estatus quo del comercio minorista cambió, McCullum decidió no luchar contra los guerreros electrónicos y, en cambio, puso el negocio a la venta.

Así se produjo mi entrada en el mundo del comercio minorista, como propietario de una tienda. Tomando un poco de la herencia que había recibido de mis padres por la venta de su casa cuando ellos fallecieron, me lancé de lleno, sin ser consciente de los muchos peligros del mundo minorista. Anteriormente, en mi puesto de medio tiempo con el Sr. McCullum, sólo me preocupaba de abastecer los estantes, quitar el polvo un poco, asegurarme de que el lugar se viera ordenado antes de abrir la tienda, atender a los clientes y luego ayudarlo a cerrar. Ahora tuve que preocuparme no sólo por lo que ya he mencionado y agregarle a esto todo lo demás, lo cual fue una experiencia bastante reveladora. Todo ello implicaba también muchas horas asociadas.

Para lograr mi aspiración en el comercio minorista, escribí un plan de negocios decente que integraba una parte comercial en línea y vendía tanto superventas, o como dicen los australianos: "bestsellers", como libros antiguos. Los más vendidos vinieron directamente de varias editoriales y algunos distribuidores, mi favorito es Northport Booksellers, donde consigo excelentes libros de autores locales de Northport. Los libros antiguos procedían de la biblioteca de la casa de mis padres, los cuales conservé después de darme cuenta de que había una pequeña fortuna en la colección de libros que habían adquirido durante muchos años.

Pedir dinero prestado a la sucursal del banco local fue difícil porque a los banqueros les encanta prestar millones y yo no pedía mucho. Sin embargo, sintiendo lástima de mí, y al darse cuenta de que no tenían nada que perder, ya que la garantía del préstamo era suficiente para cubrirlo, los banqueros lo aprobaron y comencé mi carrera como propietario de un nuevo negocio.

Decidí que mantener el stock fijo del Sr. McCullum sería una ventaja, ya que la gente siempre necesitaba un bolígrafo rápido o una resma de papel cuando las entregas de la gran tienda llegaban tarde.

Entonces, en la pared trasera más grande de la tienda, muestro, en varias hermosas estanterías de caoba, la extensa colección de libros únicos y antiguos de todos los géneros de mis padres, y los que sigo agregando de propiedades de difuntos tan pronto como los encuentro. En el lado izquierdo de la tienda, tengo los últimos "bestsellers" en edición de bolsillo y tapa dura, y una buena combinación de otros géneros. Dejé el lado derecho de la tienda para llevar el legado del Sr. McCullum de todos los artículos pequeños de oficina necesarios, como bolígrafos y resmas de papel de varios tamaños y una excelente selección de postales y tarjetas de cumpleaños.

El centro de la tienda era soso cuando McCullum era dueño de ella, pero eso cambió cuando compré el negocio. Ahora cuenta con varios sillones y sillas grandes y cómodas donde los clientes pueden sentarse, tomar un libro y hojearlo, lo que les ayuda en su decisión de comprarlo. Nunca los apresuro. En el frente de la tienda está mi mostrador, donde tengo una pequeña caja registradora y mi tableta con el software de la tienda que usa la última versión de Shopkeep, lo cual es una bendición para mantenerme al día con el inventario y los precios, y asegurar que todas las compras en línea salgan al día siguiente a mis clientes. Este mostrador mide unos tres metros de largo y aquí es donde me siento y doy mi pequeño reino. Mi trono es mi punto de ventaja en toda la tienda, ya que puedo observar visualmente el establecimiento usando las seis cámaras que instalé, o los viejos visores electrónicos que heredé de mi madre.

La decisión final era mantener o cambiar el nombre de la tienda. Mis dos opciones eran: mantener el nombre del Sr. McCullum en la tienda o comenzar con un nombre nuevo. Elegí esto último y así nació *Village Books & Stuff*.

La mayoría me conocía como el señor Monk, pero mis amigos me llamaban Danny. Vale, no soy del tipo Brad Pitt, pero me considero un tipo de hombre "bueno y sencillo". Con un cuerpo bastante sólido de setenta y siete kilos y una altura de 184 cm, creo que físicamente me veo bien. Con un rostro bien cuidado, que resalta mi dura barba afeitada dos veces al día que heredé de mi padre, con ojos marrones, cabello castaño caoba con etapas extremadamente prematuras de canas, pero, en general, no está tan mal.

Llevo poco más de tres años en el negocio y he visto lo difícil que es ganarse la vida en el mundo minorista. Sin empleados (a la vez una bendición y una maldición), la tienda exige mucho de mi vida, dejándome sólo las tardes disponibles para relajarme. Incluso, me he planteado dedicarme a algún tipo de ocupación a tiempo parcial para llegar a fin de mes, pero no he dado con esa ocupación perfecta, ya que las horas que trabajo no encajan en nada de lo que he encontrado.

Mi tienda está ubicada entre el optometrista local, *For Your Eyes Only Optical*, propiedad y operado por el Dr. Frank Freeman y *Northport Dental Smiles*, parte de una gran franquicia en toda Australia y operada como una tienda de la empresa. Su proximidad a mi tienda me parece fantástica, ya que muchos de sus clientes a veces entran para echar un vistazo antes o después de sus tratamientos. A unas puertas de mi pequeña tienda, se encuentra la principal peluquería de Northport, *Cut Me Crazy*, propiedad y operada por Albert Matthew Guzmán, que celebra su decimosexto aniversario.

Albert es una institución en todo Sídney. Se ha ganado la reputación de ofrecer los mejores peinados gracias al arduo trabajo de su equipo de dieciocho personas, todas entrenadas individualmente por Albert. Este ojo para la perfección ha convertido a *Cut Me Crazy* en la envidia de todos los salones de belleza de Sídney. Sus diez sillas siempre están llenas de ciudadanos prominentes de Sídney, el área local, políticos locales y nacionales y celebridades, todos ellos deseosos de ser mimados por el personal de Albert.

Con una altura de 173 cm, Albert es delgado, pesa sólo 69 kilos, cabello rubio perfectamente peinado y las manos más bellamente cuidadas que rivalizan con las de Cleopatra. Sus ojos azules recuerdan al océano, y lo que realmente lo marca como único es, por supuesto, su vestimenta.

Albert fue el primero en darme la bienvenida al empleo del señor McCullum, e incluso, intentó contratarme como aprendiz. Si bien su contratación fracasó, nuestra amistad floreció con los años, y cuando compré el negocio, aún más con sus palabras de aliento y asesoramiento financiero.

Entonces, mis días son bastante normales, en su mayoría. Los clientes vienen, curiosean, algunos compran, otros no, y esto se repite durante seis días a la semana. De lunes a viernes, mi tienda está abierta de 10 a.m. a 6 p.m. El jueves, hago transacciones nocturnas hasta las 7:30 p. m., mientras que el sábado mi horario es más corto. Abro a la misma hora, 10:00 a.m., pero cierro un poco antes, a las 3:00 p.m. Nada realmente emocionante, pero ahora aquí es donde mi historia se vuelve un poco loca porque fue el día en que recibí un consejo financiero muy especial de Albert que nunca olvidaré.

La historia cuenta que en ese día especial (por cierto, era martes a las 8:30 a.m. para ser exactos) un político local estaba delirando con Albert, diciéndole que en la parte trasera de su auto tenía esta pequeña losa cuadrada de mármol blanco de sólo 63,5 cm x 57 cm, de finales de la era romano-bizantina, alrededor de 300-830 d.C. y con inscripciones de 20 líneas de caracteres paleo hebreos traducidos en dialecto samaritano. Le dice a Albert: "Albert, hoy adquirí un maravilloso objeto de arte y lo tengo cuidadosamente envuelto en el maletero de mi coche. ¿Tiene alguna idea de lo que vale la losa que contiene los Diez Mandamientos mosaicos en la forma utilizada por los samaritanos?".

Albert sonrió y respondió: "Haces que parezca valioso. ¿Cuánto crees que vale?", "Para el comprador adecuado", habló el político, "al menos $4,800,000 dólares. Así que estoy celebrando antes de entregar esta joya a mi comprador. Quiero hoy el tratamiento completo de lujo, empezando por el mejor champú para el cabello, un poco de tinte para deshacerme de estas molestas canas, tanto una manicura como una pedicura, y el mejor corte que Felicia o Miguel puedan hacer por mí".

"Eso debería llevar sólo de cuatro a cinco horas. ¿Cómo estás de tiempo?", pregunta Albert. "No hay problema, mi querido muchacho. ¡Hoy tengo todo el tiempo del mundo!", bromea el político.

Sabiendo que el político tendrá "gastos de su bolsillo" al menos durante ese tiempo, y armado con esta información, Albert entra en su oficina, cierra suavemente la puerta y marca el teléfono. Después de veinte minutos, a Albert se le ocurre un plan, pero necesita que alguien lo ejecute y ¿quién crees que estaría interesado en una "oportunidad de adquisición"? Sí, acertaste.

Albert entra a mi tienda a las 10:04 (sí, recuerdo el momento exacto) porque mi sistema de seguridad, mi pequeño timbre, siempre suena y me avisa cuando alguien ha entrado o salido de la tienda, vibra y miro el reloj de pared: 10:04 a.m. Albert entra, coloca mi pequeño cartel de "Estamos abiertos" en la posición "Estamos cerrados" y dice: "Danny, querido, siempre quisiste comprar este edificio y liquidar ese desagradable préstamo comercial tuyo, ¿verdad?".

Lo primero que noto es el outfit de hoy. El atuendo es un traje con apariencia de esmoquin en el tono del amanecer, que tiene una chaqueta ajustada con flores metálicas, camisa blanca y pajarita negra y, no me pregunten por qué, zapatos planos de cuero para baile latino de salón. Sólo Albert puede salirse con la suya con un conjunto tan combinado.

"Eso es correcto, Albert. ¡Todo lo que tengo que hacer es ganar la lotería y compraré el edificio!".

"¿Qué pasaría si pudieras comprar el edificio, te quedara un poco de dinero y no tuvieras que ganar la lotería? ¿Qué te parecería ganar $1,250,000 en cuestión de minutos, comprar el edificio, te sobra un poco de dinero y empezar una nueva carrera en el ámbito de las "adquisiciones"? ¿Qué dices a eso?".

Mi mente dio vueltas de un millón de maneras al escuchar la pregunta de Albert. "¿Qué quieres decir, Albert?".

Albert se inclinó un poco más hacia mí, a pesar de que no había nadie en mi tienda y ya había cerrado la puerta principal. Albert continuó: "Mi querido muchacho, sabes que te he visto luchar estos últimos años tratando de lograr que este pequeño y lindo negocio en el que te metiste sea un éxito, y admiro el esfuerzo persistente que empleas. Sin embargo, el comercio minorista es difícil, lo sé, y en mi juventud, hace mucho tiempo, tuve que buscar otras vías de ingresos para asegurar que mi pasión, *Cut Me Crazy*, se mantuviera durante muchos años".

Escucho a Albert con intensa atención. Tuvimos conversaciones previas sobre nuestros negocios y las diferentes luchas que ambos tuvimos, pero Albert nunca mencionó que había buscado otras fuentes de ingresos.

"Albert, dime", le dije, "¿Cómo vas a conseguirme $1,250,000 dólares?".

"Tranquilo, cariño. ¡Tú y yo vamos a entrar en el 'negocio de adquisiciones' de inmediato!".

"Adquisiciones. ¿Qué quieres decir?". Le pregunté a Albert.

"Oh, saltamontes, tienes mucho que aprender", se ríe Albert. Luego me lleva a través del almacén hacia la puerta trasera de mi tienda, la abre y señala un Mercedes CLS plateado en el estacionamiento trasero, cierra lentamente la puerta y nos retiramos a mi almacén.

"Danny, cariño, cuando salimos, te habrás dado cuenta de que no hay cámaras en ninguno de los edificios que rodean el estacionamiento. Es posible que hayas notado o no que el Mercedes CLS tenía una cámara a bordo que probablemente sea sensible al sensor, por lo que, si alguien se acerca a un metro del vehículo, la alarma se activará a menos que la hayas apagado primero. ¿Notaste esos puntos?", Albert me pregunta, profundamente serio.

"Bueno, no, no noté ninguno de esos puntos, pero ¿qué tiene eso que ver conmigo?".

"Oh, chico Danny". Albert canta en voz baja imitando a un irlandés, se detiene bruscamente y dice: "Está bien, Danny: vas a forzar el maletero de ese coche y a coger una pequeña losa de mármol que hay allí".

Mi mente se aceleró ante las palabras que pronunció Albert. Ahora me doy cuenta de cuál es el "negocio de adquisiciones" al que Albert se refiere. Robo, hurto o como quiera que lo llame la policía de Nueva Gales del Sur, ésa era la nueva "oportunidad" que me ofrecía Albert.

"Danny lindo; tú eres mucho más joven que yo y puedes manejar el estrés que conlleva esta línea de negocio, mientras que yo tengo muchas conexiones y conocimientos que pueden beneficiarnos a ambos. ¿Puedes unirte a mí en esta empresa?".

Mi proceso de pensamiento llega a dos puntos: primero, que $1,2500,000 lleguen a mis manos es una tentación a la que no puedo resistir, y segundo, puedo hacer esto, así que respondo a la pregunta de Albert: "Sí, lo haré. ¿Cuánto tiempo tengo?".

"Maravilloso cariño. Veamos, primero, el cliente empezó con una manicura y pedicura, así que son casi dos horas, dejándonos otros ciento treinta y ocho minutos antes de que el dueño del auto se vaya con nuestro dinero".

Albert busca en el bolsillo de su traje una gran bolsa de plástico: "Toma, toma esta barba y bigote postizos, puede que los necesites". Dice Albert mientras camina hacia la puerta de mi tienda, la abre, deja mi pequeño cartel en la posición "Estamos cerrados" y sale de mi tienda. Me acerco, cierro la puerta principal y miro mi reloj: 10:18 a.m. Tiempo restante, según Albert: ciento treinta y ocho minutos.

Recordando el título de un libro en la estantería de caoba, me acerqué a la estantería y extraje: *Detección de frecuencia de megahercios e identificación de materiales y objetos de remiles*, que, por cierto, puedes comprar por $189,50, y me dirijo al almacén fuera de la vista desde el escaparate de la tienda. Una investigación detallada, pero rápida, sobre la detección de frecuencia, me dijo lo suficiente para saber qué tenía que hacer para evitar el sistema de alarma en el Mercedes CLS.

Sacando la llave de entrada de mi propio auto, que no está cerrado, abro la parte trasera, encuentro los cables apropiados y jugueteo con la llave, esperando que mi lectura de la información del libro sea correcta, y cuando camino hacia el auto, espero que no empiece la alarma se desate el infierno.

Hora: 12:08 p.m. El tiempo quedó en veintidós minutos.

Rápidamente regresé a mi mostrador. Saqué la bolsa del contenedor de basura y fui a la parte trasera de la tienda, donde encontré un par de contenedores de basura más pequeños y vacié el contenido en la bolsa. Como sugirió Albert, me puse la barba y el bigote postizos y abrí la puerta trasera.

No hay nadie alrededor, así que camino hacia el contenedor de basura, levanto la tapa y coloco la bolsa dentro mientras observo a alguien que pueda estar afuera, sabiendo que es ahora o nunca. Camino lo más cerca que puedo del auto, para que la cámara no me detecte, y presiono el botón de entrada con la llave de mi auto.

Ese pequeño "bip, bip" que escuchas cuando tu auto te da la bienvenida, sale del Mercedes, presiono el botón del maletero y, como por arte de magia, el maletero se abre. Miro mi reloj: 12:24 p. m., y contando. Miro dentro del maletero y veo lo que parece ser la losa de mármol envuelta en una tela. Lo agarro. Cierro el maletero suavemente, luego presiono el botón para cerrar el auto, vuelvo corriendo a la puerta trasera y la cierro. Tomo el pequeño paquete envuelto y lo coloco debajo de mi mostrador.

Mi corazón estaba latiendo aceleradamente. Sentí como si estuviera a punto de salir de mi pecho. Sentí ganas de desmayarme. "¡Qué prisa!", pienso en voz alta para mis adentros.

Más tarde esa tarde, Albert me dijo que exactamente a las 12:46 p.m., un caballero bien arreglado salió de la peluquería *Cut Me Crazy*, giró a la izquierda, se detuvo y miró mi exhibición de papelería y libros mientras se admiraba en mi ventana y, después de uno o dos minutos, continuó su caminata hasta el final de la cuadra, giró hacia el estacionamiento trasero y se fue. "Así que incluso tuve tiempo de sobra", pensé.

Cerca de la 1 de la tarde veo a Albert pasar, deteniéndose frente a mi escaparate, pasándose la mano por el pelo y mirándome. Le doy lo que tuvo que ser una sonrisa estúpida y un pulgar hacia arriba. Albert sonríe y hace la divertida señal con la mano de que me llamará y da marcha atrás para regresar a su tienda, como si no le importara nada en el mundo.

Como si fuera lo previsto, Albert me llama para decirme que esté en mi tienda a las 6 de la tarde, "oye, cierro a las 6 de la tarde, entonces ¿dónde estaría?", pensé. Unos minutos después de las 6 de la tarde veo a Albert, que de alguna manera encuentra tiempo para cambiarse de ropa, con un señor mayor vestido con una kipá, que sostiene un maletín grande y una cartera al hombro en mi puerta, que abro rápidamente.

Cerrando la puerta principal sin decir una palabra, Albert me hace un gesto para que lleve nuestra "adquisición" al almacén trasero, la que coloco suavemente sobre una pila de cajas que contienen los bestsellers aún por colocar en los estantes. El hombre toma con cautela la losa, mira la pieza, lee y murmura los caracteres paleo hebreos y hace un gesto con la cabeza a Albert. Luego, el hombre le entrega el maletín a Albert, toma la pequeña teja, la coloca en la cartera, nos da la mano y camina hacia el frente de la tienda, donde rápidamente le abro la puerta y observo al hombre que lleva la kipá mientras sale de mi vida.

No se dice una palabra.

Cerré la puerta de nuevo, regresé al almacén y encontré a Albert con una sonrisa que haría sentir envidia al gato de Cheshire. Albert tiene el maletín abierto y lo muestra lleno de fajos de billetes de 100 dólares cuidadosamente agrupados. Un conteo rápido y tenemos $2,500,000 según lo acordado, que Albert ha separado en dos montones iguales y ordenados.

"Mi querido Danny, como prometí, ¡tu parte!".

Le diré al lector que convertirme en ladrón/criminal o cualquiera que sea la terminología correcta utilizada por la policía de Nueva Gales del Sur, nunca fue mi objetivo en la vida. Sólo quería ganarme la vida razonablemente en mi pequeña tienda, ahorrar un poco de dinero y eventualmente jubilarme, con algunos fondos para unas vacaciones ocasionales. Mi nueva "sociedad" con Albert

Matthew Guzmán me demostró dos cosas: uno, fue mucho más fácil robar de lo que pensaba, y dos, fue divertido.

Si mi madre pudiera ver lo que hice, se revolcaría en su tumba, que en paz descanse, mientras mi papá estaría tan orgulloso, el maravilloso bastardo.

"Danny cariño, estoy seguro de que ahora podrás comprar el edificio y te sobrará un poquito, no mucho, pero sí lo suficiente para estar un poquito más cómodo. ¿Crees que podríamos trabajar juntos en este tipo de actividades en el futuro?", pregunta Albert.

Miré a Albert mientras estaba allí, con lo que sólo puedo describir como un traje de confeti: fondo amarillo, lunares, una chaqueta con hombros acolchados y solapas de muesca. Complete esto con pantalones a juego y una camisa azul marino oscuro, corbata de lunares a juego, y Albert estaba listo para ser el alma de cualquier fiesta.

"Albert, realmente creo que este será el comienzo de una relación maravillosa. Estoy muy agradecido por la presentación"

UNA CARRERA ALEGRE

"Podemos ganar un poco más de dinero", bromea Albert, mientras bebe su botella de agua Evian apoyado en el mostrador de mi pequeña tienda, *Village Books & Stuff*.

Hoy Albert entra a mi tienda vistiendo una chaqueta con cuello de solapa de muesca en un azul floral con una camisa negra con cuello abierto, pantalones y sandalias. "Bastante elegante", pensé.

"Danny, investigué un poco y estas tarjetas de béisbol valen $8,500,000 dólares".

"¡Tienes que estar bromeando!", respondí.

"Querido, sabes muy poco sobre tarjetas de béisbol, ¿no? Por ejemplo, el Honus Wagner 1909-1911 ATC T206 está valorado sólo en $2,820,000 dólares. Tomamos sólo éste y estamos en números negros durante el año. Quizás podamos jubilarnos". Afirma un Albert sonriente.

Hace poco, Albert me presentó un mundo completamente nuevo fuera del comercio minorista en el que ambos vivimos todos los días. Un pequeño viaje al aparcamiento trasero de nuestras tiendas y, en cuestión de minutos, llegamos a la veta madre de las "adquisiciones", como a Albert le encanta llamarlas. Sí, Albert dice que de día somos humildes comerciantes, Albert con su peluquería y yo con mi librería, y de noche, por muy desagradable que sea cuando lo dices en voz alta, somos ladrones, bueno, al menos yo lo soy.

Verás, Albert es quien se encarga de encontrar nuevas oportunidades para nuestras adquisiciones, y ahora parece que van a ser tarjetas de béisbol, pero soy yo quien se arriesga, y si me atrapan, puedo pasar algo de tiempo en el Centro Correccional de Emu Plains, cortesía del Estado de Nueva Gales del Sur. Esta perspectiva, sin embargo, no me impide continuar la conversación.

"Está bien, Albert, cuéntame un poco más. Estoy intrigado".

Bebiendo un trago de agua y asegurándose de que estuviéramos solos en la tienda, Albert continuó su historia: "Danny, treinta de las tarjetas de béisbol más valiosas están ahora en una vitrina de madera y simplemente colgadas en una pared. Y este caso está colgado dentro de la casa del Sr. y la Sra. Michael Addington, los propietarios de Kusto Coal and Mining, que viven aquí en nuestra hermosa ciudad, en el pequeño suburbio de Leichhardt. ¿Me estás siguiendo hasta ahora, Danny?".

Asentí, todavía esperando a que surgiera la "oportunidad" en la conversación, y luego Albert me deja ver su sorpresa: "Mi dulce Danny, no sé cómo esta pareja australiana consiguió esta fantástica colección de cromos de béisbol. Sin embargo, soy consciente de que cierto millonario de Alabama está interesado en tenerlos todos y ha hecho correr la voz de que ofrece una suma real de 4 millones de dólares australianos por ello. Sin preguntas".

"¿Cómo sabes esto, Albert?".

"Fuentes, cariño, tengo muchísimas fuentes", dice sonriendo. Hice algunas preguntas más y Albert me informa que Felicia, que hace peinados en su salón, conoce bien a la señora Hermione Addington y sabe que los Addington estarán fuera de su casa este fin de semana.

Este hecho y el conocimiento adquirido más tarde a través de la investigación me dijeron que no necesitaba salir con la vitrina, ya que todas las tarjetas estaban calificadas.

Descubrí que "calificadas" significaba que las tarjetas estaban en pequeñas carcasas individuales generalmente llamadas "mini-snap", tarjetero que está hecho de poliestireno transparente de alto impacto y presenta un diseño de ajuste preciso y cierre a presión de dos piezas, de ahí la tarjeta con nombre "a presión". La mayoría de los coleccionistas utilizan este producto para proteger, almacenar y exhibir tarjetas coleccionables como tarjetas de béisbol, tarjetas de rugby de la NRL, tarjetas de baloncesto y otras, lo que lo convirtió en una oportunidad muy fácil. Una vez más, la perspectiva de una residencia a largo plazo en el Centro Correccional de Emu Plains no me desanimó.

Al cerrar mi tienda con un simple giro de muñeca, muevo el letrero "Estamos abiertos" a la posición "Estamos cerrados", cierro la puerta principal y hago un examen rápido de la tienda para notar que todo está en su lugar para el próximo lunes por la mañana. Me dirijo a la parte trasera de la tienda, apago las luces de la tienda, dejando sólo los dos escaparates iluminados, enciendo el sistema de alarma y subo las escaleras para prepararme.

Una siesta rápida a fin de descansar para la actividad de la noche y, al despertar, una ducha, seguida de preparar mi traje de noche: un par de jeans negros con una camiseta negra de manga larga y cuello de tortuga, calcetines y mocasines negros. Sí, todavía los llamo mocasines. No puedo evitarlo. Luego voy a la cocina, donde preparo una cena ligera que consiste en pastrami con mostaza de Dijon y pepinillo kosher. Compré los pepinillos en una de las grandes tiendas de los miembros que decidieron que Northport sería un lugar fantástico para lanzar su invasión de Australia. Agrego una botella de agua Evian, a la que Albert me tiene enganchado ahora, unas patatas fritas, y esto sería toda mi cena de esta noche. Sintonizo la televisión para ponerme al día con las noticias mundiales y como casualmente mi sándwich, mientras espero la hora señalada de las once de la noche para que Albert me llame desde el estacionamiento de atrás.

Exactamente a las 23.10, Albert llama a mi móvil (siempre llega tarde): "Cariño, te estoy esperando en el aparcamiento. Vamos. Date prisa. La diversión te espera".

Entonces, coloco el plato en el fregadero de la cocina, la botella en la papelera de reciclaje, dejo las luces y el televisor encendidos, recojo la bolsa de mi computadora portátil y coloco mi pequeña riñonera alrededor de mi cintura en la que colocaré las tarjetas de béisbol, salgo por la puerta trasera y bajo las escaleras hacia el auto de Albert.

Llegar a Leichhardt después de las 23:00 no debería durar más de una hora, ya que a esta hora de la noche el tráfico en la M5 debería ser moderado. Albert no es tu cómplice habitual. En comparación con mi ropa bastante oscura, Albert ha decidido que debería vestirse como un guerrero ninja que se encuentra con un gato ladrón. Tenía un traje negro ajustado que usaría un guerrero Ninja en una película de acción de Jackie Chan, pero también incluía una máscara que lo hacía parecer más un asistente a la fiesta de Halloween que un criminal. Supongo que, si la policía nos hubiera detenido de camino a Leichhardt, podríamos haber dicho que íbamos a una fiesta privada y lo más probable es que nos hubieran creído. Al menos no llevaba la máscara mientras conducía.

"Por cierto, Albert, ¿de dónde sacaste este auto?".

"¿Esta cosa vieja? Larga historia corta. La prima de Felicia conoce a un chico que conoce a otro que estaba tratando de deshacerse de él y estaba dispuesto a venderlo por un poco de dinero. Pagué $3,000 dólares en efectivo por el auto y supongo que podremos deshacernos de él una vez que completemos nuestra actividad en Addingtons".

"Tiene sentido, Albert. ¿Sabes cómo deshacerte de un coche?".

"Sí", fue su respuesta de una palabra. Luego se quedó en silencio, lo que me vino bien, porque necesitaba pensar qué información había obtenido Albert de Felicia desde que ésta había estado en la mansión Addington anteriormente.

Entonces visualizo la casa y pienso en la descripción de Albert: "Danny, dulzura, déjame contarte sobre la casa. Se trata de una casa de época de dos plantas y doble fachada. Son la categoría de propiedad residencial más popular en el centro de la ciudad de Sídney en este momento. Estas casas grandes y amplias están en camino de alcanzar precios extremadamente altos para sus propietarios, si deciden venderlas, debido a su escasez y al fuerte interés que atraen de grupos de compradores competidores. En el mercado actual, las casas de doble fachada recientemente renovadas y en excelentes ubicaciones, casi siempre se cotizan con expectativas de más de $ 2 millones. Algunas, especialmente las casas independientes de doble fachada y las casas adosadas en grandes bloques exigen mucho más dinero que esto. El nuevo dinero que llega al centro de la ciudad ofrece entre 2 y 3 millones de dólares por estas casas de alta calidad en el centro de la ciudad, cariño, y los compradores pagan aún más si la casa sale a subasta, lo que muchos hacen", dijo Albert.

Recuerdo haberle preguntado a Albert si había dejado el negocio del cabello y se había dedicado al negocio inmobiliario. Él se río y dijo: "Cariño, necesito saber mucho, sobre todo con mi clase de clientela".

A las 23:48 llegamos a la casa de los Addington y aparcamos a unas diez casas de distancia.

La casa era exactamente como Albert me la había descrito. Antes de abrir la puerta del pasajero, Albert pregunta: "Danny, ¿podrás entrar al lugar? Como mencioné antes, la casa es de dos pisos y doble frente con la entrada principal que está en el medio de la casa, bien iluminada, con ventanas a ambos lados, en una hermosa disposición simétrica alrededor de la entrada. Los Addington siempre dejan la casa bien iluminada y encienden el sistema de alarma cuando se van de vacaciones. Este fin de semana le dieron el fin de semana libre tanto a la empleada de limpieza de la casa como al mayordomo. Espero que Felicia esté en lo cierto con su información".

"Bueno, Albert, si la información que recibiste de Felicia sobre su sistema Adecco Link Cyber modelo 4528 es correcta, significa que el sistema tiene una consola de control principal que contiene un teclado, una sirena, una placa de circuito y una batería de respaldo. Puertas, ventanas, CCTV y sensores de movimiento se conectan de forma inalámbrica a la consola principal. Todo lo que tengo que hacer es hackear la red inalámbrica y desactivar el sistema. Para ello necesito estar cerca de la casa".

"¿Has descubierto cómo entrar, Danny?".

"Sí, lo he hecho. Eso creo. Usaré un motor de búsqueda en línea llamado veryangryip.org para ver si puedo acceder a la contraseña predeterminada del fabricante y desactivar el sistema y las cámaras CCTV. Si esto no funciona, probaré con otro sistema llamado Shadowsys.io y eso debería ser todo. Uno de estos dos funcionará y debería poder desactivar el sistema de seguridad. Sólo tenemos que acercarnos, pero no demasiado como para que las cámaras de CCTV nos vean y pueda usar el software de craqueo. Empecemos".

Entonces, como dos sombras oscuras, caminamos hacia la casa de los Addington y atravesamos la puerta lateral del vecino, como sugirió Felicia. El vecino nos hizo la vida más fácil de dos maneras: primero, sin perros y segundo, con una valla de baja altura que nosotros, bueno, yo, trepamos fácilmente y tuve que ayudar a Albert. Una vez en los terrenos de los Addington nos acercamos lo más posible a la casa, escondiéndonos detrás de unos arbustos de enebros muy altos. Esperamos unos minutos antes de sacar mi computadora portátil, y con la luz de la pantalla lo más apagada posible, comencé a acceder al primer motor de búsqueda, lo que pareció una eternidad, pero en realidad fueron catorce minutos y muchas formulaciones de algoritmos. Presiono la contraseña predeterminada para el sistema Adecco Link Cyber y desactivo el sistema.

Hora: 12:23 a.m.

Ahora tomemos la puerta del patio trasero, que debería ser más fácil. Me pongo los guantes cuando miro a Albert.

"Albert, realmente no necesitas la máscara, ¿sabes? Te quedarás aquí entre los arbustos mientras yo entro. Las cámaras de seguridad están desconectadas, pero sólo hasta que la empresa de seguridad envíe a alguien. Así que espera y volveré en breve". Mientras le entrego mi computadora portátil, "Albert, tan pronto como salga y me reúna contigo, presiona este botón en la computadora. Espera hasta que me reúna contigo entre los arbustos, ¿de acuerdo?".

Un Albert serio simplemente asiente y empiezo a correr hacia la puerta del patio, me tomó menos de un minuto forzar la cerradura. Luego me apresuro al dormitorio principal del señor Addington (sí, tienen dormitorios separados y no necesito saber por qué), y encuentro las tarjetas de béisbol colgadas en la pared en la vitrina de cristal, tal como Felicia le había contado a Albert. Bajando la vitrina, la abro por la parte posterior, rápidamente guardo los mini tarjeteros en mi riñonera y vuelvo a colocar la vitrina, ahora vacía, en la pared. Miro mi reloj: 00:31, hora de irse.

Corro escaleras abajo y salgo por el mismo camino por el que entré, cierro la puerta con llave y corro hacia Albert. Tan pronto como llego a los arbustos, Albert, según las instrucciones, presiona el botón del portátil y se activa el sistema de seguridad. Esperamos en silencio y a las 00:33 notamos la llegada del coche de seguridad. El coche se detiene y el guardia de seguridad se acerca a la casa. Diez minutos no es un mal tiempo de respuesta, ni tan bueno como el de la policía, pero servirá para una empresa de seguridad. El señor y la señora Addington probablemente revisarán los servicios de su empresa de seguridad después de este fin de semana.

Un paseo rápido por la casa por parte del guardia, que ni siquiera se aventura a mirar el patio trasero, luego me doy cuenta de que usa un walkie-talkie e informa a su oficina que "todo está bien", se sube a su auto y se marcha. Esperamos otros diez minutos y luego regresamos a nuestro auto de la misma manera que llegamos allí, y es como si ni siquiera hubiésemos estado allí.

Mi segunda adquisición, perdón, nuestra segunda adquisición, fue un éxito desde mi punto de vista.

Albert programó una reunión para más adelante esa semana con el representante de los compradores. Un rápido intercambio de las tarjetas por un estuche de cuero lleno de billetes de 100 dólares completó la transacción.

Más tarde, Albert contacta a su "distribuidor amigable", quien contacta a nuestro "nuevo banquero" y de alguna manera nuestros $4 millones se han reducido a $3 millones (Albert los llama "tarifa de búsqueda para Felicia y tarifas de transacción y configuración por parte del distribuidor) pero, cuando piensas en ello, cada uno de nosotros se llevó $1,500,000 dólares libres de impuestos en nuestras respectivas cuentas bancarias en Nives, donde ahora se encuentran nuestros fondos de jubilación, así que no me quejo.

¿Quizás este sea todo el incentivo que necesitamos para jubilarnos?

¿Quizás todo termine aquí?

Quizás nos jubilemos hoy, pero, de alguna manera, no lo creo. Después de todo, me estoy divirtiendo demasiado.

¿Por qué debería dejar una carrera que me trae alegría?

¿Lo harías?

NOS TENÍAN

Estoy sentado detrás de mi mostrador leyendo un libro sobre una rama de la patología: *Citología canina y felina. Un atlas de colores y una guía de interpretación* de Rose Rankin, disponible para la venta por $197, y la puerta se abre y entra por primera vez esta joven que sólo puedo describir como sorprendente. Ella entra con una camisa de vestir metida dentro de unos pantalones de cintura alta, con una larga cadena colgando y sus gafas de sol en sus manos. No deslumbra por su belleza, que lo es, sino por su presencia. Mide unos 165 cm y tiene el cabello castaño sedoso y bien cuidado. Su rostro no muestra ninguna imperfección e inmediatamente te atrae hacia sus ojos almendrados y luminosos. Sus labios húmedos, tentadores y maravillosamente sensuales parecen atraerte, y con una forma maravillosa que demuestra que disfruta del ejercicio suave para tonificarse.

"Buenos días", digo. "¿Cómo puedo ayudarte?".

"Hola. Me preguntaba si por casualidad tienes *Diarios de motocicleta* de Ernesto 'Che' Guevara".

"Un momento, déjame buscarlo en mi computadora", mientras escribo el título y descubro que sí lo tengo por un precio de $660.

"Pues sí, lo tengo. Está en la sección de la primera edición en la parte trasera de la tienda. Déjame acompañarte hasta allí".

Mientras la llevo a la parte trasera de la tienda, puedo oler una sensación floral que emana de ella, como si estuviera en un campo brumoso de color verde. Bondad. Concéntrate, Danny: tienes un libro para vender. No estás aquí para conocer mujeres, aunque no puedo evitar notar que ella no tiene anillo.

"Aquí está el libro", dije, abriendo el estuche seguro. Le entregué el libro para que lo inspeccionara. "Es una primera edición de tapa dura publicada por Verso en el Reino Unido en 1995 en un estado excepcionalmente excelente, como puedes ver".

"Oh, se ve maravilloso. ¿Por cuánto dijiste que lo estás vendiendo?".

"Le puse el precio de 660 dólares". Contesto.

"Oh, un poco más de lo que quería pagar. ¿Puedes avanzar un poco en el precio?", pregunta la belleza.

"No, lo siento, ese es el precio actual. No puedo bajar más", pensé. ¿Qué tipo de empresario sería si cada vez que entra una mujer hermosa y me pide un mejor precio se lo doy? Mi madre no crió a un muñeco.

"Te diré qué. Te lo dejaré por 500 dólares".

"¡Dios mío, crié a un muñeco!", diría mi madre.

"Excelente. Lo tomaré. Gracias por la gran reducción de precio".

"No es un problema. Por favor, déjame coger el libro y ponerlo en una bolsa para ti". Mientras caminaba de regreso al mostrador, escuché sonar el sistema de timbre de la puerta, notificándome de otro cliente, y cuando miré, vi que sólo era Albert.

"Buenos días, Danny, ¿cómo te va en el negocio de venta de libros?".

"Estoy bien, Albert. Un segundo por favor".

Rápidamente coloco el libro en una bolsa y le pregunto a la joven cómo le gustaría pagar. Ella me entrega una tarjeta VISA. No puedo dejar de notar su nombre: Alessia Vassallo.

"¿Sería débito o crédito, señorita Vassallo?".

"Crédito, por favor"

Paso la tarjeta por la máquina. Espero un segundo y luego veo "aprobado" en la pantalla, le entrego la tarjeta y le entrego la bolsa junto con el recibo.

"Gracias por su compra, señorita Vassallo. Por favor regrese. Siempre es bienvenida aquí". Caramba, qué estupidez decir eso. "Gracias por su compra, señorita Vassallo" hubiera sido suficiente, no todo lo demás, qué idiota.

"Oh, leíste mi nombre en la tarjeta. Ahora me tiene en desventaja señor..."

"Monk. Daniel Monk, pero mis clientes me llaman Danny".

"En ese caso, yo también. Gracias, Danny, y por favor, llámame Alessia. Aquí está mi tarjeta personal. Adiós".

Alessia Vassallo.

Biblioteca de Northport

Northport, Nueva Gales del Sur. Australia 2570.

+610246345555.

Y con eso, la veo salir por la puerta principal y coloco la tarjeta en mi cajón superior.

Albert se quedó allí observando toda la escena y finalmente dice: "¡Oh, alguien ha sido atrapado!".

Albert, como siempre, está en su esplendor. Hoy, Albert lleva una camisa blanca con botones, adornada con loros y piñas. Manteniendo este tema del Pacífico Sur, tiene una chaqueta, pantalones y corbata de color azul brillante a juego. Este conjunto es perfecto para, digamos, el Día de la Copa de Melbourne, y es algo que no muchos hombres podrían lograr, pero Albert puede y lo hace, hasta la corbata a juego.

Albert, exitoso propietario de un salón con un equipo de talentosos peluqueros, el trabajo de Albert ha sido garantizar que su clientela sea tratada como los reyes y reinas que creen que son. Por lo tanto, se mantiene ocupado, pero aun así viene a mi pequeña tienda para nuestro *tête-à-tête* diario por la mañana, como él lo llama.

"Mis ventas van como van tus recortes de cabello: abajo. Esa fue la primera venta del día", dije para responder a su primera broma cuando entró y para evitar decir nada sobre la señorita Vassallo.

"Oh, entonces no quieres hablar de ella. Entiendo. Quizás más tarde. Además, tengo algo que compartir contigo que puede ayudarte", dijo Albert.

"¿Como qué?". Respondo rápidamente.

"Bueno, Danny, ¿conoces a Felicia, la que trabaja para mí? Parece que conoce a alguien que tiene una excelente colección de sellos, lista para ser tomada".

"¿Y cuánto cree Felicia que vale esta colección?". Pregunto.

"Querido muchacho, Felicia no lo sabe, pero yo sí. El One-Cent Magenta de la Guayana Británica valorado en

4.480.000 dólares por Sotheby's y ahora reside en la casa del señor y la señora Franklin Carmichael.

"¿Y por qué el interés?", consulto.

Albert explica que Felicia conoció al Sr. Carmichael una vez mientras le peinaba y de una forma u otra terminó con él en el apartamento de su empresa en Quay West, en el distrito financiero central de Sídney. Y después de algunas noches de "entretenimiento", él abruptamente la dejó por un camarero de un restaurante cercano, pero no antes de que Felicia "vislumbrara" el sello.

"Entonces, ¿por qué Felicia comparte esto contigo, Albert?".

"¿Por qué? ¿Por qué una mujer despreciada hace tantas cosas? Venganza, cariño, y un poco de dinero".

"¿Y crees, Albert, que esta es una oportunidad para que adquiramos un artículo así? ¿Dónde lo venderíamos?". Pregunto.

"Conozco a un oligarca ruso que estaría dispuesto a pagar $1,500.000 dólares por ello. Sin hacer preguntas", respondió Albert. "Pero, por supuesto, una pequeña tarifa de referencia del 10 % iría a parar a Felicia, por lo que podríamos dividir la diferencia, $675,000 dólares cada uno, después de cualquier 'honorario del distribuidor' terminaríamos con alrededor de $500,000 dólares cada uno. ¿Entonces, qué piensas?". Dice un Albert sonriente.

Mientras mi mente da vueltas de emoción, el Quay West aparece lentamente en mi visión y me doy cuenta de que el edificio en sí no es inexpugnable, a menos que el Sr. Carmichael tenga alguna cerradura en particular y una caja fuerte distinta, pero no se me ocurre nada. Siento que debido a las habilidades que he adquirido en los últimos meses durante nuestras actividades extracurriculares, esto no será difícil.

"Estoy dentro, hagámoslo".

Al día siguiente, Felicia, Albert y yo nos reunimos en la trastienda de mi pequeño negocio y planificamos nuestra estrategia y enfoque. Usando mis habilidades y el conocimiento de Felicia sobre el edificio, el horario del portero, la ubicación del conserje y otros trabajadores, y todas las entradas apropiadas, decidimos entrar por la entrada de servicio trasera.

La noche en cuestión, Felicia hace un par de llamadas telefónicas a la casa de Carmichael y, después de numerosas llamadas, no hay respuesta. Ésa es nuestra señal. Al llegar al edificio, Albert y yo entramos sin ser vistos (menos mal que alguien olvidó colocar cámaras de seguridad en esta puerta), y subimos al apartamento de Carmichael, entramos sin problemas. Albert y yo encendemos nuestras linternas para buscar el sello en el estudio donde Felicia dijo que vio el premio, pero no tenemos suerte.

Pasaron casi veinte minutos (toda una vida en este negocio) cuando escuchamos que se abre la puerta principal, por lo que Albert y yo corremos en direcciones diferentes: Albert al tocador del pasillo y yo a un dormitorio. Escuchamos a alguien entrar, hurgando en la oscuridad del estudio y, luego, en menos de cinco minutos, la puerta principal se abre y se cierra.

Mientras camino de regreso al estudio, veo a Albert parado junto a la puerta del tocador, blanco como una sábana, indicándome que me acerque y señalando el tocador. Una mirada rápida y encuentro lo que creemos que es el Sr. Carmichael, todavía en el trono.

"Danny, ¿crees que está muerto?", pregunta Albert.

"Bueno, si no lo está, es un actor maravilloso".

"¿Qué hacemos?" dudó Albert.

No sólo no tenemos el sello, sino que tenemos la posibilidad de que nos acusen de asesinato (a menos que el viejo haya muerto por causas naturales). Una llamada rápida desde mi móvil a Felicia no recibe respuesta, así que decidimos que Albert nos busque una silla de ruedas.

Cuarenta y cinco minutos más tarde, Albert aparece con la silla de ruedas (no tengo idea de dónde la sacó y no le pregunté) y sacamos al Sr. Carmichael por la misma puerta de servicio.

"Danny, ¿encontraste el sello mientras buscaba la silla de ruedas?".

"No tuve tanta suerte", dije. "Por cierto, ¿algo sobre Felicia?".

"No, ella desapareció", respondió Albert.

Salimos del edificio, hago rodar al Sr. Carmichael por una colina empinada, pierdo el control de la silla de ruedas y ésta sale a toda velocidad, directamente hacia George Street, donde uno de los nuevos tranvías atropella al Sr. Carmichael.

Desaparecemos.

A la mañana siguiente, el periódico Sydney Morning Herald informa que el Sr. Franklin Carmichael murió de un ataque cardíaco mientras se empujaba en una silla de ruedas y se metía en un tranvía ligero.

Un mes después, Albert entra a mi tienda, me entrega una carta y me dice: "Mira esto".

La carta contiene una nota sencilla que dice: "Ojalá estuvieras aquí". También tiene una foto de Felicia y la señora Carmichael en una playa del soleado Salinas, Ecuador, mirándose muy íntimamente. Albert y yo nos miramos.

Nos han engañado.

ALGO BONITO PARA UN CAMBIO

"Los Quimbaya habitaron las áreas correspondientes a los modernos departamentos de Quindío, Caldas y Risaralda en Colombia, alrededor del valle del río Cauca. No hay datos claros sobre cuándo se establecieron inicialmente; la mejor estimación actual es alrededor del siglo I a. C. Alrededor del siglo X, la cultura Quimbaya desapareció por completo por circunstancias desconocidas. Una cosa que dejaron atrás es una excelente forma de arte que utiliza el oro, un símbolo del más allá, para que lo disfruten las civilizaciones actuales y futuras", dijo Albert lentamente, recuperando el aliento.

"Hace ocho semanas, durante una visita al Museo Maximiliano, vi un cartel que decía que a finales de mes se celebraría una exposición de artefactos precolombinos. La exposición mostraba varias fotografías de algunos de los artefactos que el museo exhibirá". Albert volvió a hacer una pausa para lograr el efecto.

"La exposición tendrá un artefacto fascinante. Es una figura de pie de un chamán de 16,5 cm de alto, CE 550-1000 que comprende 287,4 gramos de oro que será donado al museo por la Fundación Gordon Wallace y valorado en $223,000 dólares", dijo Albert al concluir su disertación.

Esperé. Albert conoce muchas posibilidades diferentes u "oportunidades", como le encanta llamarlas. Me quedo en silencio y dejo que Albert continúe.

"Danny, cariño, no te estoy aburriendo, ¿verdad?". Moví la cabeza de izquierda a derecha y Albert continuó su disertación en mi pequeña tienda.

Miré alrededor de mi tienda y me enorgullezco de saber que, como propietario de *Village Books & Stuff*, puedo darme el lujo de escuchar a Albert todo el día porque, gracias a él, todo este popurrí de tarjetas, material de oficina, una pared entera dedicada a las últimas novedades, los bestsellers en rústica y una enorme pared trasera que incluye libros antiguos e inusuales, todos disponibles para la venta, están 100% libres de deudas gracias a sus "oportunidades".

Albert y yo nos hemos asociado durante el último año en algunas actividades extracurriculares que el Equipo de Robos y Delitos Graves de Nueva Gales del Sur podrían encontrar interesantes si se enteran de lo que hemos hecho en el pasado y de lo que podríamos hacer en el futuro. Por suerte, hemos sido cautelosos.

"Bueno, parece que Miquel, tú conoces a Miquel, ¿no, Danny?". Asentí con la cabeza, reconociendo que Miquel es uno de los empleados de Danny. "Bueno, Miquel le lavó y cortó al señor Gordon Wallace el otro día, y escuché al señor Gordon contándole a Miquel sobre la próxima exposición en el museo. El señor Wallace le dijo a Miquel que la pequeña estatua todavía está en su poder en su casa de Mosman y que estará allí hasta que el museo envíe un mensajero a su casa para recogerla y entregarla a tiempo para la exposición".

"Danny, dulzura, sabes lo orgulloso que estoy de mi herencia, y sé que muchos artefactos han terminado de alguna manera en las colecciones de la gente de manera desagradable y que, en mi opinión, deberían estar en el museo local de su país".

"Sí, Albert, amigo mío, has mencionado tu pasión por este aspecto del arte. ¿Qué tiene que ver esta pequeña estatua contigo y conmigo?". Pregunto.

"Precioso Danny, estoy llegando a mi punto. Mi primo Silvio Fernández es curador del Museo Nacional de Bogotá, y está convencido de que este pequeño chamán fue robado de su país a principios del siglo XX por individuos sin escrúpulos que vendieron el artefacto durante los años siguientes, hasta que finalmente quedó en manos de la Fundación Gordon Wallace".

"¿Entonces?". Pregunto.

"En una conversación muy delicada, a mi primo le gustaría ver si podemos adquirirle dicha estatuilla por una pequeña suma, digamos $100,000 dólares".

Sabía que Albert tenía un motivo oculto. Desde nuestra segunda fuga, en la que también "adquirimos" algunas tarjetas de béisbol y luego las vendimos para obtener una buena ganancia, hemos seguido sumando lo que a Albert le encanta definir como nuestro "súper sombra" en Nives y, desde entonces, ha estado interesado en añadir a dicho fondo tanto y con la mayor frecuencia posible.

"Albert, el riesgo no garantiza la recompensa potencial aquí. La recompensa se reduce a $50,000 dólares cada uno y, si me atrapan, mi visita al Centro Correccional de Emu Plains podría durar un máximo de 25 años si el juez está de mal humor. No estoy seguro, Albert, de si merece la pena".

Albert pareció solemne cuando dije algo que no se parece en nada a él.

Albert viste el papel del exitoso dueño de una peluquería, siempre usando algo que a mí nunca me atraparía. Por ejemplo, hoy, el viejo rostro solemne viste un corte relajado de color turquesa, una camisa fluida con cuello de solapa, mangas largas con puños abotonados y un botón en la parte delantera. No podría usar esta camisa, pero Albert luce natural en ella. ¡Y además lleva pantalones zanahoria y sandalias!

No pude soportar la cara triste de Albert, cedí y dije: "Está bien". A lo que Albert le dedica una sonrisa que parece irradiar por toda la habitación.

La participación que tiene Albert en nuestra asociación es que obtiene toda la información sobre la "adquisición" que perseguimos. El viejo Danny asume todos los riesgos (lo mencioné antes, estoy seguro), pero parece una compensación justa ya que encuentro mi parte de la sociedad, la parte divertida, mientras que Albert tiene la parte aburrida.

Mosman es un suburbio de Sídney donde el precio medio de una vivienda es de $3,760,646 dólares (sí, investigué un poco), y la privacidad y la seguridad son requisitos básicos a la hora de comprar una casa. Entonces, al final del día laboral, Albert y yo nos reunimos en la trastienda de mi tienda y planificamos nuestra estrategia.

Nuestra estrategia era simple: evitar cualquier enredo. Por tanto, parecía haber sólo una solución: conviértete en un servicio de mensajería.

El astuto Albert recordó que el señor Wallace le dijo a Miquel que el museo enviaría un mensajero para recuperar la estatua. Dicho mensajero luego entregaría la escultura para la exposición, entonces Albert, a través de sus fuentes (no sé cómo obtiene toda esta información. La verdad, no lo sé), pudo, de alguna manera, obtener el horario, el código de seguridad, el membrete oficial del museo y la hora de recogida. Albert participa de vez en cuando en nuestras "adquisiciones", rara vez hace el trabajo pesado que yo hago, pero esta vez mis habilidades para abrir puertas y abrir cajas fuertes no serían necesarias. Le hice participar. Su sencilla tarea consistía en retrasar la llegada del mensajero a la casa del señor Wallace. De nuevo, sencillo.

Mi trabajo consistía en desactivar la cámara en el frente de la casa (un truco simple) para aparecer a la hora acordada, todo limpio y apropiado, con mi disfraz (Albert hace disfraces inusuales con todo el cabello de su salón) y el membrete del Museo. Recoge la estatua y camina hacia el atardecer.

Acortando esta historia: todo salió según lo planeado. No hubo problema. Todo según lo previsto, y compartiré con el lector lo que leí más tarde en el periódico de Sídney: "Hubo mucho alboroto en la casa de los Wallace cuando apareció el verdadero mensajero y luego apareció la policía, pidiendo la película de CCTV de seguridad (no se ve ninguna) y lo que se dio como descripción de un hombre regordete con una barba muy grande con canas, gafas y una 'chaqueta y sombrero de Rapid Courier'".

Entonces, Albert hizo feliz a su primo al reunir la estatua del chamán Quimbaya con el pueblo colombiano. Su "súper sombra" (así como la mía) se expandió un poco e hicimos algo bueno para variar.

COCHES DIVERTIDOS

Por lo general, los veranos son un fracaso para los minoristas en Northport. Los veranos significan que la mayoría de la gente va a la playa y, además de sus nadadores, tangas, toallas de playa y bronceador, lo último que tienen en mente es llevar un libro delicioso para leer. Toda esa agua, sol y viento le dan a la multitud la oportunidad de reflexionar sobre sus vidas y se dan cuenta de lo lindo que la tienen. Lo odio.

Actualmente, estoy echando un vistazo a *La anatomía del perro de Miller* de Evans y De Lashanda. El libro es una primera edición y por unos miserables 185 dólares, puede ser tuyo.

Suena el timbre de mi puerta y veo a mi querido amigo Albert bailando el vals con un traje coquelicot de color rojo anaranjado que ni siquiera usaría en Halloween; luce espectacular con él.

"Danny, cariño, hoy tengo una propuesta interesante para ti", bromea Albert.

Esta vez el saludo de Albert me dice que tiene algo espléndido que compartir conmigo. He aprendido mucho sobre el tono de sus saludos y éste sonó prometedor. Como mencioné, Albert entra con un traje que simplemente sorprende. Fondo suave de palmeras y flamencos con camisa blanca, corbata de palmeras y flamencos y mocasines confeccionados en piel Napa con puntera metalizada.

"¿Qué te pasa Albert, mucho pelo mojado hoy?".

"Lo mismo que aquí, acumulas polvo, cariño".

"Entonces, ¿cuál es esa propuesta?".

"El otro día entró un cliente de Felicia preguntando por ella. ¿Te acuerdas de Felicia?".

Oh, sí, recuerdo que Felicia nos hizo una doble estafa hace un tiempo, y ahora está bebiendo mucha piña colada de avena con naranjilla en Salinas, Ecuador con la ex Sra. Franklin Carmichael.

"Sí. ¿Por qué lo preguntas?".

"Bueno, como sabes, ella era una de las estilistas más importantes de la ciudad y muchos clientes adinerados siempre preguntan por ella y hoy no fue la excepción: el joven Antanios Haddad fue quien preguntó". Albert continuó: "Le respondí que Felicia se había 'jubilado' y que Miquel estaría más que feliz de atender sus necesidades, y él parecía contento con el cambio".

"Durante la conversación del joven Antanios y Miquel, escuché una información intrigante. Suerte la mía".

"Apuesto", pensé. "Por favor comparte". Le pido a Albert que continúe.

"Parece que el joven Haddad tiene una colección de modelos a escala de 33 coches que en conjunto valen alrededor de $575,000 dólares". Mi corazón palpitó, podría haber dado un vuelco, ante el sonido de $575,000 dólares.

"Mi dulce Danny, ¿sabes que el Sr. Habib Niram del Líbano estará en la ciudad para la exposición de modelos de fundición la próxima semana en el Centro Internacional de Convenciones, y está buscando aumentar su colección actual de modelos de 38.707 modelos de autos?".

Un radiante Albert notó que yo no lo sabía, así que continúa: "Parece que el joven Haddad ha estado en contacto con el señor Niram y el señor Haddad está dispuesto a venderle la colección por dichos $515,000 dólares, pero el señor Niram sólo ofrece $400,000 dólares. Pensé que podríamos 'adquirir' la colección y vendérsela al señor Niram por, digamos, los mismos $400,000 dólares que le ofrece al señor Haddad, ahorrándole al Sr. Naram un montón de dinero, tiempo y frustración y ganándonos fondos adicionales para depositar en nuestra 'jubilación en la sombra', ¿qué piensas?".

Le pregunto a Albert: "¿En qué consiste esta colección?".

Albert volvió a sonreír y me hizo saber que tenía todos los detalles. Cómo llegó hasta ellos, no pregunté.

Albert se propuso describir la colección de modelos de coches:

• Pitón base "Cheetah" de 1968 (base de Hong Kong): $48,000 dólares.

• Bomba de playa Volkswagen rosa de carga trasera de 1969 – $72,000.

• Edición especial del 40.º aniversario con incrustaciones de diamantes de 2008 de Mattel: $60,000 dólares.

• Bomba de playa rosa de 1969 con carga trasera: $175,000 dólares.

• El resto, 29 modelos de coches, valen $220,000 dólares en total.

El último que Albert menciona específicamente como de valor incalculable, es sólo porque, por ahora, se cree que sólo quedan dos en el mundo. Albert termina su detallada presentación verbal. "¿Cómo puede recordar que todas estas cosas pequeñas son asombrosas?". Pensé dentro de mí. Con unos segundos necesarios para reanimarse, Albert finaliza: "Están todos en la oficina de su empresa a salvo en Auburn, ¿qué te parece?".

Recordando mi última aventura con Albert y Felicia, que fue totalmente infructuosa y me dejó con un nivel de confianza un poco bajo, respondí: "Hagámoslo". Y en menos de una semana, Albert obtiene los planos de las oficinas de la empresa del señor Haddad y la ubicación de la caja fuerte: una Chubb Oxley MKIII 5C.

Demasiado grande y pesada para transportarla, por lo que queda una solución: tendría que entrar por la fuerza en las instalaciones de Haddad Business Solutions Pty Ltd., en la planta baja de Auburn Avenue, en Auburn, usar mi juego de cerraduras NNC de confianza, mi favorito, por cierto, y lo único que queda es abrir la caja fuerte.

Nuestro plan es simple. Salimos a cenar el sábado por la noche después del trabajo. Nos dirigimos a Parramatta, al restaurante Meat Seafood & Wine para disfrutar de una cena agradable y tranquila. El MSW es famoso en Sídney por su selección de carnes, mariscos y vinos, de ahí su nombre. Albert disfruta muchísimo de su comida y llegamos sin reserva, añadiré, pero el maître d' hôtel sonríe y le da a Albert un abrazo enorme.

"Albert, buen amigo. Tellement content de te voir!".

"Hola, François. Content de te voir aussi". ¿Quién sabía que Albert hablaba francés? Él siempre me sorprende.

"François cariño, no tenemos reserva. ¡Espero que puedas acomodarnos ya que nos morimos de hambre!".

"Para ti, amigo mío, siempre tendré una mesa. Por favor síganme".

François nos acompaña a nuestra mesa y, por supuesto, no estamos vestidos para el establecimiento, lo puedo notar por las miradas que recibimos. Tanto Albert como yo usamos jeans, Albert tiene una camiseta negra de manga corta con pantalones negros y zapatillas rosas, mientras que yo llevo una camisa negra de manga larga con botones y jeans negros con mis mocasines negros muy gastados. Oh, bueno, nunca pensé que debías estar demasiado bien vestido durante una de nuestras "adquisiciones", así que déjalos mirar. Nuestro dinero es tan bueno como el de ellos.

"Aquí, Albert", mientras las manos de François señalan la mesa y nos entrega el menú. "Todo está excelente esta noche. No puedes fallar en tu elección. Disfruten. Enviaré a tu camarero en un momento para tomar tu pedido", y con esa última declaración, François me guiña un ojo. "Un tipo amigable", pensé.

Dejando el menú, Albert está listo para ordenar. —Me muero de hambre, Danny. Voy a ir con los Boerewors, que es su plato principal. Consiste en salchichas de ternera sudafricanas con cilantro y comino, salsa chakalaka, cilantro fresco, puré y croquetas de maíz. Seguiré con el filete de 200 gramos, término medio con un poco de salsa cremosa de champiñones a un lado y una ensalada en cuña. Espero tener espacio para el postre porque aquí son maravillosos".

"Evidentemente, durante una 'adquisición' no se tienen miedos. Por mi parte, optaré por algo más ligero como las gambas portuguesas que veo marinadas en tomate y salsa portuguesa de cebada, tomate y cilantro. Le añadiré un poco de pan para que absorba toda esa jugosidad".

El camarero llega para tomar nuestro pedido y antes de que pueda pedir una cerveza, Albert habla: "Tomaremos una botella de su "Wirra Wirra NSW 2017" y continúa ordenando nuestra comida para los dos.

Cuando el camarero se va, digo: "Albert, sabes que no estamos en una cita sino en un atraco".

"Ah, mon cheri, déjame invitarte esta noche, porque cuando tengamos éxito, la recompensa cubrirá con creces este pequeño gasto".

Nuestro vino llega pronto, y Albert huele, agita y saborea como de costumbre y asiente, y el camarero sirve en nuestras copas. Poco después llegan nuestras comidas y ahora tengo hambre y ambos devoramos nuestros alimentos. Terminando la botella, Albert está listo para pedirle al camarero otra, cuando evito que su brazo suba y giro mi cabeza hacia la izquierda y hacia la derecha indicando que ya tuvimos suficiente. "¿Qué tal el postre?", dice él. Nuevamente giro la cabeza a izquierda y derecha para que Albert haga la señal internacional para solicitar nuestra factura. A Albert le disgustó no tomar postre, porque tenía el ceño fruncido mientras conducíamos hacia Auburn y nos estacionábamos en el callejón trasero de las instalaciones del edificio Haddad Business Solutions.

Cuando salimos del auto, Albert y yo nos pusimos nuestros dos juegos de guantes de algodón, aumentando así nuestras posibilidades de no dejar ninguna "huella de guante". Lo siguiente que hago es desactivar la cámara de red Hikvision Iris: un excelente equipo descrito como "a prueba de vandalismo" pero no "a prueba de Danny". Con un poco de magia, hago que la cámara "mire, pero no vea" (no esperarás que describa mis trucos aquí, ¿verdad?), y entramos al edificio.

Las cámaras de seguridad y las cajas fuertes dan a sus dueños la ilusión de seguridad y proveen expertos en ellas y sí, ahora me considero un "experto", ya que he agregado este tipo de entretenimiento a mi vida. Procedo a girar rápidamente varios pasadores, aplico presión sobre algunos pernos, agrego un simple movimiento de su combinación de llave/cerradura y la caja fuerte se abre y libera sus tesoros.

En su interior encontramos mucho papeleo, un sobre grande con algo de dinero en efectivo ($13,200 dólares para ser exactos, contamos más tarde) y un pequeño estuche que contenía toda la colección de maquetas.

Abrimos la caja para asegurarnos de que los modelos de autos estén allí (la primera regla al entrar es asegurarse de que las cosas estén allí). Cerramos la caja fuerte, salimos por la puerta, "volvemos a montar" la cámara de red Hikvision Iris en su configuración original, y volvemos a nuestro coche sabiendo que esta vez, al menos, lo hemos conseguido, y esta vez, no hay cadáveres.

¡Qué vida, ganarse la vida con coches divertidos!

ARROGANTE Y RICO

"Es falsa, te lo aseguro". Dijo el Dr. Gabriel Frome. "La miré el viernes pasado cuando asistí a una reunión en el Museo Maximiliano. La examiné por segunda vez y te digo que es falsa, 'La Composición 19' de Vasily Kundansky es falsa". Secándose la frente sudorosa con el pañuelo de encaje.

"Hace ocho semanas, cuando el señor Charles Prudhomme III me pidió que fuera a su ático, como curador del Museo Maximiliano para tasarla, la valoré en 20 millones de dólares, entonces la donó al museo. El viernes fue la primera vez que la vi desde la tasación, y se los vuelvo a decir, ésta no es la que tasé. Ésta es falsa".

Mientras estaba detrás del mostrador en mi pequeña tienda, mi amigo y dueño de *Cut Me Crazy*, Albert, lleva un conjunto morado completo que incluye pantalones morados, una chaqueta morada, una camisa negra con botones y una corbata morada a juego y zapatos negros, y por supuesto, calcetines morados, y está haciendo todo lo posible para consolar al Dr. Frome, él y yo sabíamos que Albert ya tenía un plan desarrollándose en sus pequeñas células grises.

"Fue muy amable de tu parte, Danny, que Albert me trajera aquí después de mi corte de pelo para calmar mis nervios. Todo esto es muy estresante. Mi reputación estará en ruinas si esto sale a la luz".

"No hacer nada es mi mejor política", le dije al doctor Frome.

A lo que el Dr. Frome pensó que sería lo más sensato. Puede que hacerse el tonto no le ayude a salir de esta situación, pero tenía sus notas de la evaluación, por lo que esa sería su alternativa a la estrategia.

"¿Qué tamaño tiene esta obra maestra, Dr. Frome?". Pregunto.

Aún un poco desconcertado, el Dr. Frome me responde: "'La Composición 19' de Vasily Kundansky mide 40 cm x 60 cm sin el marco. Una delicada obra maestra que enfatiza el proceso de formación y el valor de una pintura natural, en contraposición al tema. Kundansky creía firmemente que el color y la forma poseían un poder emocional para separarse de un objeto. En mi opinión, el hombre estaba adelantado a su tiempo. Kundansky pintó sus composiciones durante treinta y cinco años, y cuando las montas en una pared, todas en orden cronológico, bueno, se te llenan los ojos de lágrimas ante la belleza y la simplicidad que aporta al arte".

"Dr. Frome, ¿por qué la tasación de $20 millones de dólares es tan alta? ¿Hay algo especial en 'La Composición 19' de Kundansky que la hace tan valiosa?". Pregunta ahora Albert, logrando que el Dr. Frome se calme un poco más al hablar del cuadro.

"Albert, eres un hombre de cultura. Hay que ver que Kundansky se extendió más allá de los territorios del cubismo, el futurismo y los movimientos de sus contemporáneos. Sus motivos, con el tiempo, han evolucionado y transformado donde creó un nuevo mundo de color y forma no visto desde entonces. La energía impulsora de Kundansky crea lo inusual usando formas simples y líneas entrelazadas con colores brillantes que trajeron nuevas definiciones a los pensamientos visuales de las masas, y Kundansky entrelazó todos estos factores, estas emociones, en sus obras. Simplemente ver estas composiciones te hace sentir eso, pero al ver la última composición, 'La Composición 19', entre estas obras magníficas y fascinantes, nosotros, el público, obtenemos una mayor comprensión de su proceso épico de creación".

Después de una hora de más preguntas y más lamentos por parte del Dr. Frome, Albert lo acompañó hasta su auto y regresó a mi tienda.

"Cariño, me alegro mucho de que esto haya terminado. Ese hombre puede hablar. Ahora, cariño, no pude evitar ver tu cara iluminarse en el momento en que el querido doctor mencionó los $20 millones, y supe que podías ver que ya tenía algo bajo la manga".

"Bueno, me parece, Albert, que el señor Charles Prudhomme III se aseguró de que el buen doctor hiciera tasar la copia original, luego Prudhomme III mandó hacer una copia, la cambió, donó la falsa al Museo Maximiliano y obtuvo una buena deducción del dinero de La Oficina de Impuestos de Australia y tiene el original en alguna parte de casa. Entonces, ¿qué sabes tú que yo no?".

"Sabes, cariño, que el Kundansky podría venderse entre $10 y $12 millones de dólares. ¿Hay algo que pueda arreglar si pudieras conseguirlo para nosotros?".

"Amigo Albert, ¿sabes dónde vive el señor Prudhomme III para que podamos hacerle una visita?".

"Ah, Danny cariño, pensé que nunca lo preguntarías, vive solo, en el 64/910 de George Street en el distrito central de negocios de Sídney, el ático. Su oficina está justo al lado, en 54/920 George Street. ¿Cuál es el plan?".

"Lo obvio, Albert, debo 'adquirir' el original y tú debes encontrarnos un comprador".

"Ya está", dijo Albert, aplaudiendo como un ganso tonto. "¿Tienes una idea de cómo vas a hacer esto?".

"No. Aún no, pero ya me conoces Albert, me gusta estudiar. Estudiar los entresijos de Charles Prudhomme III llevará algunas semanas, muchos viajes a la ciudad y unas cuantas horas en el ordenador. Simplemente búscame los planos tanto del edificio de oficinas donde está su oficina como del edificio donde está su ático. Eso debería ayudarnos mucho".

En menos de un mes, Albert tenía los planos de ambos edificios y había conseguido un comprador extranjero por 8 millones de dólares (bueno, los ladrones no pueden elegir cuando se trata de cuánto pagará la gente por las obras maestras robadas). Ahora dependía de mí.

El plano muestra que el edificio del ático "The Ovation" en 910 George Street, fue construido en 2012 con los más altos estándares de arquitectura, con una entrada designada, mostrador de recepción con estación de guardia de seguridad y ascensores separados para uso de sus residentes. No necesitas tarjeta de acceso a los ascensores. El edificio en 910 George Street fue construido igual de bien por el desarrollador, pero está más dedicado a los residentes y sólo dedicaron algunos de los primeros niveles a espacio para oficinas. Esto significaba que, si bien aquí también había un guardia de seguridad, la seguridad sería más laxa.

El edificio hermano en 920 George Street, es un edificio de oficinas de categoría A utilizado por varias de las 200 principales empresas de ASX, y la mayoría de ellas pertenecen a la tecnología fintech, que es de vanguardia en estos días. Necesitas una tarjeta de acceso para llamar a los ascensores y subir y bajar registrando cada uno de tus movimientos. La mayoría de las empresas de capital de riesgo tienen sus oficinas aquí. ¿La razón? podrías preguntar. Es más fácil para ellos compartir una empresa simplemente caminando de una empresa a otra en caso de que necesite unos dólares más para cerrar un trato.

La mejor información que mostró el plano fue que los ascensores tienen comunicación con sus respectivos mostradores de seguridad en caso de una emergencia, pero no tienen video.

Entonces, la mejor manera de determinar cómo eludir la recepción y la seguridad de un edificio, es dirigirse directamente hacia él y su mejor arma es la pizza. Porque cuantas más unidades residenciales haya, más entregas de pizza habrá. ¡Simple!

A algunos capitalistas de riesgo les gusta vivir cerca de su trabajo y la mayoría son arrogantes y ricos. Trabajan horas largas y extrañas, y qué mejor manera de celebrar el final del trabajo después de ganar mucho dinero, que disfrutar de largos y jugosos bocados de una pizza de pepperoni con queso extra.

Lo sé porque noté este ritual durante varias noches de observación minuciosa de las numerosas entregas nocturnas. La mayoría de las entregas parecen ir al edificio 920, donde siempre había un hervidero de actividad hasta altas horas de la noche, ya que los capitalistas de riesgo y sus abejas obreras realizan sus negocios en todo el mundo, lo que significa horas extrañas. Las entregas de pizza también se entregaron al 910, pero no tantas, por lo que mis posibilidades eran esperar alrededor del edificio 920 para llegar a mi objetivo.

Entonces, la noche de nuestra "adquisición", Albert hace su magia en mí. Me deja una barba y un bigote súper bonitos con cabello obtenido en su peluquería. Agregué un poco de goma espiritual a la barba y, mágicamente, ahora soy un nuevo repartidor de pizzas barbudo con un bigote a juego. Ahora tengo más vello facial que el que heredé de mi padre, y un rostro que sólo a una madre le encantaría.

Luego vino una chaqueta reversible que habíamos hecho nosotros. Por un lado, parece una chaqueta cortavientos reversible de Fendi, con colores marrón y amarillos estampados con el patrón arremolinado FF Vertigo y rematada con una capucha con cordón y bolsillos en ambos lados. El otro lado muestra la pizzería de Giuseppe y parece que lo he usado durante décadas. El último toque es una gorra de béisbol con un gran "GP" que también parece desgastada. Ahora, espero.

Parado cerca de los edificios 910 y 920 de George Street para ser visto como perteneciente a cualquiera de los dos edificios, pero fuera del alcance de la vista tanto de los mostradores de recepción como de sus habitantes, veo llegar a mi objetivo. Esta noche, es un joven asiático que sale de su bicicleta entregando otra fantástica pizza de Giuseppe.

"Buenas noches jovencito, estaba aquí fumando un buen cigarrillo y esperando mi entrega de una deliciosa pizza de su establecimiento".

"¿Usted, señor Cochrane, del nivel 34, Unidad 34-D en el 910 de George Street?", pregunta el joven.

"Soy yo mi querido muchacho. Aquí tienes $50. Conserva el cambio y gracias por un servicio de entrega tan rápido. Te recomendaré a tu gerente cuando vuelva arriba".

"Lo que sea y gracias", tomando la nota de mi parte, probablemente diciéndose a sí mismo que esta noche era una buena noche para recibir propinas, mientras sube a su bicicleta y se marcha.

Rápidamente invierto mi chaqueta para mostrar "Giuseppe's Pizza" en la espalda, saco mi gorra de "GP" de mi bolsillo y con la pizza en la mano, entro al edificio de recepción 910, me registro asegurándome de mantener la cabeza baja y garabateando un nombre que no es legible y, sin que el guardia de seguridad se dé cuenta, me guardo el bolígrafo en el bolsillo, evitando dejar mis huellas dactilares. Uno esperaría cierta sensación de seguridad en el edificio con los altos alquileres en la ciudad, pero no esta noche, ya que el guardia de seguridad está más involucrado con su teléfono y ha asumido que soy sólo otro de los muchos repartidores de pizza que vienen a entregar las delicias de esta noche a los poderes fácticos de arriba. Sin decir una palabra, paso al nivel 34 para entregar la pizza.

El señor Cochrane del 34-D resulta ser un imbécil que saca $20 y $10 dólares por una pizza de $28 dólares, incluida la entrega a domicilio. Sonrío y me alejo hacia el ascensor, pero en lugar de bajar, subo y me dirijo al ático. El ascensor se detiene en la entrada del ático, mostrando un maravilloso suelo de mármol y algunos jarrones ornamentales con flores frescas esparcidas a cada lado de la puerta del ático.

Primero llamo al timbre de la casa del señor Prudhomme III, luego a su número de teléfono fijo que Albert había conseguido y, como era de esperar, no hay respuesta. Sabíamos que esta noche Prudhomme III estaría ocupado en una de las muchas exposiciones a las que asiste.

Todas las redes sociales de Prudhomme III están llenas de fotografías y eventos volcados hacia el mundo del arte, con constantes *selfies* con artistas locales en sus exposiciones y muestras de arte.

Una de las cosas, cuando estás a punto de adquirir algo que no te pertenece, es conocer tu objetivo. A este objetivo le encantaba ganar dinero y luego pasar una tarde aprovechando su conocimiento de los artistas locales y sus obras en muchas exposiciones que se realizan en la ciudad. Esta noche no fue diferente. Prudhomme III estaba en algún espectáculo artístico mostrando cuánto dinero había ganado, pero esta noche también iba a perder mucho. ¡Por suerte para Albert y para mí, a él le encantan las artes!

La cerradura no fue un gran problema, ¿por qué molestarse con cerraduras fuertes cuando tienes seguridad abajo? Una búsqueda rápida de "La Composición 19" de Kundansky resulta exitosa, y está en mi poder.

Me quito la barba y el bigote postizos y los tiro por el inodoro, uno a la vez, le doy la vuelta a la chaqueta, me guardo la gorra en el bolsillo y enrollo "La Composición 19", que es lo suficientemente pequeña como para caber fácilmente debajo de mi chaqueta. Invirtiendo mi ruta de entrada, salgo del edificio con el mismo aspecto que cualquier capitalista de riesgo que vive allí.

Arrogante y rico.

UNO DE LOS SOSPECHOSOS HABITUALES

Esta mañana fue la típica de todas mis mañanas. El sol entraba levemente por la ventana de mi frente bañando la tienda con sus cálidos rayos. Mientras caminaba por la tienda, asegurándome de que todo estuviera en su lugar, pensé: "¡La vida es buena!".

Estoy orgulloso de *Village Books & Stuff*. Cambié su nombre del antiguo edificio de la imprenta donde está mi tienda cuando le compré el negocio y el edificio al Sr. McCullum hace más de tres años. El edificio fue construido a principios de la década de 1850 y es uno de los primeros edificios en Northport y, por lo tanto, se considera patrimonio en el exterior, pero en sólo tres años y medio he logrado modernizar la tienda con la última tecnología, crucial para mi negocio y la seguridad del edificio. Verás, solía alquilar la tienda, pero hace un tiempo, con la ayuda de mi amigo Albert Matthew Guzmán, propietario de la principal peluquería de Northport, *Cut Me Crazy*, pude "adquirir" los fondos para comprar este hermoso edificio.

Albert y yo participamos en algunas actividades que, estoy seguro, la fuerza policial de Nueva Gales del Sur definiría como ilegales, pero hemos tenido la suerte de no llamar la atención sobre nosotros mismos, o eso pensaba, hasta que esta hermosa mañana me encontré con una nube oscura junto a mí, el nombre del detective Malcolm Cassell.

Unos minutos después de las 10 de la mañana, acababa de colocar mi pequeño cartel de "Estamos abiertos" en mi puerta, y Albert irrumpió por la puerta principal con uno de sus habituales trajes extravagantes. Esta vez lleva lo que yo llamaría un traje de "¿Dónde está Wally?". Una chaqueta de rayas horizontales rojas y blancas sobre un pantalón azul celeste con una camisa blanca y la corbata a juego con la chaqueta. Las zapatillas blancas son lo más con este conjunto y sin calcetines. Albert hace que mi campanita vibre excesivamente, mira a su alrededor y se asegura de que no haya clientes, cierra la puerta principal, cambia mi cartelito de "Estamos abiertos" a "Estamos cerrados" y suelta: "Danny, querido, ¿Ya has hablado con él?".

Desconcertado dije: "¿Hablado con quién?".

Justo antes de que Albert pudiera comenzar su conversación, el timbre de la puerta de entrada retumba un poco, como si alguien estuviera tratando de entrar y no prestara atención a mi cartel de "Estamos cerrados", y luego golpea la puerta solicitando entrar.

Albert me mira, hace una mueca graciosa, se gira y va a abrir la puerta principal por mí y deja el pequeño cartel en la posición "Estamos cerrados". Mientras abre la puerta, entra un tipo bajo y fornido, de unos cincuenta y tantos años, calvo temprano pero todavía con algo de cabello que puede peinarse estratégicamente, dientes razonablemente buenos y vestido con lo que Albert describiría como un traje de color carbón medio, que se ve muy bien con una camisa de vestir blanca arrugada y una corbata oscura, delgada. Sin embargo, él no es lo que yo describiría como alguien que luce bien con el traje, ya que el traje parece no haber visto el interior de una tintorería en mucho tiempo. En el lado redentor, tenía zapatos de encaje negro bien lustrados en los que los rayos del sol podían reflejarse si el sol alcanzaba los zapatos, debido a su rotundidad.

"Bueno, buenos días caballeros, hermoso día en Northport. Me agrada verlo aquí también señor Guzmán", habló el detective Malcolm Cassell con una voz que me recordó a Jason Troutman (si no sabes quién es, intenta buscarlo, qué voz tan única).

"Disculpe, señor", dije, "Aún no estamos abiertos".

"Oh, está bien, vi al señor Guzmán aquí y ya nos conocimos. Pensé que podría entrar y presentarme ante ti. Te llamas Monk, ¿verdad? Proclamó el detective Cassell.

"Lo siento. ¿Lo conozco?". Yo pregunté.

"No, no es así, Monk. Mi nombre es detective Malcolm Cassell".

Con la voz más agradable que pude reunir, respondí: "Preferiría señor Monk, pero no creo que a usted le importe lo que pienso, ¿estoy en lo cierto, detective Cassell? ¿Qué puedo hacer por usted?".

El detective Cassell sonríe mostrando esos dientes razonablemente buenos y sin mirarme, deambula por la tienda recogiendo libros, bolígrafos, cualquier cosa que le apetezca y colocándolos todos en el lugar equivocado. Hace una declaración con esa horrible voz suya: "Puede que sepas o no que ha habido muchos robos en el área metropolitana. Algunas de las víctimas son clientes del Sr. Guzmán, con quien hablé ayer por la tarde, y pensé en seguir con él por la mañana con algunas otras preguntas e imagínate, lo veo en tu tienda. Así que pensé en presentarme a ti".

Cassell continúa: "Una pequeña investigación realizada por algunos de mis compañeros oficiales, descubrió que tu suerte parecía haber cambiado hace un tiempo, desde que comenzaste a asociarte aquí con el señor Guzmán. Es decir, pasaste de arrendador a propietario en dos años, modernizaste la tienda, la modernizaste y todo lo pagaste sin financiación bancaria. El negocio minorista te ha resultado muy fructífero. ¿Es así, Monk?".

No me gustó el tono de su voz ni hacia dónde iba la conversación. Albert estaba parado allí, fresco como un pepino, pero pude ver su labio inferior temblar como lo hace cuando tiene una pequeña cosa preocupante de la que parece que no puede deshacerse. Por mi parte, también estaba tan fresco como una sandía, pero pensé que tal vez había habido algún pequeño error que podría haber cometido durante una de mis excursiones con Albert, que se quedó atrapado en la investigación del detective Cassell y que podría señalarme con el dedo.

"Bueno, detective Cassell, me alegra saber que ha notado lo bien que administro mi tienda y cómo puedo vender mis productos y cómo, después de los gastos, logro ahorrar dinero para ampliarla. Si desea consultar mis recibos de caja registradora, pedidos de inventario, pedidos especiales, verá que todo lo que hago es legítimo. Si necesita que lo ayude con sus asuntos financieros, existe este libro, *The Barefoot Retirement Plan* de Doyle Shuler, que podría ayudarlo a alcanzar esas metas financieras, cuesta $24,95".

Le doy a Cassell mi mayor sonrisa.

Él también me devuelve la sonrisa y continúa presionando: "No, eso no será necesario. Esos fueron ciertos aspectos de tu reciente 'crecimiento' en tu negocio que encontré interesantes. Sólo pensé en venir y hablar contigo para hacerte saber lo mucho que me impresionaste".

Con eso, le hace un gesto a Albert y luego a mí; va hacia la puerta, se da cuenta de que mi cartel está mal y lo gira a la posición "Estamos abiertos" y agita la mano mientras sale por la puerta.

Cuando el detective Cassell pasa por mi ventana delantera, mira hacia adentro y continúa sonriendo, saluda y se pierde de vista. Albert empieza a hablar, pero lo detengo colocando mi dedo índice delante de mi boca. Saco mi detector de señal de RF del cajón superior y escaneo todas las áreas en las que se encontraba Cassell para asegurarme de que no dejó ningún pequeño dispositivo de escucha. Luego le hago un gesto con la cabeza a Albert para que hable y él dice: "Él sabe Danny, lo sabe". Me tomé un momento para pensar y le dije a Albert: "No, Albert, no lo sabe. Él sospecha. Sólo eso, somos sospechosos".

"Oh, querido Danny, nunca pensé que nos pillarían en esto. Quiero decir, ambos hemos tomado tantas precauciones como sea posible, obteniendo información y luego seleccionando los canales apropiados para la distribución de nuestras 'adquisiciones', todo lo cual puedo dar fe, ya que ninguno de mis recursos quiere que la policía se involucre. Estoy preocupado, Danny. Acabo de enterarme de una oportunidad para nosotros también, ¿qué vamos a hacer?".

"Cuéntame tus impresiones sobre el detective Cassell", le pregunté a Albert.

"¿Qué quieres decir Danny, con mis impresiones?".

"¿Qué piensas de él, Albert?".

"Lo encuentro un neandertal total. ¿Te fijaste cómo vestía? Creo que es simplemente un hombre hambriento de poder que quiere ascender en la línea política y tal vez convertirse en inspector antes de llegar a la edad de jubilación, y está casado. ¿Viste ese anillo llamativo que llevaba? ¿Por qué lo preguntas?", respondió Albert.

"Tengo la impresión de que, si bien puede sospechar algo, también está buscando algo. Los agentes de policía de Nueva Gales del Sur tienen un trabajo peligroso y, si bien su salario es 100% superior al salario nacional promedio en Australia, este salario no es nada comparado con los riesgos asociados con el trabajo. En mi opinión, Albert, quiere algo de nosotros, pero todavía no sé qué".

"No sé Danny, querido. Fue un gran shock para mí cuando vino a mi salón ayer por la tarde, preguntándome por los clientes, víctimas, como él los llamaba, de los recientes robos y dando a entender que conozco a muchos de ellos. Le aseguré que durante el tiempo que he estado en el negocio, he conocido a muchas personas en el tipo de negocio en el que estoy. Él hizo esa sonrisa que nos hizo esta mañana y se fue justo antes de que cerráramos el salón por ese día. Me quedé allí pensando, ¿y si él supiera lo que habíamos hecho? Quería contarte lo que había pasado, pero habías cerrado por el día y no quería molestarte por la noche. Pensé que sería mejor venir temprano esta mañana para hablar contigo y luego aparece como si quisiera sorprenderme contándote esta nueva oportunidad".

"Albert, seguimos haciendo lo que mejor sabemos hacer y sabemos que el detective Cassell puede estar vigilándonos un poco más de cerca, eso es todo. Ahora dime ¿cuál es esta oportunidad?".

"Está bien, cariño, tal vez esto me ayude a no pensar en el terrible detective Cassell", gime Albert. "¿Has oído hablar de los pendientes de Apolo y Artemisa?".

"Aparte de que los nombres se refieren a los dioses griegos, creo que son gemelos e hijo e hija de Zeus y Leto; No se me ocurre nada más en cuanto a pendientes. Dime más".

"Resulta que el señor Bill Randolph, propietario de Pinnacle Minerals y orgulloso residente de Avalon Maison en Mosman, recientemente compró dichos aretes para su esposa, la señora Philippa Randolph, y valen la friolera de $78,000,000 de dólares. Un pendiente, el Apolo, es azul y tiene forma de pera, mientras que Artemisa es rosa y también tiene forma de pera. Se dice que el Apollo Blue es, y cito (Albert hace esos pequeños signos de comillas en el aire con las manos): 'el diamante de zafiro vívido, elegante e impecable más grande jamás ofrecido en una subasta', según Sotheby's. La gema de 14.54 quilates obtuvo una rara calificación de 11b, que representa sólo el 1 por ciento de los diamantes del mundo. Mientras tanto, el Artemisa rosa de 16 quilates fue clasificado como un diamante 11a, 'el más puro químicamente' de su tipo". Concluyó Albert, orgulloso de su conocimiento de las gemas.

"Y…" dije, instando a Albert a terminar su disertación.

"Querido, hay un multimillonario chino casado y rico al que le gustaría mucho regalar estas gemas a su 'novia'", dijo Albert, haciendo nuevamente las comillas en el aire. "Está ofreciendo unos bonitos $20,000,000 de dólares si alguien le trae dichas gemas, sin hacer preguntas. Todo está publicado en la 'web oscura'", dijo Albert, terminando su perorata.

Así es como Albert encuentra oportunidades y compradores: en la web oscura. Mis actividades en la web se limitan a pagar las facturas, enviar un correo electrónico ocasional a mi primo Gary o Gaz, como solía llamarlo mi madre, comprobar el saldo de mi cuenta bancaria y pedir libros, material de oficina, tarjetas y otros materiales para mi tienda a mis proveedores y utilizar más productos de Australia, publicar para enviar mis ventas en línea y, por supuesto, registrar las ventas en la caja registradora. Ése es el alcance de mis habilidades informáticas. La web oscura:

¿cómo puede alguien llegar a la internet oscura? Está mucho más allá de mis capacidades. Aprendí a abrir cerraduras, evitar sistemas de alarma, utilizar instrumentos de lectura de sensores y más. Toda esta investigación se realizó a la antigua usanza, leyendo libros. Sé que la policía puede rastrear tus movimientos pasados en Internet si usas tu computadora. Intenté buscar en la web oscura usando un cibercafé en Parramatta, pero encontré la jerga; VPN, ISP, cifrado, TOR y demás, son confusos y luego, si comprendes todo, esperan que pagues con bitcoin. Bitcoin, ¿qué diablos es eso? Por un lado, pago en efectivo sobre la marcha. Ese es el tipo de persona que soy. Por eso Albert hace tan bien su parte y yo hago la mía igual de bien.

Asociación perfecta.

Con el tiempo, habría aprendido esta red negra o red oscura o cualquier color que sea, porque todo en la vida está cambiando y sé que necesito cambiar ya que no quiero terminar como el Sr. Hebert McCullum y tener que abandonar esta línea de trabajo, ya que no estaba al día con los tiempos.

"Albert, ¿crees que deberíamos ir tras estos pendientes? ¿Se siente cómodo sabiendo que el detective Cassell nos está investigando como posibles sospechosos de algunas de las actividades pasadas en las que hemos estado involucrados?". Le pregunto a Albert.

"Sí, la perspectiva de aumentar nuestro 'súper en la sombra' con nuestra parte del botín de esta adquisición justifica los riesgos, ¿no crees, Dany?". Pregunta tímidamente Albert, dejándome a mí la última decisión.

Rara vez pienso en los riesgos asociados con la parte de "adquisición" de nuestra asociación. Hay riesgo en todo en la vida y qué es la vida sin riesgo, aburrimiento, digo. La idea de que el detective Cassell estuviera mirando por encima de nuestros hombros presentaba un nuevo desafío, pero como ocurre con los riesgos, la vida está tan llena de ellos, que le di a Albert mi respuesta.

"Albert, amigo mío, podemos convertirnos en uno de los sospechosos habituales en nuestra próxima travesura, pero creo que es un riesgo que ambos estamos dispuestos a correr, así que sí, esta 'adquisición' justifica sus riesgos. Recuerda la cita de Jean-Paul Sartre: "Para saber cuánto vale la vida hay que arriesgarla de vez en cuando".

El siguiente paso fue comenzar nuestra planificación para no convertirnos en uno de los sospechosos habituales.

EN CIRCUNSTANCIAS ESPECIALES

Hasta ahora hemos sido cautelosos y afortunados, pero una visita reciente del detective Malcolm Cassell ha puesto en duda que nuestras empresas sigan siendo secretas. Para citar a mi amigo Albert: "Él sabe".

Bueno, no creo que el detective Cassell "sepa", pero estoy bastante seguro de que "sospecha" y esto genera preocupaciones adicionales a medida que nos esforzamos por nuestra nueva "adquisición", los aretes Apolo y Artemisa que pertenecen al Sr. y la Sra. Bill Randolph.

A través de sus conexiones en la web oscura, Albert obtuvo información, de que un multimillonario chino pagaría, sin hacer preguntas, 20.000.000 de dólares por esos pendientes, para poder salpicarlos a su "novia". Ahora me imagino que estos pendientes tenían que ser elegantes y valer mucho más que los $20 millones de dólares ofrecidos, y Albert sabía de gemas porque me dio una excelente descripción de ellas. Recuerdo a Albert recitando estos detalles de memoria.

Mi pensamiento es que estos aretes no los usaría en el mundo dicha "novia", sino que tener estos aretes era más bien una declaración de un hombre que tiene una inmensa riqueza, y no le molestaría que su "novia" los usara alrededor de la casa. "Qué pena", pensé para mis adentros. ¿Me pregunto qué piensa la esposa de eso? Oh, bueno, esa podría ser otra historia para otro momento.

Las fuentes de Albert pudieron proporcionarnos un plano detallado de la mansión de Randolph, los jardines, un esquema detallado del sistema de seguridad y un plano de los sistemas eléctricos que protegen la gran extensión que es Avalon Maison. Albert también pudo descubrir que los miembros del personal interno ocupan las mismas instalaciones que los Randolph, en este caso, el mayordomo jefe y la empleada de limpieza de la casa. El chef, el jardinero y ambos choferes viven en sus propias casas y salen todos los días, a menos que sea necesario, para ocasiones especiales. La "adquisición" propuesta por Albert, no sería fácil de conseguir con un total potencial de cuatro personas que podrían estar en la casa en cualquier momento.

Como sucede en la vida, una amiga de una amiga de una amiga de la señora Randolph estaba siendo peinada por Miquel en *Cut Me Crazy* la semana pasada. Después de beber varias copas de champán Château Mouton Rothschild Pauillac 2010, alegremente le dijo a toda la peluquería que los Randolph estarían de vacaciones en su castillo de Aspen, Colorado, durante las próximas tres semanas, y partirían ese mismo viernes.

Nuestra ventana de oportunidad fue corta, pero éramos personas capaces y lo lograríamos, como le dije a Albert. La mayoría de las veces, Albert no se involucra en los aspectos físicos de nuestras "adquisiciones", ya que tiene un estómago sensible para la aventura, pero le dije que esta vez no tenía otra opción. El paisaje de Avalon Maison era demasiado vasto para cubrirlo yo solo y necesitaba un par de ojos y oídos extra, así que Albert aceptó participar.

Todos mis planes a la hora de realizar una "adquisición" son sencillos: Evita entrar en cualquier vivienda que esté ocupada y evita a toda costa complejos sistemas de alarma integrados. Esas dos advertencias no iban a estar disponibles para nosotros esta vez. No podría ser peor.

Como se mencionó, tendríamos a ambos sirvientes durmiendo en la casa y el sistema de alarma utilizado en Avalon Maison no era uno, sino dos sistemas en uno. El primer componente fue el Sistema de Visión Australiano (AVS) con 28 cámaras, todas grabando 240 fotogramas por segundo e incluyendo visión nocturna y detectores de movimiento. Ahora, agreguemos a esta ecuación el Sistema de Entrada Territorial Inmovilizador Antirrobo, que dispersa un gas nocivo en 3,000 metros cuadrados cuando se activa, más comúnmente conocido como sistema BITES, y esto presentó un gran problema. Podía sentir que los $20,000,000 de dólares se me escapaban. Tengo que pensar mucho en esta "adquisición".

Pasan un par de semanas antes de que le pida a Albert que venga después de la hora de cierre el jueves por la noche. Nos reunimos en mi unidad de arriba para repasar toda la información que teníamos. El lector puede recordar dónde está mi morada, ya que en todas mis historias anteriores mencioné el hecho de que soy una persona privada, pero lamentablemente lo compartiré con ustedes nuevamente en caso de que los lectores no hayan comprendido su ubicación. Justo encima de *Village Books & Stuff* se encuentra mi humilde morada. Una amplia sala de estar que comprende una sala de estar, una combinación de cocina comedor, un pequeño rincón de lectura, un dormitorio enorme, lo suficientemente grande como para un juego de dormitorio tamaño King que incluye un vestidor de dos puertas, y un baño que incluye una bañera que pondría celosa a Cleopatra, y una ducha separada. Aquí es donde me retiro cada noche después de cerrar mi tienda y me preparo para el siguiente día laborable. Ahora me conoces un poco más, ¿feliz?

Teníamos los diseños de construcción, los planos originales de la casa, los paisajes alrededor de la casa, los esquemas del sistema de alarma y el plano eléctrico. Mi experiencia con los sistemas de alarma me ha enseñado una cosa: ningún sistema es impenetrable, y lo mismo ocurrió con el sistema AVS. El sistema AVS permite a su propietario ver sus instalaciones de forma remota con un software que le hace posible monitorear todas las vistas de las cámaras en tiempo real desde una PC, computadora portátil o PDA en cualquier parte del mundo con una conexión a Internet.

Entonces, lo primero es conocer la rutina de la casa cuando los dueños no están, y eso fue lo que Albert y yo hicimos durante varios días. Cuando terminábamos de monitorear la casa, regresábamos a mi casa para repasar los planos. Permítanme compartirles que pasamos muchas noches haciendo esto. Esperábamos que monitorear a los sirvientes cuando los propietarios estaban de vacaciones nos diera un patrón, y así fue. Su rutina nos decía que la empleada de limpieza de la casa se levantaba temprano cuando los Randolph estaban fuera, pero se acostaba alrededor de las 9 p. m. y nunca salía de su habitación, mientras que el mayordomo dormía por la mañana, pero se quedaba despierto después de la medianoche la mayoría de las noches. Iba a la cocina alrededor de la 1 a. m. para tomar un refrigerio o una bebida antes de retirarse a pasar la noche. Esta información nos permitió descubrir que las 3 de la madrugada era el mejor momento para proceder con nuestra "adquisición". Los sistemas AVS y BITES todavía nos preocupaban.

Y sí, tanto Albert como yo seguimos trabajando en nuestros establecimientos cada mañana, convirtiéndonos en la envidia de todos los pequeños empresarios del mundo si lo supieran.

Entonces, una noche, Albert y yo estábamos cenando un sándwich rápido en el banco de la cocina y yo camino hacia la mesa del comedor esperando que se manifestara una revelación. Pensé que era imposible para nosotros entrar a la casa sin ser detectados, eché un vistazo profundo al traje de Albert (hoy llevaba un traje de tartán rojo con una camisa negra y una corbata de tartán roja a juego con zapatos y calcetines negros) y este conjunto tenía que ser la inspiración para mi momento "Eureka".

"Albert, creo que encontré una solución a nuestros problemas", dije. "Ven aquí. Mira el plano, especialmente el lado de Avalon Maison que está ocupado por los sirvientes. ¿Qué ves?".

Albert se baja del taburete y sosteniendo su sándwich cubano (hace uno malo) se acerca a la mesa asegurándose de que su chaqueta cruzada no se estropee ni se manche. Mientras mastica, Albert observa el plano por un minuto, me mira y dice: "No veo nada, Danny. ¿Qué ves y yo no?".

Sonriendo a Albert, le digo: "Mi querido amigo, a veces, en medio de la noche, tengo ganas de tomar una bebida o incluso un sándwich, así que me levanto y camino a la cocina para satisfacer esa sed o hambre. ¡Apuesto a que a veces haces lo mismo!".

"Pues sí, por supuesto, me imagino que casi todo el mundo hace eso en algún momento de su vida. ¿Entonces?" pregunta Albert, tomando el último bocado de su sándwich.

"Bueno, Albert, si observas los esquemas del AVS con su consorcio de 28 cámaras, notarás que todas apuntan a áreas clave de Avalon Maison, donde viven los Randolph. Ahora mira con atención, el ala de servicio tiene una cámara y, si sigues el plano, es la única cámara que no está conectada al sistema AVS, es un sistema independiente".

"Para hacer la vida aún más fácil, mira, hay un teclado en el ala del pasillo de servicio que se conecta al sistema BITES. Si alguno de los sirvientes quiere tomar una bebida o un refrigerio, o salir de su habitación por cualquier motivo, deberá apagar el sistema BITES, irá a la cocina, saciará su sed o hambre y regresará al pasillo y, vuelve a encender el sistema BITES antes de regresar a su dormitorio".

Albert simplemente se quedó allí. Llevábamos poco más de una semana analizando estos planos y no habíamos notado un fallo tan simple en el sistema. Por supuesto, los Randolph se sentían seguros. Nadie los robaría. A los Randolph, sin embargo, no les importaba si alguien robaba a sus sirvientes.

Faltan menos de cuatro días para que los Randolph regresen de Aspen; Albert y yo pusimos nuestro plan en acción. La entrada a los jardines de Avalon Maison desde el ala de servicio era sencilla, sólo había un obstáculo en el camino, un pequeño muro de 1 ½ metro; pequeño para mí, pero para Albert fue como escalar el Everest. Albert tardó un poco en conquistarlo. Habiendo logrado esa hazaña, utilicé un modificador de RF cuántico para neutralizar la única cámara, dándonos fácil acceso al ala de servicio. La puerta francesa trasera resultó fácil de elegir y estuvimos dentro de la casa en menos de un minuto.

Aquí el lector podría suponer: "Ya te atraparon, chico Danny. Seguramente sonará la alarma". Bueno, no del todo. La mayoría de los ricos creen que tener el sistema AVS y el sistema BITES es suficiente para disuadir a todos los ladrones. El propietario asume, y tú sabes lo que sucede cuando asume, como la mayoría de los propietarios, que tener sistemas AVS incluye una combinación de seguridad de puerta y ventana, pero no es así. Todo lo que tuve que hacer fue simplemente forzar la cerradura de la puerta francesa, sacar mi OCD (disruptor de cámara oscilante) y apuntarlo al único sensor interior, caminamos hacia el pasillo y apagamos el BITES usando el teclado.

El lector volverá a pensar: "¿Pero Albert y tú no conocen el código de seguridad? ¡Te tengo!".

Recordaré al lector que, si tiene un sistema de seguridad en casa, por primitivo que sea, lo más probable es que tenga teclado. Lo único que hacen todos los propietarios cuando limpian su casa, o en el caso de los Randolph, hacen que lo haga la persona de limpieza de la casa, es desempolvar, limpiar y limpiar a fondo cada rincón de su hogar: todos sus muebles, libros, marcos de cuadros, etc. Podría seguir y seguir. Pero lo único que nadie, y estoy seguro de incluir al lector aquí, limpia o ni siquiera piensa en limpiar, es el teclado del sistema de alarma.

Quizás al lector le interese saber que la piel que se encuentra en los dedos, las palmas y las plantas de los pies de los humanos (y de algunos primates) se conoce como piel de fricción. Esta piel es única porque no tiene folículos pilosos ni glándulas sebáceas, y porque está compuesta de crestas que se cree que están adaptadas para una mayor fricción para ayudar al manipular diversos objetos y caminar. Estas llamadas "crestas de fricción" están compuestas por hileras de poros sudorosos o glándulas ecrinas que secretan sudor constantemente. Esta transpiración, junto con la grasa y el aceite transferidos desde otras partes del cuerpo, se adhiere a la piel de fricción y se transfiere de la piel a otras superficies cuando se hace contacto con los objetos. El contorno transferido de las crestas de fricción es una huella latente.

Entonces, desempolvé el teclado y encontré los cuatro dígitos del código, los marqué y la mágica luz roja del sistema de seguridad desapareció. El sistema BITES ahora estaba fuera de línea y decía que la luz mágica ahora estaba verde, lista para ser armada una vez más. Escuchamos a través de las dos puertas de servicio y no pudimos oír nada; Ambos empleados parecían profundamente dormidos, así que nos apresuramos a buscar la caja fuerte.

El plano muestra que la caja fuerte de los Randolph estaba en el enorme estudio, escondida detrás de una estantería falsa, por lo que avanzamos lentamente hacia el estudio, abrimos la puerta y encendimos nuestras linternas. Encontramos la estantería falsa abierta de par en par y la caja fuerte de Randolph aún más abierta. También vemos el cuerpo de una mujer en el suelo.

Albert casi se desmaya ante mí. Lo agarro rápidamente antes de que caiga al suelo junto al cuerpo de la mujer y lo estabilizo antes de arrodillarme para inspeccionar el cuerpo. Tenía la nuca partida como una nuez, la sangre se había secado en la alfombra y la cabeza napoleónica de mármol blanco yacía cerca de ella. Llevaba poco tiempo muerta porque cuando sentí su cuerpo, todavía tenía calor, el calor incluso penetraba los guantes dobles que siempre uso.

Una mirada a la caja fuerte mostró papeles esparcidos por todo el frente de la caja, algunos archivos y ningún pendiente. Alguien se nos había adelantado y teníamos que salir de allí rápidamente antes de que el mayordomo nos oyera o tal vez oyera a Albert y su respiración agitada y se despertara para investigar.

Invertimos nuestro camino, rearmamos el sistema BITES, reactivamos el sensor del pasillo, cerramos la puerta francesa cuando salimos, llegamos a los mismos arbustos donde nos escondimos primero y activamos la cámara exterior independiente, empujé a Albert por encima de la pared y volvimos a mi casa lo antes posible.

Desde el incidente de Carmichael no habíamos encontrado un cadáver. Tuvimos suerte de que Carmichael muriera por causas naturales, pero no la mujer, a menos que el forense de Nueva Gales del Sur ahora clasifique que tener la cabeza abierta como una nuez sea una causa natural.

Quitar una vida es algo que nunca he hecho. Nunca he servido en las fuerzas armadas. No tengo un arma y, aparte de mis cuchillos para carne y los cuchillos de cocina para cortar en casa, ése es el alcance de mi armamento. Albert, bueno, sale a comer la mayoría de las noches, sale de fiesta en los locales nocturnos de Northport y frecuenta muchos lugares interesantes en el distrito comercial central de Sídney, por lo que es, incluso, menos propenso a la violencia que yo.

"Danny querido, nos echarán la culpa por esto. No puedo ir a prisión. Ves a esa gente con horribles trajes naranja todo el tiempo. Eso no sirve, simplemente no sirve".

Le dije: "Albert, no vamos a ir a prisión. En primer lugar, los presos de Nueva Gales del Sur visten el verde de la prisión, no el naranja. Debes estar pensando en un programa estadounidense de televisión que viste. En segundo lugar, no seremos investigados y ni siquiera seremos sospechosos de nada. En tercer lugar, no dejamos pistas. Te observé en todo momento y no me fallaste, fuiste increíblemente cuidadoso. Ambos llevábamos redecillas y gorros para no dejar folículos pilosos. Tenías puestos tus guantes dobles y tu rostro cubierto de polvo para evitar el sudor y que no encontraran ni una gota de ADN. Pero necesito que hagas una cosa por mí".

"Sí cariño, cuéntame, cualquier cosa. Lo haré".

"Vete a casa. Intenta dormir un poco y antes de ir a trabajar por la mañana, haz tu magia en la web oscura y descubre el estado de la solicitud del multimillonario chino de esos pendientes. Comprueba si ha retirado su oferta en la red. ¿Puedes hacer eso por mí?".

"Por supuesto que puedo. Lo haré esta noche y te llamaré temprano por la mañana".

"No, Albert, no temprano en la mañana. Todo está bien. Abres tu tienda con normalidad, a las 8:30 a.m. Abro mi tienda como de costumbre a las 10 a. m. y alrededor de las 11 a. m. deambulas por aquí como lo haces normalmente la mayoría de los días y charlamos".

"No estoy bromeando, Danny. Puedo pasear, pero no deambulo", respondió Albert, molesto por la descripción de su paseo.

"Está bien Albert, ha sido una noche larga. Te veré en la mañana".

A la mañana siguiente, abro mi tienda a las 10 en punto, abro la puerta, pongo mi cartelito en la posición "Estamos abiertos" y hago el habitual enderezamiento de los libros, la sección de tarjetas, etc. la sección estacionaria, y antes de que puedas tomar un café Gloria Jeans, son las 10:09 a. m.; Es hora de trabajar y esperar al primer cliente del día.

Como un viento céfiro (tanto por estar fresco y esperar hasta las 11 a.m.,), Albert entra e inmediatamente comienza: "Oh, Danny, las cosas están tan mal, tan mal. Anoche revisé mis contactos en línea y resulta que había un segundo postor por los aretes. Esta vez la oferta superó en $2,000,000 de dólares la orden de compra del multimillonario chino", dijo Albert, respirando profundamente. "Y cuanto más husmeaba en la web oscura, descubrí que los pendientes ya habían sido 'adquiridos con dificultades' por un 'equipo de adquisiciones independiente'. No creerás que se refieren a nosotros, Danny, ¿verdad?".

"¿No somos el equipo de adquisiciones del que hablan?". Interrogo a Albert.

Antes de que pudiera agregar algo a mi respuesta, escucho el tintineo de mi pequeño timbre y ¿quién creen que entra a mi tienda? El detective Cassell. "Buenos días, caballeros. Parece que siempre los encuentro a ambos en una conversación profunda cuando los veo", proclama Cassell.

"Buenos días, detective, ¿y por qué tenemos el placer de su visita hoy?". Yo pregunté.

"¿Supongo que no habrás leído los periódicos de la mañana esta mañana?", inquiere Cassell. Albert y yo sacudimos la cabeza de izquierda a derecha y Cassell continúa: "Anoche se produjo un robo en Mosman, y algunos pendientes raros perdieron la propiedad de sus legítimos dueños, pero encontraron a una criada de cuarenta y seis años en el suelo del estudio con un inmenso agujero en la nuca. ¿No tendrán ustedes ninguna idea sobre lo que podría haber ocurrido?", pregunta el detective Cassell con sospecha.

Albert inmediatamente adopta su postura habitual cuando se pone nervioso: se queda mirando como un canguro frente a los faros de un coche, así que yo asumo el liderazgo de la conversación: "Me preocupa que usted piense que el señor Guzmán o yo tengamos alguna idea sobre los autores de este horrible crimen. ¿Cuál es su interés en nosotros?". Le encargo al detective mi pregunta.

"Tranquilo, tranquilo Monk, no hay necesidad de enfadarse. Es sólo una pregunta. La casa donde se encontró la mujer muerta es propiedad de los Randolph y la señora Randolph es cliente del señor Guzmán. Sí, otra vez más de esas coincidencias que investigo, y esta coincidencia no es la primera", responde severamente el detective Cassell.

"Monk, no creo en las coincidencias, y mis años en la policía de Nueva Gales del Sur me dicen que ustedes dos están involucrados de alguna manera en los robos, pero mi experiencia también me dice que ustedes dos no son del tipo violento. Así que éste es el trato: si escuchan algo sobre este caso, comuníquense conmigo y estoy seguro de que podremos solucionar cualquier dificultad", dijo Cassell entregándonos a cada uno su tarjeta de presentación y tan pronto como entró, el detective Cassell sonríe, se da vuelta y sale por la puerta principal, dejando atrás el pequeño timbre de mi puerta sonando.

Albert, con cara de canguro, vuelve de su trance y dice: "Vaya, ha salido y nos dice que somos sospechosos de todos los robos, Danny. ¿Qué vamos a hacer?".

Pensé: "Bueno, que me condenen".

"¿Qué Danny?".

"Sólo me hicieron falta dos reuniones con Cassell para deducir de qué lado de la ley se encuentra el detective: del lado gris".

Albert pone una cara graciosa y solicita: "Por favor, explícate, Danny".

"Sí, te lo explicaré. Albert, el detective Cassell sospecha de nosotros por los robos, pero no por el asesinato, y no me preocupa en absoluto". Le dije tranquilamente a Albert. Continué expresando mis pensamientos: "Creo que Cassell tiene dos caras. Un lado lo presenta al público; el servidor público, haciendo su trabajo, día y noche defendiendo las leyes del gran estado de Nueva Gales del Sur, pero Cassell tiene una segunda cara". Me detuve porque Albert tenía esa mirada de sorpresa que rara vez tiene. "Oh, te refieres a ..." interrumpí a Albert. "Sí, Albert, según nuestra última conversación, me parece que Cassell pasará por alto ciertas discrepancias de nuestra parte si lo ayudamos a continuar manteniendo y elevando su personalidad pública".

"Entonces, ¿qué vamos a hacer, Danny?", cuestiona Albert.

"Continuaremos haciendo lo que hacemos y, cuando sea posible o necesario, ayudaremos al detective Cassell a resolver un crimen".

"Dios mío, ¿ahora nos estamos convirtiendo en detectives privados, Danny?", deja escapar Albert.

"Sólo amigo Albert, sólo en circunstancias especiales".

UNA EXCELENTE PROPUESTA

Mi tienda está a la vanguardia en no utilizar moneda. Hoy en día, con todos los dispositivos capaces de manejar una transacción con un "toque y listo", o con un simple movimiento de la mano, colocando su billetera o tocando su reloj o anillo, puede comprar cualquier cosa, desde una taza de café hasta un obsequio de cumpleaños, tarjeta o libro, como es el caso de mi tienda. Guardo unos miserables 100 dólares en monedas y billetes pequeños, todo lo demás se procesa electrónicamente utilizando los servicios de mi sucursal bancaria local del Northport Bank en Northport, y recibo todos los billetes y monedas pequeños adicionales de allí también usando, como habrás adivinado, un cajero automático. Atrás quedaron los días en los que entras a una sucursal bancaria y haces cola hasta un cajero humano, que te sonríe mientras te quita el dinero. Sí, esos días ya pasaron.

Me dirigía al banco este viernes a las 9 a.m. antes de abrir la tienda y cambiar el pequeño cartel en la puerta de entrada de "Estamos cerrados" a "Estamos abiertos". Los recibos de ayer en realidad tenían más de los 100 dólares habituales que me gusta tener en mi caja registradora. Hay un pequeño grupo de clientes habituales que continúan aferrándose al pasado o desconfían de todo lo electrónico por temor a que alguien les robe sus fortunas. Qué desconfiados nos hemos vuelto ahora. Puedo entenderlo, créanme, puedo. Ha habido algunas ocasiones en mi segunda carrera en las que me encontré con dinero en efectivo y, por supuesto, no podía dejarlo atrás. Se lo merecen por ser tan desconfiados.

Al entrar a mi sucursal local, veo la fila de máquinas automatizadas a mi izquierda, un único podio donde una persona de la sucursal parece aburrida, pero estoy seguro de que estoy listo para ayudar si la despierto. Un poco más atrás, nuevamente en el lado izquierdo de la sucursal, tienes tres cubículos donde están el gerente de la sucursal, el asesor de préstamos personales, el asesor de préstamos hipotecarios y el banquero de inversiones (comparten el mismo cubículo y días alternos de la semana). El viernes en la sucursal está el banquero hipotecario y, finalmente, el subdirector de la sucursal, John.

John Barth es una persona interesante. Una vez entablé conversación con él cuando estaba sustituyendo a la persona en el podio durante un descanso y la sucursal estaba vacía de clientes, y me dio la impresión de ser un tipo agudo, inteligente y ambicioso. Un joven extremadamente ambicioso. John es un hombre bien vestido; Ciertamente parecía un banquero con su traje gris de Brooks Brothers a rayas, una camisa blanca con botones y una corbata azul radiante. Si no lo conociera mejor, juraría que Albert lo equipó.

Comenzamos una conversación rápida con John y nos dirigimos a nosotros con nuestros nombres. John dijo que ha estado en la sucursal de Northport durante poco más de tres meses y que le encanta estar aquí. La gente de Northport es un poco más rica que sus clientes de la sucursal de Sídney, donde trabajó durante los últimos años. Más relajado, relajado y confiado. Un cambio de ritmo para él, dijo.

Encontré a John usando una interesante elección de palabras durante nuestra conversación. No hablamos de los jaguares occidentales; El tiempo no mejoró, pero las palabras que permanecieron en mi mente fueron las que pronunció, y lo cito aquí: "La gente de Northport es un poco más rica que sus clientes de la sucursal de Sídney, también son más tranquilos, relajados y confiados".

Como muchos de ustedes saben, el negocio minorista es muy exigente, con muchas horas de trabajo y se necesitan muchos días para apaciguar el deseo de las multitudes de libros, tarjetas de cumpleaños, bolígrafos de lujo y otras necesidades de papel. Entonces, valoré mis noches en las que me retiraba a mi humilde morada para relajarme. Sin embargo, el señor John Barth me gustó. Había algo en el joven que me hacía pensar que sería alguien dispuesto a correr riesgos, riesgos peligrosos.

La banca es la profesión que está en el centro de la confianza en una civilización. Donde la fortuna de muchos, en el mundo actual, está al cuidado de un solo individuo: el banquero de sucursal o el subdirector de sucursal, como en el caso de John. Tiene toda la información que pueda necesitar para ver toda la fortuna de un cliente o de un posible cliente en su ordenador o, mejor dicho, en el del banco. Un par de clics en el teclado y como por arte de magia, aparecen al espectador activos, números, cifras y la asignación de todos esos activos. Si no hubiera iniciado una sociedad lucrativa con mi amigo Albert, propietario de la principal peluquería de Northport, consideraría el potencial de una segunda carrera en un banco. Algo me dijo que el joven Barth también había encontrado su vocación para esta actividad extracurricular mientras trabajaba para mi sucursal bancaria local. Dije esto porque hace unas semanas lo vi salir del trabajo en un Lexus LC 500 nuevo.

Entonces, invité a John a reunirse conmigo para tomar unas copas en el pub local, *The White Sheep*, después del trabajo el jueves por la noche, y aquí estamos, John tomando una cerveza y yo bebiendo un Evian.

"La banca debe pagar muy bien estos días, John. Me refiero a un traje de Brooks Brothers. Hombre, siempre luces tan elegante". Dije, llevando la conversación en la dirección que quería.

John se quedó desconcertado, pero se recuperó y luego dijo: "Oh, no, Danny, hoy en día los Brooks Brothers no son tan caros como lo eran en los viejos tiempos". John se refería a la década de 1950, estoy seguro. "Y, de todos modos, necesito lucir presentable. Hay mucho dinero viejo y nuevo en Northport, y les encanta venir a la sucursal para hablar sobre inversiones u obtener una hipoteca adicional para comprar otra casa de vacaciones en algún lugar. Además, Danny, si te vistes para el papel, te conviertes en el papel". Explicó John mirándome con mis jeans comprados en Target y una camiseta azul ilustrada de "Bazinga" del programa *"The Big Bang Theory"*.

"Tienes razón John, bastante correcto. Si te vistes para el papel, te conviertes en el papel", dije con calma mientras tomaba un sorbo de agua de Evian, y luego dejé mi pregunta: "Pero un nuevo Lexus LC 500 tiene que superar el salario anual de $62,000 dólares que tú ganas. Entonces, dime, entre nosotros, ¿haces algo más en el banco además de atender a tus clientes ricos?".

John me miró con fuego en los ojos. O toqué una fibra sensible o insulté al joven insinuando que hacía algo ilícito en el banco. John toma un último trago de su cerveza y se levanta. Lo agarro del brazo, se detiene a mitad de camino y dice: "Puedes irte al infierno, Danny, diciéndome cosas así".

El momento estaba abierto para mí. Vi un corte crudo y estaba listo para echarle sal. Me dolerá y provocará momentos incómodos en la sucursal más adelante, pero necesitaba saber algo: "John, ¿estás malversando fondos de tus clientes? Si es así, voy a denunciarlo al detective Malcolm Cassell; él y yo nos conocemos hace mucho tiempo". Le mostré la tarjeta de presentación del detective.

Vale, mentí sobre Cassell. No retrocedemos mucho. Más bien sospecha que Albert y yo hemos cometido varios robos de alto perfil en el área metropolitana de Sídney, pero no puede probarlo. Recientemente, Albert y yo nos encontramos con una pobre mujer muerta en la mansión Mosman y debido a esto, el detective Cassell pensó que podríamos tener algo que ver con la recientemente fallecida. Nos alegramos cuando el detective Cassell dijo: "Monk, no creo en las coincidencias, y mis años en la policía de Nueva Gales del Sur me dicen que ustedes dos están involucrados de alguna manera en los robos, pero mi experiencia también me dice que ustedes dos no son del tipo violento. Así que éste es el trato: si escuchan algo sobre este caso, comuníquense conmigo y estoy seguro de que podremos solucionar cualquier dificultad", y nos dio a Albert y a mí su tarjeta de presentación. Esa fue una cita directa del detective Cassell, no la inventé.

Después de ver la tarjeta de presentación, John se pone un poco pálido, como la oveja blanca en el marco de la foto sobre la barra, y se desploma en la silla.

"¿Qué quieres Danny?". Habla con tristeza el joven John. "¡Nada, amigo mío! Quiero señalarte que, si pude detectar ciertas particularidades en ti en unas semanas, imagina lo que la policía de Nueva Gales del Sur puede hacer con todos sus recursos".

"John", le pregunté con firmeza, "¿qué has estado haciendo?".

Al darse cuenta de que los puntos que había expuesto eran válidos y que en ningún momento sonó honestamente como si fuera a convertirme en el detective Cassell, John entra en detalles sobre sus aventuras recientes, principalmente después del trabajo.

John explica que todo empezó en la segunda semana de su llegada a la sucursal.

Un cliente se le acercó con una propuesta, una pequeña, según dice, simplemente un robo rápido en la librería Missys, justo al final de la calle de mi tienda y, a partir de entonces, no pudo detenerse. Esta es una historia para otro día.

Si bien el robo en tiendas lo "colocó", John comenzó a investigar las cuentas de los clientes y encontró muchas cuentas inactivas de clientes con unos pocos cientos de dólares hasta cuentas de varios miles, y vio una oportunidad. Justo antes de que las cuentas fueran declaradas "inactivas", según las normas bancarias de Nueva Gales del Sur, realizaría un pequeño depósito, activando así la cuenta y creando posteriormente varias transacciones en las que los fondos de la cuenta inactiva se transferirían al extranjero a su propia cuenta en las Islas Caimán.

John dijo que había sido un malversador prolífico y que su cuenta en el extranjero ahora tiene más de $136,342.56. Pero John me enfatiza que eso no es todo lo que ha hecho. Utilizando las computadoras del banco, también conoce todos los activos de sus clientes y de otros clientes del banco, la ubicación y el valor de dichos activos.

John me mira y dice con gravedad: "Danny, ¿sabías lo que pasó la semana pasada en Mosman, donde encontraron muerta a una mujer y robaron unos aretes de valor incalculable?". Asentí y le pedí que continuara; "Bueno, entré a la mansión, por favor no me preguntes cómo", no lo hice, "y cuando entré al estudio a buscar la caja fuerte, la encuentro, muerta, con sangre por todos lados. Hombre, la sangre todavía manaba de su cabeza rota".

"¿Qué hiciste después?". Le pregunté.

"Hice lo sensato: abrí la caja fuerte, la saqueé lo más rápido posible, cogí los pendientes y hui, muy asustado".

"Entonces, ¿la mujer estaba muerta cuando entraste al estudio?". Pregunté.

"Sí", respondió John.

"¿No viste a nadie más en la casa?". Yo pregunté.

"No", respondió John.

"¿Oíste algo en alguna otra habitación?", cuestioné.

"No", dijo John.

"¿Dónde están los pendientes ahora?", indagué.

"En una caja de seguridad en la sucursal de Northport donde trabajo, bajo el alias de Peter Smith". "Qué original", pensé.

"El banco tiene una caja de seguridad".

"Sí. Muchos bancos ahora se niegan a aceptar nuevos clientes u ofrecen transferir sus cajas a ubicaciones diferentes, a menudo incómodas. Algunos bancos están haciendo el extremo de suspender el servicio a nivel local, regional y nacional. Pero no el Banco Northport. Sienten que éste es un servicio central muy importante que a los clientes adinerados les gusta y desean, y tienen doce sucursales repartidas por la ciudad que ofrecen este servicio en suburbios sensibles al dinero. Northport es una de las sucursales afortunadas que tiene una gran base de depósitos seguros y sólo unas pocas vacantes", concluyó John.

Varios pensamientos pasaron por mi cabeza en ese momento. El detective Cassell cree que Albert y yo robamos los pendientes, pero no matamos a la mujer. Sé que John no mató a la mujer, pero hurtó los pendientes. Entonces ¿quién mató a la mujer?

"Entonces, John, ¿qué vas a hacer con los aretes?".

"Maldita sea, Danny, no lo sé ahora. Con una mujer muerta involucrada en este asunto, las cosas se han vuelto candentes, demasiado candentes para mí. No estoy preparado para manejar algo como esto. Tal vez podría enviarlos a la policía de forma anónima y se olvidarían de ello". Dijo tímidamente, John.

"Eso no pasará. Puedo garantizarte eso. La policía seguirá buscando al o los responsables del robo y del asesinato, pero hasta el momento suponen que hay más de una persona implicada. John, si robaste los pendientes, alguien más mató a la pobre mujer".

"Juro sobre la tumba de mi madre que simplemente robé esas malditas cosas, no maté a la mujer, lo juro, Danny", imploró John.

"Te creo, John, te creo. También tengo una recomendación para ti".

"Adelante Danny, ahora mismo estoy abierto a cualquier cosa con tal de quitarme estas malditas cosas de las manos y volver a mi rutina diaria en el banco". Suspira John.

"John, necesito que sigas mis instrucciones al pie de la letra y no te desvíes. Primero, te daré $500,000 dólares por los pendientes. En segundo lugar, debes devolver el dinero que desviaste del banco. En tercer lugar, renunciarás a tu cargo, y una vez aceptado, tomas el dinero que te he dado para los pendientes y te vas del país. ¿Harás esto?". Le pregunto a John.

"Pero Danny, si hago esto, ¿qué obtienes de ello?", pregunta John.

"Encontraré una manera de deshacerme de los aretes adecuadamente, me aseguraré de que no sean rastreables hasta ti o hacia mí, y también ayudaré a la policía a encontrar al asesino. Eso es lo que obtendré de esto". Dije, hablando con firmeza.

John pensó en esta solución a su dilema actual y decidió pedir otra cerveza. Esperé a que disfrutara lentamente de su cerveza hasta que estuvo listo para decirme cuál sería su decisión. Finalmente, después de tomar el último trago de cerveza, acepta la solución que le propuse.

"¿Cuánto tiempo tardarás, John, en sacar los pendientes de la caja de seguridad, devolver el dinero que malversaste sin levantar sospechas y abandonar el país?". Le hice la pregunta a John.

"Soy bastante rápido; Por lo tanto, sólo me llevará una semana devolver los fondos. Puedo pedir una dimisión inmediata que tardará unas dos semanas en concretarse y una semana en sacar los pendientes de la caja de seguridad sin que el banco sepa lo que ha pasado. Así, durante aproximadamente un mes. ¿Cuándo podré tener mi dinero?". John dijo ahora con un poco de entusiasmo y arrogancia en él.

"Haz todo eso, y cuando estés listo para entregar los aretes, nos reuniremos en un lugar neutral y transferiré los

$500,000 dólares a cualquier cuenta que quieras. Será inmediato y entonces podrás seguir tu camino alegremente y yo también", dije.

"Eso me parece bien", John se levantó y dijo que se pondría en contacto una vez que tuviera todo en su lugar.

Mientras John salía del pub *The White Sheep*, pensé y me parecí mucho a Albert: "Bueno, Danny, cariño, ¿cómo vas a lograr esto?".

De repente, mis ojos se abren de par en par. Cuando John sale, Alessia entra con otra mujer que se ríe. Alessia me ve y viene hacia mí.

"Hola, Danny. Qué agradable sorpresa verte aquí esta noche".

"Bueno, hola, Alessia, es un placer verte de nuevo. ¿Vienes aquí a menudo? Porque no te había visto antes".

"No, no lo hago. Oh tonta de mí, déjame presentarte a Patricia Owens, una compañera de trabajo que hoy celebra su cuarto aniversario en la biblioteca".

Me levanté y dije: "Hola, Ms Owens. Felicitaciones por su aniversario. Por favor, déjeme invitarla a usted y a Alessia una bebida de celebración".

"No, Danny, gracias", respondió Alessia. "Patricia y yo vamos a tener una noche de chicas y no se permiten hombres", mientras me guiña un ojo, se inclina y me da un beso en la mejilla. Luego ambas me saludan mientras se trasladan a una mesa en la parte más alejada del pub.

Sonreí para mis adentros y le hice un gesto al camarero para que me trajera otra botella de Evian, pero con un trago de whisky de pura malta Mortlach de 25 años (no querrás saber cuánto me costó eso). Ver a Alessia realmente me alegró la noche y recibir un beso en la mejilla frente a su amiga, tiene que demostrar que le gusto más de lo que pensaba. "Una buena señal", pensé, una excelente señal.

Entonces, volviendo a mis pensamientos sobre mi conversación con John, si Albert puede vender los aretes por los $20,000,000 originales prometidos por el multimillonario chino, menos los $500,000 que le daremos a John y resolvemos el asesinato, tal vez, sólo tal vez, podamos hacer de esto una excelente propuesta.

UN SIMPLE CASO DE AMOR

Mi librería rara vez está muy ocupada. Puedes venir temprano en la mañana, justo después del horario de apertura, y puede haber de uno a tres clientes esperando para entrar. Algunos días, ni un alma espera. Echa un vistazo al mediodía y es posible que veas a tres o más personas, tal vez navegando y tal vez comprando y, en ocasiones, en lo que parece una "prisa", puede haber de seis a ocho personas curioseando por la tienda. Desde media tarde hasta la hora de cierre, recibirá de cuatro a diez más, y ese es un día muy ocupado el que acabo de describir.

Hoy, exactamente a las 10:01, la puerta de mi tienda suena con su campanita y mi amigo Albert entra corriendo emocionado.

Albert lleva lo que sólo puedo describir como un conjunto sutil esta mañana.

Un traje oscuro a rayas con una camisa rosa brillante y una corbata morada que no combina con el conjunto, pero no soy lo suficientemente valiente ni lo suficientemente consciente de la moda como para decírselo a Albert.

"Danny, cariño, estoy aquí según tu mensaje de voz. ¿Has decidido qué vamos a hacer para que disminuya la curiosidad del detective Cassell por nuestros asuntos privados? Sé que tienes un plan. Me di cuenta por el sonido de tu voz cuando recibí tu mensaje".

"Albert, necesitamos reunir $500,000 dólares esta noche para comprar los pendientes de Randolph a la persona que se los llevó de su casa la semana pasada".

Albert se puso blanco como una sábana. "¿Me estás diciendo cariño que sabes quién mató a la empleada de limpieza y se llevó los aretes? Me alegro por ti, lo estoy, pero de ninguna manera le daré el dinero que tanto me costó ganar a un asesino". Declaró enfáticamente Albert, cruzándose de brazos en un abrazo.

"Ese no es el caso, Albert", dije. "Sé quién se llevó los pendientes, pero no asesinó a la empleada de limpieza. Mi objetivo es descubrir quién es el asesino con la ayuda del detective Cassell". Respondí.

"¿Qué? Nos estamos involucrando con ese hombre terrible. Estás bromeando, ¿verdad?".

"Bueno, invité al detective Cassell a la tienda al mediodía, así que, si puedes unirte a nosotros, verás cómo consigo que el detective Cassell nos ayude a descubrir quién es el asesino". Le sonreí a Albert sintiendo que mi plan ya se estaba desarrollando lento en mi mente.

"Me pides mucho cariño, pero confío en ti enfáticamente. Está bien, cuenten conmigo. Los veré a ambos al mediodía". Dijo Albert mientras salía de mi tienda, tocando nuevamente el timbre, pero esta vez, suavemente.

Unos minutos después del mediodía, suena mi pequeño timbre (ya saben, no he tenido ni un cliente hasta ahora) y entra el detective Malcolm Cassell, desaliñado, como siempre, vistiendo lo que tiene que ser uno de sus trajes característicos: carbón con una camisa blanca y una corbata oscura fina como el papel. La puerta no se ha cerrado y Albert entra luciendo aún más radiante que esta mañana (supongo que fue a casa a cambiarse), porque ahora lleva un traje amarillo brillante con una corbata azul de aspecto salvaje que se mezcla con su camisa azul oscuro. Albert se mueve detrás de mí como si temiera que el detective Cassell se le abalanzara. "Hola detective Cassell, puntual como siempre", digo. El detective Cassell me mira. "Está bien, me citaste aquí. Dime lo que tienes en mente. Me dijiste poco en el mensaje de anoche".

"Detective Cassell, tengo el placer de conocerlo desde hace algún tiempo. ¿Puedo llamarte Malcolm?".

"Como quieras llamarme, está bien para mí cuando estemos en una conversación informal como ahora, pero de lo contrario, utilizaremos el detective Cassell. ¿Comprendido?".

"Está bien por mí", respondí. "Déjame decirte por qué te invité aquí hoy. Creo que podemos ayudarte a resolver el asesinato de la empleada de limpieza de Randolph".

Podía sentir los ojos del detective Cassell taladrándome y pasando también por Albert. "¿Qué tienes en mente?", pregunta él.

"Primero, Malcolm, Albert y yo debemos acompañarte a la casa de los Randolph para ver la escena de donde se llevaron los aretes". Espero una reacción del detective y al no ver ninguna, continúo. "Está bien, una vez que lleguemos allí, queremos caminar por la casa para ver si podemos establecer cómo entró el asesino y cómo se llevó los aretes. ¿Será esto posible?", pregunto.

"¿Desde cuándo me convertí en tu guía personal de la escena de un crimen? ¿Qué esperas ver que mis detectives junior no hayan encontrado ya? ¿O sabes algo que yo no sé?". Murmura sarcásticamente el detective Cassell.

"Malcolm, ¿quieres nuestra ayuda o no? Estoy seguro de que tus superiores estarían encantados si resolvieras un asesinato que ha aparecido en las portadas de la mayoría de los periódicos de Australia. Por lo que Albert y yo sabemos, algo que tú no sabes, puedo decirte que no sabemos quién cometió este espantoso asesinato que tú describiste. Sin embargo, ambos somos personas muy observadoras y, a veces, un ojo inexperto puede ver algo que tú y tus tropas podrían haber pasado por alto. Si no deseas nuestra ayuda, está bien, no te preocupes. Hoy lo dejamos así". Le expliqué al detective Cassell.

El detective Cassell deambula por la tienda vacía, sin clientes durante unas buenas cinco o seis horas (¿cómo puede alguien obtener ganancias en el comercio minorista?, me supera). Cassell se detiene frente a la sección de libros más vendidos y pasa el dedo índice por los libros como si buscara un título. Coge *Libros, Bolígrafos y Hurto* del autor J. F. Nodar, abre un capítulo y lee durante uno o dos minutos. Murmura un poco de vez en cuando, pero no podemos escuchar una palabra de lo que dice. Vuelve a colocar el libro en la estantería de los bestsellers, en el lugar equivocado, debo añadir, se acerca a nosotros y dice: "Está bien, tenemos un trato. Puedes venir conmigo a la casa de los Randolph y te dejaré ver, pero estaré contigo en todo momento. Todos nos mantendremos unidos y ustedes no deambularán solos por el complejo de los Randolph. ¿Se entiende eso?".

"Sí", dijo Albert con nerviosismo, mientras yo asentía. El detective Cassell continúa: "Toda la información que obtengan es parte de MI investigación. Si se les pregunta, ustedes son 'consultores' a quienes les he pedido que vengan a mirar a nuestro alrededor. No hablas con ninguno de los otros oficiales cuando estoy cerca de ti. De nuevo, ¿entendido?".

Albert y yo asentimos afirmativamente.

"Está bien, nos vemos en casa de Randolph mañana a las 7 p. m.". El detective Cassell dicta.

"No se puede, Malcolm. Tanto Albert como yo tenemos un negocio. Por mi parte, no puedo cerrar la tienda a esa hora; simplemente no es propicio para los negocios y es jueves y tengo operaciones hasta altas horas de la noche. Entonces, propongo que nos reunamos allí a las 7:30 p. m. esta noche, después de que ambos cerremos nuestras tiendas, nos perdamos un poco el tráfico de la hora pico y, a la luz del crepúsculo, podríamos ver algo que a tus colegas se les pasó por alto.

Al observar el rostro del detective Cassell, pude ver que lo estaba arruinando, pero para mi sorpresa, dijo: "Ya sabes. Tienes razón. Está bien, nos vemos a las 7:30 p.m. como sugeriste". De repente se da vuelta y cruza la puerta de mi tienda dejando mi campanita sonando por un rato.

Camino hacia el lugar donde Cassell colocó el bestseller en el lugar equivocado y lo devuelvo a su posición número uno. Este libro parece ser un libro de gran demanda. Creo que debería pedir una docena más o menos a la impresa Northport Booksellers en caso de que haya una buena demanda durante la próxima semana.

Al regresar al mostrador, Albert me mira y dice: "Dulzura, espero que sepas lo que estás haciendo. Regresaré a mi tienda para tomar un buen trago de un whisky escocés Chivas Regal Royal Salute de 21 años que he estado guardando para tales ocasiones". Albert hace un "Malcolm" y también se marcha dejando mi campanita tintineando por un rato.

A las 5:12 p. m., justo antes de cerrar, entra un anciano, examina la tienda y compra el último volumen de *Antiquities of Central and South-Eastern Missouri Smithsonian Institution Bureau of American Ethnology Bulletin 37* de Gerard Fowke (la primera edición de 1910) vale $234,99, lo que me alegró el día, y cierro la tienda puntualmente a las 6 p.m.

Albert decidió que nos iríamos en su auto a la mansión Randolph, así que salimos unos minutos después de cerrar la tienda y llegamos poco antes de las 7:30 p. m. para encontrar al detective Cassell esperándonos en el gran camino de entrada.

Mientras salimos del auto, el detective Cassell comenta: "Bueno, ciertamente es un auto caro el que conduce Guzmán. ¡Cortar el pelo tiene que ser un método rentable para ganarse la vida!", afirma sarcásticamente.

Vale, no pensé en esto al dejar que Albert condujera. Es dueño de un Bentley Mulsanne 1998 que heredó y lo actualizó con algunos accesorios adicionales con parte del dinero que ganamos en las otras actividades que hemos realizado. Si esto no confirma las sospechas del detective Cassell sobre nuestras actividades extracurriculares, nada lo hará. "Lo heredó de sus padres", dije. "Empecemos. ¿Están todos en casa?". Pregunto.

"Sí, le pedí al mayordomo Gerard Fountaine, qué nombre tan tonto para un mayordomo, que nos reuniera aquí, ya que dijo que durmió toda la noche del asesinato. Ni el señor ni la señora Randolph están aquí. Están en la Ópera de Sídney para un evento. Salieron la noche del asesinato y tienen coartadas sólidas, por lo que no creo que sea necesario hablar con ellos", respondió el detective Cassell.

"Bien, comencemos. Muéstranos la habitación donde encontraron a la empleada de limpieza", dije.

"¿Qué? ¿No sabes dónde está eso?", pregunta el detective Cassell, buscando una respuesta que nos incrimine. "No, dije que no sé dónde está la habitación. Ni Albert ni yo hemos visto nunca la fachada de esta casa, así que, ¿qué tal si nos enseñas el camino hasta donde se encontró el cuerpo?".

Entramos en la mansión de los Randolph por la puerta principal, una experiencia agradable, por cierto, y nos encontramos con Gerard Fountaine, el mayordomo, esperándonos. "Le pedí al mayordomo que nos esperara aquí", bromea el detective Cassell. "Éste es Gerard Fountaine, el mayordomo".

A lo que Gerard responde: "Soy administrador, no mayordomo, señor".

"¿Cuál es la diferencia?", pregunta el detective Cassell.

"La paga", responde Gerard rápida y bruscamente.

"Está bien, estos son el señor Monk y el señor Guzmán. Son mis 'consultores' que les dije que traería esta noche para revisar la habitación".

"Encantado de conocerte", dijo Albert, mientras yo asiento con la cabeza hacia Gerard, que parece incómodo. Le digo al administrador: "Gerard, ¿podrías llevarnos a la habitación donde se encontró el cuerpo?".

"Por aquí, señores", y lo seguimos al interior del estudio.

"Empecemos. Albert, tú toma el lado izquierdo de la habitación, yo tomaré el derecho y nos encontramos en el medio. Detective Cassell y señor Fountaine, siéntense en el diván y obsérvennos para asegurarse de que no tocamos nada. ¿DE ACUERDO?". Pregunté.

"Como sea", dijo el detective Cassell, mientras Gerard asentía solemnemente.

Nos tomó poco menos de una hora inspeccionar cada centímetro del enorme estudio. Albert hizo un excelente trabajo examinando cada rincón y grieta haciendo muecas y el ocasional "Oh" y algunos "Ah" para lograr un efecto más dramático, tal como lo había entrenado durante nuestro viaje.

Mientras esto sucedía, también miré a mi alrededor, pero en realidad estaba monitoreando a Gerard. Parecía nervioso por estar en la habitación en presencia de dos "consultores" extraños y el detective Cassell, lo que me sorprendió, ya que fue él quien "descubrió" a la empleada de limpieza asesinada a las 7 a.m., llamó a la policía y también denunció el robo.

Gerard tenía poco más de cincuenta años, medía unos 175 cm de altura, tal vez pesaba 110 kilos, tenía una cara redonda, una mata de pelo blanco y una barba blanca. Llevaba un traje y una corbata negros, distintivos, que se diría que estaban fuera del alcance y el presupuesto del detective Cassell. Un Rolex, un anillo en el dedo meñique derecho y unos zapatos Oxford de cuero de Alessandro Demesure que harían que Albert se sintiera orgulloso de poseerlos. Mientras me acercaba al centro de la habitación, pensé que era hora de plantear la pregunta: "Gerard, ¿por qué asesinaste a la criada?".

Gerard se levantó rápidamente, no se movió y se quedó allí, estupefacto, incapaz de responder, al menos, no de inmediato.

¡Deberías haber visto la cara de Cassell!

"Yo no maté a Michelle. Amaba a Michelle", responde temblorosamente Gerard.

"Por supuesto, la amabas, pero la mataste", le repliqué a Gerard. "Pero ¿qué pasó esa noche? ¿Te dijo que no tenía los mismos sentimientos hacia ti? ¿Te enojó? ¿Cómo manejaste este rechazo?".

Empujé a Gerard para que respondiera.

"¿Ella estaba fuera de tu alcance? Quiero decir, ella era más joven que tú. ¿Dio a entender que simplemente eras demasiado mayor para ella? Vamos, Gerard, sé que lo hiciste. Admítelo y estoy seguro de que el detective Cassell hablará amistosamente en la Oficina del director del Ministerio Público para que sea más amable contigo".

Gerard simplemente se hundió en el diván. Parecía desprovisto de color en su rostro, como si supiera que, si dejaba salir todo, sería más fácil para todos los involucrados en esta situación.

"Sí. Discutimos. Le ofrecí a Michelle mi mano en matrimonio y ella simplemente se rió en mi cara. Se dió vuelta para salir del estudio. No sé por qué, quiero decir que estaba enojado, pero me invadió la ira y la golpeé en la nuca con una estatua de bronce de Mozart que se encuentra en el escritorio del maestro, pero que ahora está en el fondo del estanque, por la parte de atrás. Al darme cuenta de lo que había hecho, tomé otro busto similar de otra habitación, lo coloqué cerca de ella y le limpié un poco de su sangre para que cuando llegara la policía lo encontraran, pero sin huellas dactilares, ya que llevaba mi uniforme principal. Como tenía guantes cuando lo coloqué en la alfombra junto a Michelle". Gerard habló lenta y tristemente.

"Y luego tomó los pendientes para hacernos suponer que un ladrón entró, fue interrumpido por la criada y la asesinó", afirmó el detective Cassell.

"Oh no, no le robaría al Maestro. Ha sido sumamente amable conmigo a lo largo de los años", respondió rápidamente Gerard.

"Está bien, hablaremos de esto en la estación. Anda Gerard, nos vamos", dijo el detective Cassell mientras colocaba las esposas en las manos cuidadas de Gerard.

Afuera, el detective Cassell mete a Gerard en la parte trasera de su auto, cierra la puerta y se acerca al auto de Albert, donde lo estamos esperando.

"¿Cómo diablos supiste que él lo hizo?" —Preguntó Cassell.

Respondí: "No lo sabía, pero lo sospechaba. El asesinato ocurre por una de las cuatro razones: botín, odio, lujuria o amor. Los periódicos de la sociedad local detallaron cómo está organizada la casa y cómo se mantiene el estudio. Cuánto tiempo habían trabajado los sirvientes en casa de los Randolph y, por supuesto, el periódico tenía una foto de Michelle y Gerard parados cerca de los Randolph mientras los atendían durante una función en su casa. Se podía ver la forma en que Gerard miraba a Michelle. Había algo ahí, así que pensé que tenía que ser un simple caso de desprecio amoroso, me arriesgué y valió la pena".

"Bueno, Danny, muchacho, tú y Albert hicieron un trabajo decente para mí aquí, y lo aprecio, pero sigo pensando que tuviste algo que ver con los aretes robados. ¿Por qué no confiesan ahora y hacemos de esto una tríada de honestidad? ¿Qué tal?". Desconcierta el detective Cassell.

"Malcolm, creo que puedes interpretar bien a una persona en tus muchos años de experiencia como detective. Mírame mientras te digo: No nos llevamos los pendientes".

El detective Cassell se toma unos momentos mirándome, ordena sus pensamientos y luego dice: "Bueno, puede que por una vez tengas razón. Ustedes no se llevaron los aretes, pero estoy seguro de que saben lo que pasó aquí. Sólo tengan en cuenta que el hecho de que me ayuden en esto no significa que no los observaré a ambos de cerca durante los próximos meses. ¿Comprendido?".

Dios, seguro que le encanta decir "Comprendido". Pensé dentro de mí.

El detective Cassell se da vuelta, regresa a su auto y acelera por el camino de entrada y nos deja a Albert y a mí en una película ligera de polvo.

"Danny, estuviste simplemente divino ahí dentro, simplemente divino. ¿Cuál es nuestro próximo paso?". Pregunta Albert.

"Amigo mío, ahora me reuniré con la persona que tiene los aretes y transferiré $500,000 de nuestras 'cuentas de inversión' a la cuenta de las Islas Caimán que especificó, y una vez que los reciba en su cuenta, me entregará los aretes. Mientras esto sucede, encuentras a nuestro amigo chino multimillonario y le dices que tenemos sus pendientes de Apolo y Artemisa y que estamos listos para hacer negocios".

Con eso, nos subimos al auto de Albert y salimos suavemente del camino de entrada sin levantar ni un poco de polvo.

ESE POCO DINERO

Ser propietario de una pequeña empresa puede ser una experiencia agradable. Lo sé porque soy propietario de una pequeña empresa. Mi pequeño emprendimiento comercial empezó con una idea, coraje y la intención de hacer las cosas diferentes. *The Village Books & Stuff* está hoy cien por ciento libre de deudas: todo mío. El edificio, las existencias que contiene, todo es propiedad de este servidor, Daniel Monk, Danny para mis amigos y, hablando de amigos, puedo contarlos con una mano.

En primer lugar, mi vecino de al lado, Albert Matthew Guzmán, el extravagante propietario de la peluquería más extraordinaria de todo Sídney, *Cut Me Crazy*, y, en segundo lugar, Alessia Vassallo, de quien yo diría que es "mi pareja", en la terminología estadounidense. Luego está el detective Malcolm Cassell, de la policía local. Los dos primeros son amigos incondicionales, mientras que el último aún está por determinar en qué categoría se encuentra.

Mi cálida y honesta amistad con Albert se remonta a algunos años atrás, cuando realizábamos algunas actividades extracurriculares. Encontré estas actividades bastante agradables y fructíferas, mientras que el detective Cassell, bueno, sólo quiere asegurarse de ascender en los rangos de antigüedad de la policía federal australiana, y no le importa si llega allí por las buenas o por las malas. Todo lo que necesita hacer es atraparnos por nuestras "adquisiciones" pasadas, como a Albert le encanta llamarlas, y ambos residiríamos en una de las excelentes instalaciones correccionales de Nueva Gales del Sur.

Como mencioné, mi lista de amigos no es muy grande, y la razón principal es que administrar un pequeño negocio comercial puede ser emocionante y también exigente. Estas exigencias tienen que ver con tu tiempo, y reducirán tus horas sociales, ya que podrías estar demasiado cansado para salir de fiesta, algo que yo nunca hago mucho. Ahora, no me malinterpreten. Abro mi tienda a una hora razonable (10:00 a. m.) y la cierro a una hora aún más razonable (6:00 p. m.), excepto el jueves por la noche, que se considera "hora comercial tardía" en Nueva Gales del Sur, y vaya un poco más tarde: 7:30 p.m. Sin embargo, durante las horas libres también tengo que atender muchas cosas que requieren atención: almacenar, hacer inventario, limpiar e ir a la oficina de correos cuando necesito enviar algún pedido en línea. Pero sí tengo tiempo para salir y socializar en el establecimiento de bebidas local en Northport: *The White Sheep*, y ahí fue donde la conocí.

Ahora bien, vas a pensar que soy anticuado, pero la única forma en que podía describirla cuando entré al pub fue: hay una joven Sophia Loren. Tan alta como yo, con un hermoso cabello castaño largo y ondulado y ojos color avellana que podía ver porque eran como faros para todos los hombres y sus perros en el pub. Cuando pasé junto a ella hacia mi puesto favorito, sentí un aroma que emanaba de ella: lavanda, y me envolvió mientras me sentaba y seguí mirándola mientras tomaba un cóctel.

El camarero se acercó y me preguntó si quería mi "habitual", pero esta noche pensé en extender un poco mis alas en honor a "Sophia" y pedí una "margarita de desayuno", que se compone de tequila, Cointreau, mermelada de naranja seca, jugo de lima fresco y sirope de agave. El camarero sonrió, sabiendo que esta noche iba a ser una buena noche de propinas para él y fue a buscar mi pedido. Continué mirando a "Sophia" y vi que con frecuencia los hombres se sentaban a su lado, iniciaban una conversación y "Sophia" los ignoraba por completo. Eso me dio cierto alivio al pensar que tal vez tenía la oportunidad de conocerla, o tal vez, terminaría como uno de esos tipos: derribado.

Llegó mi margarita de desayuno y el camarero, Angus, hizo un gran trabajo, incluso con el vaso de margarita adecuado y una rodaja de naranja como guarnición en un vaso con hielo fresco. Un sorbo y recuerdo la razón por la que siempre vengo aquí, la comida y las bebidas, pero sobre todo las bebidas, ¿o es la comida? Bien, son ambas cosas. Mientras sigo mirando alrededor del pub, mis ojos se fijan en "Sophia" y los de ella en mí. Ambos sonreímos y asiento con la cabeza, lo que obtiene una respuesta similar de ella.

"Sophia" lleva un favorecedor vestido ajustado y con vuelo, confeccionado en una tela drapeada de mezcla de lino. Con escote anudado al frente, tirantes ajustables y un panel trasero fruncido que se estira para adaptarse perfectamente a su forma, y combina maravillosamente con su piel bronceada y su cabello castaño rojizo. Se levanta, toma sus bebidas y se desliza hacia mi mesa, sonríe y dice: "Hola. ¿Te importa si me uno a ti?".

Yo respondo: "Me iré pronto, pero seguro".

"¡Dios, qué cosa tan idiota de decir!", pensé para mis adentros. Pero mi respuesta no afecta a "Sophia" porque continúa con esa sonrisa contagiosa y se desliza hacia la cabina frente a mí.

"Trabajas en la librería, ¿no?". Ella pregunta.

"Sí. Soy dueño de *Village Books & Stuff*. Mi nombre es Danny. ¿Cómo lo sabes?".

"Oh, simplemente lo sé. Mi nombre es Jezabel. Jezabel Ranford, soy la curadora de la Galería Michael Rockford en Northport. Llámame JR. Es un placer conocerte".

"Igualmente", digo y miro a esta hermosa mujer sentada frente a mí. Entonces pregunto: "¿Cuánto tiempo llevas en la galería? No te he visto allí, pero tampoco frecuento mucho las galerías de arte".

"Acabo de recibir mi nombramiento el mes pasado y he estado tan ocupada en las trastiendas catalogando e investigando los objetos de arte que tiene la galería, que no he estado mucho en ella. Paso por tu tienda casi todos los días y siempre te veo a través del escaparate".

"Bueno, soy fácilmente visible ya que mi tienda no es un hervidero de actividad algunos días. No me malinterpretes, la tienda tiene clientes frecuentes que compran material de oficina en general, algún que otro libro raro, pero en su mayoría, se trata de un explorador general que simplemente disfruta el olor a papel y tinta y pasa tiempo en una pequeña tienda en lugar de la intemperie, en el frío del invierno o el calor del verano afuera".

Jezabel toma un sorbo de su bebida y su rostro se pone serio hacia mí.

"Danny, tengo un pequeño problema y no sé en quién confiar, y me preguntaba si podría compartir algo contigo, conocer tu opinión como propietario de una pequeña empresa y tal vez podrías sugerir alternativas, incluso aquellas en las que tal vez no haya pensado".

Intrigado por esta solicitud espontánea de ayuda, acepto con gusto: "Pero por supuesto. ¿En qué puedo ser de ayuda, JR?

"Durante mi investigación en la trastienda de la galería, encontré lo que parece ser el manuscrito autografiado de Arthur Conan Doyle de *La aventura de los bailarines*. Una búsqueda rápida en los registros mostró que este artículo fue donado en 1912 al primer curador y catálogo de la galería por un valor de £2. Vale al menos $425,000 dólares a los precios actuales y sé que nadie sabe que está escondido en el cajón del escritorio en la trastienda de la galería".

"Entonces, ¿cuál es el problema, JR?". Pregunté.

"La galería se está quedando sin fondos y los fondos de los últimos benefactores también se están acabando. Los benefactores de hoy sólo buscan una deducción de impuestos, por lo que las donaciones son bastante bajas en comparación con las contribuciones anteriores. Así que pensé que podrías ser de ayuda para la galería". Jezabel sonrió mientras tomaba el último sorbo de su bebida.

"Soy propietario de una pequeña empresa y me encantaría ofrecerte una contribución, si eso es lo que solicitas, pero no será sustancial".

"No, Danny. No es eso para lo que necesito tu ayuda".

"Entonces, ¿en qué puedo ayudarte, JR?".

"Necesito que robes el manuscrito, lo vendas en el mercado negro y me des los fondos adquiridos, menos una pequeña 'tarifa de adquisición', por supuesto". Concluyó Jezabel, ahora chupando el pequeño trozo de hielo que quedaba en su vaso alto.

Lo primero que pensé fue que el detective Cassell me había puesto a una mujer hermosa como cebo. No caeré en ello.

"Espera un minuto, J.R. ¿Con quién crees que estás hablando? Soy propietario de una pequeña empresa y no sabría nada sobre cómo robar, y menos aún sobre cómo deshacerse de un objeto así", dije.

Jezabel me mira durante uno o dos minutos, sonríe y responde: "Danny, no te pedí que 'te deshicieras' del manuscrito, sino que lo robaras. Sé que tienes otros recursos a tu disposición para este tipo de 'adquisiciones'. Sé que tú eres un experto en 'adquisiciones' y tus otras fuentes te ayudan a deshacerte de ellas. ¿Estoy en lo cierto?", concluye Jezabel mientras termina lo último del hielo en su vaso alto.

Nuevamente, temiendo una trampa construida por el detective Cassell o alguien más, me levanto y digo:

"¿Cómo te atreves a hacer tal petición? Tengo muchas ganas de denunciarte ante las autoridades o al menos ante la junta directiva de la galería". Jezabel sonríe y suavemente dice: "Danny, soy prima de Albert, así que sé de tus actividades con él. Por favor siéntate".

Podría haberme desmayado. Albert nunca me mencionó a una prima en todos los años que nos conocemos, así que esto tenía que ser una trampa con seguridad.

"Aquí", dijo JR sacando su móvil de su bolso, haciendo un marcado rápido, dice: "Primo, habla con Danny" y me pasa el teléfono. Una voz masculina responde con voz aguda: "Cariño, cariño, ¿cómo estás esta noche?".

Reconozco la voz inmediatamente, es de Albert, así que respondo.

"Albert, soy yo, Danny. ¿Cómo es que nunca dijiste que tenías una prima?".

"Vaya, Danny, cariño. ¿Nunca mencioné a JR? Lo siento mucho, tengo una familia numerosa y no paso mucho tiempo hablando de ellos. Qué agradable sorpresa.

¿Por qué te entregó el teléfono? ¿Ella está bien? ¿Ha pasado algo? Dios mío, mi dulce JR. ¿Qué es lo que ha sucedido?".

"Cálmate, Albert. Ella está bien. Estoy bien. Estamos en *The White Sheep* y nos acabamos de conocer. Ella tiene una propuesta y pensé que podría haber sido nuestro amigo el detective Cassell quien nos había tendido una trampa, pero parece que estaba equivocado. ¿Qué tal si vienes al pub y escuchas por ti mismo la propuesta que me hizo tu prima?".

"Estaré allí en treinta minutos". Y cuelga.

Le paso el teléfono a Jezabel y la miro. Aquí hay una hermosa mujer. Joven, inteligente y con cara angelical y se me acerca con una propuesta que habla de puro hurto. Me estoy enamorando, creo.

"Entonces, JR, te llamas Jezabel Ranford. ¿Es ése tu nombre de pila, si puedo preguntar?".

"No, soy Josefina Ramírez, pero pensé que en la línea de trabajo que hago, y no trabajo en mi país natal, sería mejor usar un nombre más anglosajón para encajar mejor. ¿No te gusta?".

"Sí, me gusta JR, especialmente el nombre de Jezabel. Creo que este nombre no se usa muy a menudo hoy en día".

Antes de que la conversación se hiciera más profunda, y en menos de los treinta minutos prescritos, Albert llega.

No te lo puedes perder.

Esta noche luce un llamativo traje con estampado neón y animales. La chaqueta de manga larga totalmente forrada tiene botones funcionales en la parte delantera, hombreras integradas y botones falsos en los puños. Los pantalones tienen cierre de botón y cremallera, además de un cierre de gancho oculto. La cintura tiene trabillas para cinturón y elástico ancho oculto en los laterales de la cintura para mayor comodidad. Los pantalones tienen dos bolsillos laterales funcionales y un bolsillo trasero falso. Completando el estilo de este traje, hay una corbata a juego que Albert lleva con una camisa negra con botones. Es verdaderamente Albert.

Albert nos ve y con su voz aguda escuchamos: "Hola gente guapa". Luego, Albert va al final de la barra, habla con el barman y camina hacia nuestro stand, poco después, el camarero viene con tres bebidas, que son la segunda ronda de mi margarita de desayuno, el agua tónica de Jezabel y el primer Brandy Alexander de Albert y un vaso de ginger ale a un lado.

Mientras Albert toma un sorbo de su ginger ale, le sonríe a Jezabel y me hace un gesto con la cabeza. Él pronuncia: "Ahora JR, cariño, cuéntame esta proposición de la que Danny querido me habló por teléfono".

En los siguientes veinte minutos, JR le describe a Albert la misma conversación que compartió conmigo antes. Esta vez Jezabel aborda la disposición de los fondos con un poco más de claridad.

"Bueno, pensé que después de que Danny recibiera el manuscrito, tú, querido primo Alberto, podrías encontrarnos un comprador por, digamos, $400,000 dólares y, una vez recibido el pago, podríamos dividir los fondos equitativamente. Digamos que $100,000 dólares se reparten entre los dos, $200,000 dólares para mí y el resto va a la galería como una donación 'anónima'. ¿Qué opinas?". Jezabel proclama antes de beber tranquilamente su agua tónica.

Cuando miro esos ojos color avellana, no sólo veo a una mujer hermosa (Dios, me sigo diciendo eso muchas veces), sino también, como mencioné, a una que tiene un corazón puramente ladrón.

"Espera un minuto", la interrumpí. "Me pides que robe el manuscrito. Utilice nuestras 'fuentes', que es tu prima, para deshacerse del manuscrito y obtendrás una parte igual del botín. Ésa no es una propuesta igualitaria de ningún modo, JR. ¿Qué opinas, Albert?".

"Estoy de acuerdo con Danny. No es en absoluto una distribución justa de los fondos adquiridos".

"Pero yo lo veo de esta manera: ustedes no sabían que el manuscrito existía, ni su valor. Puedo asegurarme de que lo consigas fácilmente sin miedo a ningún compromiso y que sean $50,000 dólares más ricos cada uno. Esto lo convierte en unas vacaciones verdaderamente encantadoras en el sur de Francia, ¿no creen? Además, ya sabes cómo conseguirlo y necesitas tener una valoración precisa del manuscrito en cuanto a su autenticidad, y ahí es donde entra en juego mi valor. Va a ser mi nombre en la valoración de tasación. Así que todos corremos riesgos, muchachos, todos".

Debo admitir que ella expresó su posición de manera eficiente y concisa.

Jezabel dijo que el manuscrito está sobre un viejo escritorio en la trastienda de la galería. Nadie sabe que está allí y entonces puede decir que el documento se perdió durante algún período pasado, o que se extravió durante una mudanza y nunca se podrá encontrar, y la galería puede presentar una reclamación al seguro y recuperar el valor actual ($425,000 dólares) y nadie se lastima. Jezabel enfatizó que la miserable suma no era nada para una gran compañía de seguros en estos días.

Después de que JR compartió su propuesta, le dio a Albert un rápido beso en la mejilla y nos dejó para discutir su idea.

"Primero, ¿por qué JR te llamó "Alberto"? ¿Cambiaste tu nombre cuando viniste a Australia?". Yo pregunté.

"Sí, lo hice. Mi nombre era un claro indicio de que no era de aquí, así que seguí diciendo Albert en lugar de Alberto, y con el tiempo eso fue todo. Nunca lo he pensado mucho, así que ahora soy Albert todo el tiempo. Tal vez debería cambiarlo legalmente, pero ¿para qué molestarme?".

"Tienes que discutir eso con un abogado Albert. Quizás algún día te metas en problemas".

"Querido. Que será, será, como cantaba Doris. Ahora, ¿qué vamos a hacer con la propuesta de Jezabel?".

Un par de tragos más y decidimos que, después de escuchar a una Jezabel muy persuasiva, yo conseguiría el manuscrito de la trastienda de la galería, y Albert nos buscaría un comprador que no fuera demasiado exigente con la adquisición del manuscrito. Hay muchos de esos coleccionistas de Arthur Conan Doyle que aprovecharían así la oportunidad de poseer una parte de la historia.

Mi intención aquí no es aburrir al lector con los finos detalles de nuestra "adquisición". Digamos que, como prometió, Jezabel presentó planos detallados específicos del edificio, los esquemas del sistema de alarma y las horas en las que un guardia de seguridad deambulaba por el interior de la galería. Teniendo en cuenta el hecho de que nosotros (en realidad yo, porque Albert rara vez realiza una "adquisición" conmigo, ya que las encuentra bastante "extenuantes", o eso dice), como sólo teníamos que entrar en el edificio y en la sala de catálogos, el ejercicio fue muy fácil, como dicen los americanos. Dado que sabía exactamente en qué escritorio y en qué cajón estaba el manuscrito, me llevó menos de veinte minutos navegar por la galería, hacer la "adquisición" y asegurarme de que mi salida fuera lo más limpia posible, sin que nadie se diera cuenta de mi participación.

Mientras yo hacía todo el "trabajo pesado", Albert estaba ocupado localizando a sus diversos contactos, y le llevó menos de dos días encontrar varios postores. Esperábamos que el hecho de que hubiera varios postores por el manuscrito nos permitiera obtener más de los $425,000 dólares, pero desgraciadamente, estos coleccionistas son personas inteligentes y mundanas, y conocen el precio actual de casi todo, por lo que se aceptó la oferta de $375,000 dólares, un poco menos de lo que Jezabel había esperado.

La policía local publicó un aviso de prensa de que se había producido un robo en la Galería Michael Rockford, informado por la curadora Miss Jezabel Ranford. Ella compartió tantos detalles como pudo, confirmando el informe policial con el periódico local, Northport Advertiser, el periódico de Sídney y todos los periódicos nacionales. El robo fue calificado de "perfecto", lo que me halagó un poco, y la policía no sabe dónde se encuentra el manuscrito perdido.

Unos meses después de la "adquisición", el Northport Advertiser señaló la salida de Ms Jezabel Ranford de la Michael Rockford Gallery. El periodista que escribió el artículo afirmó que Ms Ranford "estaba desconsolada" por la pérdida del manuscrito autografiado por Arthur Conan Doyle de *La aventura de los bailarines,* y que se tomaría un año sabático al sur de Francia para "revisar su futuro en el mundo del arte", o eso dijo el periodista.

Por nuestra parte, Albert y yo recibimos $45,000 dólares cada uno (sí, tuvimos que tomar una parte), y ambos sabemos que no se puede ir al sur de Francia con tan poco dinero.

IR A CORREGIR UN MAL

Agosto es el mes más ventoso del invierno australiano, al menos, así se siente en Northport. Por la forma en que se construyó la calle principal del pueblo, parece como si estuvieras en un túnel de viento, y el viento helado hace que caminar sea un desafío. No es que tenga que hacer nada de eso, porque vivo arriba, justo encima de mi lugar de trabajo, *The Village Books & Stuff*.

Exactamente a las 9:45 a.m., bajé las escaleras traseras hacia mi tienda, encendí la luz, apagué el sistema de alarma y rápidamente encendí el aire acondicionado para asegurarme de que la tienda estaría cálida en el momento en que abrí la puerta al negocio a las 10 de la mañana.

La rutina es sencilla cada día. Una vez que el aire acondicionado está encendido, hago una revisión rápida de la tienda para asegurarme de que todo esté en el lugar correcto. Mi caja registradora siempre está lista para realizar una transacción, incluso a las 10 a.m., porque dejo sólo $100 en billetes y monedas pequeños durante la noche, ya que ahora todos utilizan el método de pago plástico, ya sea con un PIN o una transacción de "toque y pague". Al parecer, el efectivo está perdiendo su brillo, algo que no me importa porque me ahorra el constante viaje diario al banco para hacer depósitos, mientras que ahora sólo es necesario un viaje, y lo hago los viernes.

En general, me considero un propietario honesto de una pequeña empresa, incluso en estos tiempos financieros difíciles, y con un aumento de las transacciones ejecutadas electrónicamente, como mencioné anteriormente. Si no sabes lo que significa "en los viejos tiempos", quiero decir que vi al Sr. McCullum varias veces hacer una transacción con la caja registradora abierta y no registrar la venta, evitando así cualquier GST y embolsándose todas las ganancias de la "venta". No se puede hacer eso con cada transacción electrónica.

Cuando compré el negocio, era difícil hacer los pagos de la hipoteca, así como del resto: servicios públicos, seguros, comprar acciones, pagarme el súper y tener dinero para gastar. Desde que me asocié con Albert no he tenido que preocuparme por perder el negocio, sólo asegurarme de que la Oficina de Impuestos de Australia esté contenta. Por supuesto, mi desafío ahora también es asegurarme de que el detective Malcolm Cassell no nos moleste.

Este lunes de agosto por la mañana debería haber sido un día de rutina, pero puntualmente a las 10:10 a. m. suena mi pequeño timbre y entra el detective Cassell (pensando en el diablo) luciendo tan desaliñado como siempre, con el traje más insulso que necesita un planchado.

"Buenos días, Monk. ¿Cómo estuvo tu fin de semana? Rentable, supongo", afirma el detective Cassell.

"Bueno, si no es el detective Cassell, el fin de semana siempre está bien, hay más gente caminando por el centro de Northport, pero nada que yo pueda considerar un día productivo. Sólo promedio. ¿Por qué lo preguntas?". Le pregunto al detective.

"Oh, Monk, no me refiero a este asunto. Me refiero al 'negocio' que usted dirige fuera de horario".

"Detective Cassell, no entiendo en absoluto tu insinuación. ¿Qué estás diciendo?". Hablé en voz baja puesto que el pequeño timbre de mi puerta de entrada sonó por segunda vez, y entró un cliente y quería asegurarme de que no escuchara esta conversación.

"Bueno, yo soy el que está sorprendido esta mañana", dijo Cassell. "Supongo que no habrás oído que la mansión de Immanuel y Adina Standerton fue asaltada el sábado por la noche. Uno de los dos ejemplos conocidos de diseño de prototipo para el primer siclo acuñado por los judíos en la Guerra Judía del 66 al 70 d.C.: el siclo AR, que medía 24 mm y pesaba 13,34 gramos, parecía haber desaparecido de su caja fuerte", afirma Cassell. "Simplemente asumí que tú tenías algo que ver con la desaparición y vine a hablar contigo porque no pude encontrar al señor Guzmán en su tienda esta mañana", finaliza con una gran sonrisa.

Sinceramente no sabía nada de esta desaparición, ya que los domingos no leo el periódico. Enciendo el tocadiscos con unos discos de vinilo de jazz como ruido de fondo o la radio para escuchar FM 108.7, que sólo tiene música y ninguna noticia, y paso el día catalogando mi colección personal de libros raros, que espero no vender nunca. Entonces, esta noticia fue una sorpresa.

Al mirar, vi que mi cliente estaba navegando por la sección de historia de Australia, en particular, la sección de historia de Nueva Gales del Sur. Tenía en la mano uno de los dos volúmenes titulados *Dos años en Nueva Gales del*

Sur; una serie de cartas que comprenden esbozos del estado actual de la sociedad en esa colonia; de sus peculiares ventajas para los emigrantes; de su topografía e historia natural, de Peter Cunningham. El conjunto de libros es bastante valioso. Le puse un precio de $225.

"Detective, no estoy seguro de cuál crees que fue mi participación en el robo, pero puedo decirte que no tuve nada que ver con eso. De todos modos, no sé cuánto vale un shéquel", terminé con una cara casi de mal humor, algo que estoy seguro, aprendí de Albert.

El detective Cassell dice: "Bueno, esto vale $2,200,000 dólares", se da vuelta y lo veo salir por la puerta sintiendo que probablemente le estaba diciendo la verdad y que no quería pasar más tiempo conmigo. El hombre que sostiene los dos volúmenes se acerca a mí, sonríe y presenta su tarjeta VISA para realizar la compra.

Cuando mi cliente se va y hace sonar el timbre, Albert entra corriendo.

"Danny, cariño, ¿qué te dijo ese hombre espantoso esta hermosa mañana? Lo vi pasar por mi tienda, mirar por la ventana, pensé que estaba entrando, me saluda y continúa. ¿Qué le pasa hoy, cariño?". Albert pregunta.

"¿Viste pasar a Cassell, pero no entró a hablar contigo?".

"No. No lo hizo. ¿Por qué?".

Le repetí la historia de Cassell a Albert, quien se paró frente a mi caja registradora todo asombrado, pero luciendo maravilloso. Albert empezó este lunes con un traje arcoíris que incorporaba el color favorito de todos. El traje tenía bandas de rojo, naranja, amarillo, azul, verde y violeta, todos vibrantes y tenía una camisa blanca con botones y una corbata del mismo color. A este conjunto se le suman unas zapatillas de deporte para hombre con luces LED que se iluminaban cada vez que Albert daba un paso, parecía un árbol de Navidad. Parecía "real" como si Elton John lo hubiera coronado "Rey de Northport".

"De verdad", dijo Albert cuando terminé de relatar mi versión de los hechos. "Ésa es su versión de la historia acerca de no verme. ¿Me pregunto por qué dijo eso? Ahora, estás diciendo que estos shéquels valen $2,200,000 dólares y yo no sabía nada de ellos".

Mi pequeño timbre suena una vez más y esta vez entra Fredrick Holloway, propietario de *The White Sheep*.

Me sonríe, me saluda y se dirige a la mesa de suministros de oficina, obviamente buscando algo para el negocio.

Albert se vuelve hacia mí y me dice: "Danny, ¿quieres que averigüe todo lo que pueda sobre los shéquels robados?".

Una vez más, no lo había pensado. El artículo desapareció el sábado por la noche, y si fuera un trabajo hecho por un profesional, el artículo ya estaría en manos de un comprador y tal vez incluso fuera del país, pero no estaría de más averiguar todo lo que se pueda sobre dicho tema. Una pieza valiosa. "Claro, Albert, mira qué puedes averiguar y contáctame", le dije mientras Fredrick se acercaba a la caja registradora con varias resmas de papel.

"Hola, señor Monk, mi pedido de material de oficina de Office Supplies Works se está retrasando, y necesito hacer algunos cambios en el menú porque la furgoneta con las gambas frescas también se está retrasando. Como siempre, su tienda es un salvavidas", dijo Fredrick mientras saca un billete de 50 dólares para pagar las tres resmas de papel. "Son dieciocho dólares, señor Holloway" dije, tomando el billete de cincuenta dólares y entregándole treinta y dos dólares de cambio. Cerré la caja registradora.

"Gracias, señor Monk. Nos vemos el jueves por la noche". Abrió la puerta de entrada e hizo sonar mi campanita.

Y me vería el jueves por la noche, ya que era la "noche de negociación" en Nueva Gales del Sur y, después de un largo día, iría a *The White Sheep* a tomar una copa y comer.

Hasta que llegó el jueves, el resto de la semana transcurrió sin incidentes y algunas ventas razonables de material de oficina, tarjetas y mi stock de libros raros y coleccionables también tuvieron un buen desempeño. Cuando se acerca la hora de cerrar el jueves por la noche, suena el teléfono y lo contesto para escuchar la voz de Albert: "Querido, tengo noticias. ¿Irás al pub esta noche? Si es así, puedo encontrarme allí alrededor de las 8 p. m. Tengo alguien a quien necesito presentarte".

"Por supuesto", dije. "Te encontraré allí".

Después de cerrar la tienda el jueves por la noche, camino por Main Street hasta llegar a *The White Sheep* y veo que, como siempre, el jueves por la noche está lleno de emoción. Camino hacia la parte trasera del pub y encuentro mi puesto habitual cuando noto que Maire detrás de la barra me hace un gesto con la mano como si estuviera sirviendo una bebida. Asiento en respuesta y me acomodo.

Unos minutos más tarde, Maire aparece con mi "habitual": El presidente, una bebida de ron clásica que comprende 1½ oz de ron blanco Havana Club, 1½ oz. Dolin Vermouth Blanc, 1 cucharada de Grand Marnier, ½ cucharada de granadina auténtica. Mientras Maire entrega mi presidente, exclama que estos hermosos ingredientes son revueltos sobre hielo picado, colados en un vaso frío y adornados con una sola cereza por Angus el barman, que tiene que ser el mejor barman, mejor dicho, el mejor artista, de todos los pubs de Northport. Sabía todo eso porque Maire me ha dicho la misma perorata cada vez, tengo mi habitual, pero ella es maravillosa y siempre odio interrumpirla. Además, esta bebida tiene que ser la manera perfecta de terminar el día: suave y lleno de sabor, y que Maire lo entregue en mi mesa con una sonrisa radiante es una ventaja adicional.

Mientras bebo lentamente mi bebida, veo que la multitud de comensales tempraneros se va, y el grupo "habitual" de noctámbulos está entrando, y luego veo a Albert entrar con un hombre alto cuyo rostro no recuerdo haber visto nunca.

Albert me ve y me saluda sin vergüenza. Antes de acercarse a la mesa, Albert habla con el hombre alto y luego Albert le hace un gesto a Maire, asintiendo con la cabeza como de costumbre y señalando dos, con sus dedos índice y medio. Luego, tanto él como el extraño se sientan en mi mesa y Albert comienza sus presentaciones: "Danny, este es Marcelo Gutiérrez, trabaja en *Ophelia's Pink Petals Flower Shop*, en la esquina de Main Street y Hill Street. Lo conoces, ¿no, Danny?".

"Por supuesto que sí. Es un placer conocerlo, señor Gutiérrez, siéntese y únase a nosotros", le digo.

"Por favor, llámame, Marcelo. El señor Gutiérrez era mi padre en Chile. Nací en Esperancé, Western Australia, a donde mi padre emigró para iniciar un negocio de pesca con su hermano hace años. Descubrí desde el principio que pescar no sería una vida para mí, así que me mudé a Perth, lo encontré tan lento que luego me mudé a Nueva Gales del Sur y me instalé en Northport. Creo que Northport es como vivir en la ciudad con un aire de campo", explicó Marcelo mientras me contaba la historia de su vida en menos de un minuto. Ya me gustaba. Va al grano rápidamente.

"Genial, ahora que terminaron las presentaciones déjame contarte lo que Marcelo compartió conmigo", dijo Albert, haciéndole un gesto a Maire para que se apresurara con las bebidas. Dios mío, a veces es muy impaciente.

Maire trae los dos Cosmopolitan y yo sigo saboreando mi bebida y disfrutando de los sorbos lentos, mientras escuchaba a Albert explicar por qué Marcelo estaba aquí esta noche.

"Verás, Danny, Marcelo está muy conectado con la familia Standerton ya que actualmente está saliendo con su hija, Allison", bromea Albert. "La situación es de total éxtasis tanto para Marcelo como para Allison, pero hay un problema. Sus padres no lo aprueban porque sienten que Marcelo no es el material de calidad que su hija debería atraer. Los padres de Allison mencionan en varias ocasiones el pasado de la pesca y ahora el negocio de floristería al que se dedica Marcelo", dice tristemente Albert, mientras bebe su Cosmopolitan.

"Bueno, lamento escuchar eso, Marcelo. Me pareces una persona muy directa a pesar de que te acabo de conocer. ¿Qué ha causado esta fricción entre tú y sus padres?". Pregunto.

"No estoy seguro, y Allison tampoco, pero parece que todo su análisis sobre mí es que no soy tan rico como ellos, o incluso, que no alcanzaría un estatus humilde como el de un simple empresario", comenta Marcelo.

Ay, eso duele porque soy dueño de un pequeño negocio, pensé mientras seguía escuchando, saboreando los últimos sorbos de mi presidente. Noto que Albert le hace un gesto a Maire haciendo la señal de la pala del helicóptero y ordenando otra ronda de bebidas.

"Aquí es donde entramos nosotros, Danny", interviene Albert. "Marcelo sabe dónde están los shéquels".

Sorprendido, dije: "¿Lo sabes Marcelo?".

"Sí, lo sé", respondió Marcelo.

"Leí el periódico el domingo por la mañana sobre el robo denunciado. El sábado por la noche, estaba en la mansión Standerton visitando a Allison para ver una película, y cuando ella fue a la cocina a hacer palomitas de maíz, vi al señor Standerton pasar y entrar en su estudio. No me notó o no le importó si lo veía. Como ya he dicho, el señor Standerton entra en el estudio, deja la puerta abierta y le veo sacar los shéquels de su caja fuerte y guardarlos en su bolsillo".

"Cuéntale lo que hizo a continuación", bromea Albert.

Marcelo continúa: "Bueno, cuando sale del estudio y pasa, se da cuenta de mí, asiente con la cabeza y sale por la puerta principal. No sé por qué, pero creo que algo extraño está pasando y decido seguirlo y verlo entrar en su garaje independiente para cuatro coches, y entro. A medida que me acerco, miro por una ventana y veo al Sr. Standerton arrodillarse y luego se mete debajo de su impecable BMW Serie 7 y coloca algo, supongo que son los shéquels, debajo del borde de la rueda del guardabarros delantero derecho. Luego vuelvo sobre mis pasos hasta la casa justo a tiempo para que Allison regrese con las palomitas de maíz. Más tarde, regresa el señor Standerton, nos da las buenas noches y se retira. Allison y yo terminamos nuestra película y palomitas de maíz, y me voy a casa. A la mañana siguiente leí que había habido un robo y que habían robado los preciosos shéquels, y esa tarde se presenta en mi apartamento un tal detective Cassell haciéndome todo tipo de preguntas".

"¿Le contaste al detective Cassell lo que viste hacer al señor Standerton el sábado por la noche?". Pregunto.

"No. No estaba seguro de lo que significaría para la familia Standerton, especialmente para Allison, así que no dije nada de lo que vi pasar, sólo que vi a Allison, y vi la película, comí palomitas y luego regresé a casa", respondió Marcelo.

"¿Por qué crees que el detective Cassell vino a verte?". Le pregunto a Marcelo.

"¡Por qué si no! El señor Standerton quiere que me arresten y me saquen de la vida de Allison, y qué mejor manera que esté en la cárcel, y el detective Cassell parece decidido a ponerme ahí", respondió Marcelo.

"Todo lo que tienes que hacer es contarle al detective Cassell lo que has visto y estarás libre de culpa. ¿Qué te detiene?". Presiono a Marcelo para que me dé una respuesta.

"No sé qué sería peor para Allison. Una acusación mía hacia su padre o el escándalo que se produciría si se supiera la verdad", responde tímidamente Marcelo.

"¿Y qué esperas que salga de esta conversación Marcelo?". Yo le pregunto.

"Bueno, Albert dijo que eres un buen hombre que a veces corrige los errores, y si no puedes ayudarme, al menos escucharías mi historia y me darías consejos", dice Marcelo, tomando las últimas gotas de su Cosmopolitan.

Hay una pausa en la conversación que me ofrece la oportunidad de pensar en una respuesta adecuada a la difícil situación de Marcelo, y la moneda cae y le respondo:

"Marcelo, ¿cuáles son tus aspiraciones comerciales y tus intenciones con Allison?". Le pregunto.

"He trabajado en la florería de Ophelia más de seis años y conozco bastante bien el negocio. Ofelia Calderón está pensando en jubilarse el próximo año y me preguntó si estaría interesado en comprarle la tienda y el edificio. Me encantaría, pero no estoy seguro de que el banco me conceda un préstamo de $1,875,000 dólares. Sólo tengo $189,000 ahorrados, y con una hipoteca sobre mi unidad, no creo que pueda hacer pagos tanto por la tienda como por el apartamento, ya que lo más probable es que no cobre un salario durante el primer año. En cuanto a Allison, planeo, quiero pedirle que se case conmigo tan pronto como termine esta terrible situación con su padre. ¿Por qué me preguntas Danny?". Responde Marcelo.

Volviéndome hacia Albert le contesto: "Sólo quería oírte explicar tus planes Marcelo, eso es todo. Ahora Albert, ¿qué tan bien conoces a Marcelo?".

"Marcelo y mi prima Jezabel eran 'algo' hace un tiempo. ¿Recuerdas a Jezabel?", sonríe Alberto.

"Por supuesto, recuerdo a Jezabel, una versión juvenil de Sophia Loren con un corazón amante del hurto, y sé que hoy está de 'año sabático' en el sur de Francia, pero esa es otra historia".

"Eso fue hace un tiempo, Danny", interviene Marcelo, "ahora estoy completamente dedicado a Allison, y todo ha terminado con Jezabel, lo prometo", responde un Marcelo que suena humilde.

"Está bien, veré si puedo ayudarte con tu Allison y con el detective Cassell", le digo al joven Marcelo.

"Oh, muchas gracias, Danny. ¿Qué necesito hacer?", pregunta.

"Nada. Simplemente ve a trabajar como lo haces habitualmente. Continúa tu relación con Allison como lo haces normalmente y deja que la naturaleza siga su curso. ¿DE ACUERDO?". Le dije a Marcelo.

Marcelo me miró fijamente por un momento, asintió, se levantó y estrechó la mano de Albert y luego la mía, y salió del pub como si estuviera sumido en sus pensamientos, pero aliviado.

Albert saluda a Angus y en tres minutos aparece Maire con nuestro cuarto cosmopolita y El presidente, con una Maire siempre sonriente que nos los trae para que los disfrutemos.

"Está bien, Danny, te conozco. Le hiciste algunas preguntas personales a Marcelo, por lo que para mí significa que estás interesado en la saga del joven, e incluso podrías tener un plan para ayudarlo. ¿Estoy en lo cierto? ¿Qué vas a hacer?", sonrió Albert bebiendo su Cosmopolitan.

"¡Voy a corregir un error!".

"Excelente Danny. Eres un hombre maravilloso. Cúbreme esto, querido. Olvidé mi billetera", dice Albert mientras se levanta y sale del *The White Sheep* dejándome a mí con la cuenta.

¡Es un muñeco!

MALDITA SEA, LO HIZO OTRA VEZ

Para mí está claro que el señor Standerton es todo un bastardo al llegar al extremo de montar un robo, denunciarlo a la policía local y tal vez, incluso, insinuar que Marcelo podría haber tenido algo que ver en el robo de los shéquels. Todo esto porque desaprueba la falta de posición social de Marcelo. Para colmo, probablemente presentará una reclamación de seguro que será pagada, y entonces no sólo tendrá los shéquels, sino también los fondos de la póliza de seguro. "Sí, es todo un bastardo", pensé.

Tengo un plan que pondré en práctica esta misma noche, pero primero, una cena agradable y relajante mientras resuelvo algunos de los detalles mentalmente. Saludo a Maire para pedir el menú, selecciono algo ligero y cuando pago la cuenta, incluidos todos los Cosmopolitan de Albert, lo cual es típico de Albert, me voy a casa.

Llamo a Albert, quien levanta el teléfono y suena ya dormido. Hora: 11 p.m. Pensé que estaría vagando por ahí. Tal vez se esté haciendo viejo como siempre me dice.

"Oye, ¿estás lo suficientemente despierto para hablar?".

"Ahora lo estoy Danny. ¿Qué pasa?".

"Para responder a tu pregunta, antes de que dejaras *The White Sheep*, sí, tengo un plan. ¿Puedes conseguirnos un comprador para los shéquels en un tiempo rápido e inteligente? Si es así, ¿qué crees que podríamos conseguir por ellos?". Pregunto.

Animándose rápidamente, responde: "Estoy seguro de que conozco a algunas personas en el extranjero, especialmente en Israel, que incluso pagarían el precio completo: los $2,200,000 dólares en su totalidad, sin hacer preguntas, pero claro, las ofertas de este día son menores. Veré qué puedo hacer con poca antelación y sí, podría tener algo preparado para este fin de semana. ¿Qué estás pensando, Danny? ¡Me encanta la forma en que funciona tu mente!".

"Bueno, Albert, voy a recuperar los shéquels que me regala el señor Standerton. Trabaja para encontrarnos un comprador para los shéquels y conseguirnos el mejor precio posible por ellos. Para completar este escenario, dentro de una semana nos dedicaremos al negocio de la floristería". Con mucho gusto respondo a Albert.

"Bueno, aquí son las 11 de la noche y en Israel son las 4 de la tarde. Déjame ponerme a trabajar en mis contactos y te lo haré saber el viernes por la mañana. Oye, espera un momento. ¿Qué quieres decir con que vamos a estar en el negocio de la floristería? ¿Qué vas a hacer Danny, cariño?", pregunta Albert.

"Voy a visitar el garaje del señor Standerton ahora mismo, para asegurarme de que los shéquels todavía están allí, y si lo están, voy a traerlos a casa. ¡Sólo asegúrate de tener una oferta sólida de tus compradores y rápido!". Le dije a Albert.

"Está bien, Danny, adiós por ahora. Te hablaré pronto".

Me pongo el atuendo más apropiado para la noche (negro), me pongo los guantes, me siento en mi pequeño escritorio en casa y escribo una breve nota con algunas instrucciones específicas. Terminando la nota, coloco los guantes en mi bolsillo. Conduzco hacia la zona cara de Cobbitty, donde se encuentra la mansión Standerton, y aparco en un lugar oscuro a aproximadamente medio kilómetro de la casa. Las casas en esta parte de Cobbitty son de mayor tamaño, y la mansión Standerton no era diferente: grande y su vecina más cercana a un buen acre de distancia.

Mientras me acerco a la mansión, veo el garaje separado para cuatro autos que mencionó el joven Marcelo y me dirijo hacia la puerta. Cerrado, por supuesto, la gente normalmente cierra la puerta lateral del garaje y deja el auto abierto, así que rápidamente levanto la puerta y entro.

Ver el BMW estacionado allí me dio una buena sensación, ya que no pensé que el Sr. Standerton movería el auto dadas las circunstancias, y espero que el detective Cassell y los agentes locales no pensaran en registrar el vehículo, ya que no habría ningún motivo para hacerlo. Al encender mi linterna, también me aseguro de que el auto no tiene alarma encendida y camino con cautela hacia el auto, me deslizo por el lado derecho, me arrodillo junto a la rueda del guardabarros delantero derecho y paso suavemente mi mano debajo del borde. Siento un pequeño estuche y lo extraigo, lo abro y dentro están las monedas más antiguas que he visto en dos bolsas de plástico separadas. Coloco las bolsas en mi bolsillo, deslizo la nota que escribí en el estuche pequeño y la vuelvo a colocar donde la encontré. Con cuidado, salí del garaje, cerré la puerta y caminé de regreso a mi auto sin que nadie viera lo que había sucedido; un patrón que siempre trato de mantener.

El viernes a las 10:01 am Albert hace sonar el timbre de mi puerta y sonríe mientras anuncia: "Querido, espero que hayas pasado una gran noche porque he encontrado a alguien dispuesto a pagarnos $1,800,000, sin hacer preguntas por los shéquels y que está listo para conocernos lo antes posible. Dime, ¿tú también pasaste una gran velada ganando nuestras moneditas?".

Le devolví la sonrisa y le dije que sí y que estaría listo para realizar la transacción. "Genial", respondió Albert señalando hacia mis escaleras, "lo instalaré de inmediato. ¿Te importa si uso tu unidad de arriba para hacer la llamada?" sacando el móvil del bolsillo. "Por supuesto, tómate tu tiempo", respondí.

Mientras Albert está arriba, suena el timbre de mi puerta y entra el detective Cassell.

Cassell me sonríe y dice: "Bueno, no estoy seguro de cómo arreglas las cosas por aquí, pero Marcelo Gutiérrez está fuera de la lista de sospechosos, y tú también".

Con una expresión tan perpleja como puedo, digna de un Oscar, miro a Cassell: "¿Qué quiere decir con libre de responsabilidad?".

"Bueno, parece que el señor Standerton 'encontró' sus monedas después de todo. Recordó que a principios de semana había sacado los shéquels de su caja fuerte, los había llevado a su dormitorio para revisar rápidamente el formulario de valoración de su seguro y los había dejado allí. Entonces, cuando fue el sábado a la caja fuerte de su estudio, no los encontró. Olvidando que los había sacado, entró en pánico y llamó a la policía. Ahora dice que los tiene nuevamente en su poder y que están seguros en su caja fuerte. ¿Qué piensas tú de eso?", pregunta Cassell.

"Está bien lo que termina bien, como solía escribir Billy", dije.

"¿Quién dijo qué? ¿Quién es Billy?", pregunta el detective Cassell.

"William Shakespeare es Billy, y *Bien está lo que bien acaba* es una de sus obras", respondo.

"Monk, siempre eres un sabelotodo". Mientras sale furioso.

Por el rabillo del ojo, veo que Albert había estado parado en el rellano de las escaleras y había visto al detective Cassell irse, pero probablemente no escuchó la conversación, así que le detallé lo que había sucedido.

"Entonces, Danny, el detective Cassell pensó que habíamos estado involucrados en el robo de los shéquels desde el principio, y no me lo dijiste. ¿Por qué?".

"Bueno, no quería preocuparte", respondí.

"Entonces, dime, si tenemos los shéquels, ¿cómo es posible que el señor Standerton le diga al detective Cassell que los extravió y que ahora los tiene sanos y salvos? ¿Cómo es esto posible?", pregunta Albert.

"Le dejé al señor Standerton una breve nota cuando tomé los shéquels, y la nota le sugería que llamara a la policía y les hiciera saber que había encontrado los shéquels y que abandonara la investigación sobre Marcelo. La nota también decía que tenía pruebas de que él había organizado todo el incidente y que podía probarlo, y que era mejor que no me traicionara o le señalaría todas estas cosas a la policía".

"No mencionaste mi nombre, ¿verdad Danny?".

"¡Albert, no mencioné ningún nombre! ¿Por qué mencionaría siquiera tu nombre? Sólo dije que sé lo que hizo y que me quedaría con los shéquels como pago por mi silencio y que él puede olvidar todo el incidente. Eso debería mantener a raya al señor Standerton durante mucho tiempo".

"De hecho, eso debería mantenerlo bajo control", dice Albert.

"Correcto Albert. Ahora, ¿cuándo intercambiamos nuestra adquisición?".

"Recibí algunas instrucciones bastante específicas de nuestro comprador, creo que son más bien de capa y espada. Esta noche, vamos a comprar un maletín en la Terminal Internacional de Sídney, antes del control de seguridad de la tienda Forever Travel. Quiere que compremos este maletín específico: un maletín St. James de color azul y nuez Ettinger. Debemos colocar los shéquels en el estuche y luego encontrarnos con él en la entrada de las salidas internacionales a las 22:30. Lo reconoceremos porque tendrá el mismo maletín. Luego debemos proceder con él a los baños masculinos, cada uno va a un baño contiguo y 'desliza e intercambia' sus maletines. Luego nos tomamos un momento para abrir el maletín; Una vez que estamos satisfechos, tiramos de la cadena para que la otra persona sepa que estamos de acuerdo con el contenido del estuche y luego él se va primero y, unos minutos más tarde, quien quiera de nosotros que haya ido al baño". Dijo Albert, deteniéndose para recuperar el aliento. "No me gusta. Suena peligroso. Te llevaré, pero no iré solo al baño. Danny, ¿quieres hacerlo?".

Por lo que sé, el comprador podría ser el Mossad de Israel, y yo, por mi parte, tomaré estas precauciones en serio porque no quiero meterme con esta gente, así que le doy mi respuesta a Albert con una palabra.

"Sí".

A la hora acordada, después de comprar el maletín, que por cierto costaba cerca de $5,000 dólares, esperamos y se nos acercó un individuo alto, delgado, con gafas, bigote fino, vestido con un elegante traje de negocios y portando el portafolio idéntico. Nos saludó con la cabeza y él y yo nos dirigimos al baño de hombres, donde cada uno de nosotros entró en baños separados pero contiguos. Deslizamos los maletines entre sí, abrí el mío y no vi nada más que billetes de $100 dólares con la leyenda de uno de mis autores australianos favoritos, Banjo Paterson. No conté el dinero y tiré de la cadena según las instrucciones. Un minuto después escuché la descarga del otro inodoro y salí del baño después de que él se fue según las instrucciones. Busqué a Albert y le indiqué que caminara a mi lado mientras nos dirigíamos de regreso al estacionamiento para entrar a su auto.

Pasaron unas semanas y todo volvió a la rutina, y como sigue la rutina, cerré mi tienda a las 6 de la tarde. Subí las escaleras, me cambié, cogí un sobre grande que contenía algunos contratos del mostrador de la cocina y caminé hasta *The White Sheep* para reunirme con Albert y Marcelo.

Llegando a las 7 de la tarde veo que ya están ahí y, por la multitud de vasos vacíos, llevan un rato ahí: Albert, Marcelo y la que presumo será la hija del señor Standerton, Allison, esperándome y hasta había un El presidente aguardando en mi lado de la mesa que Albert había ordenado, y abrió una cuenta. Me siento, dejo un sobre grande sobre la mesa y tomo un pequeño sorbo de El presidente, delicioso creo, y comienzo la conversación.

"Hola a todos ustedes, gente hermosa. ¿Cómo están esta noche?". Pregunto.

"Cariño, como siempre estoy encantado de verte, Danny", respondió Albert.

"Danny, déjame presentarte a Allison Standerton, mi prometida", habla el joven Marcelo.

"Hola" y una enorme sonrisa de la joven Allison como si yo fuera Papá Noel, cosa que ellos no sabían que era.

"Estoy muy contento de que todos ustedes hayan podido venir aquí esta noche para reunirse conmigo. Tengo aquí una propuesta para el joven Marcelo, que espero que tanto Marcelo como Allison encuentren interesante". Afirmé.

"Primero, mi querido amigo Albert responde por Marcelo, y eso es todo lo que necesito saber. Conocí a Marcelo hace casi un mes y quedé impresionado con su educación, su compostura y su actitud ante la vida, los negocios y el amor. Por ese motivo, Albert y yo decidimos que nos encantaría hacerles esta propuesta de negocio a ambos. Queremos convertirnos en socios silenciosos en la compra de *Ophelia's Pink Petals Flower Shop* con la condición de que ustedes paguen el préstamo cada mes por la suma de $1,000 hasta que se pague el préstamo. Cualquier ganancia obtenida la dividiremos cada año: el 10% será para Albert, el otro 10% para mí y tú y Allison se quedarán con el 80%. ¿Qué te parece Marcelo, Allison, lista para nuevos socios?". Tomo un sorbo de El presidente.

Tanto Marcelo como Allison quedaron atónitos.

"Toma, firma el papeleo, toma el cheque y compra la floristería, cásate y sé feliz", proclamé.

Allison se inclinó y nos besó a Albert y a mí, Marcelo, se levantó, abrazó a Albert y me estrechó la mano. Sin leer los documentos, firma el contrato, se lo pasa a Allison para que lo firme, quien lo examina detenidamente por un momento y luego firma. Ambos miran el cheque por $1,875,000 dólares, se toman de la mano y salen corriendo del pub.

Miro a Albert sentado allí, sollozando como un bebé. Como siempre, Albert no puede contenerse, así que voy a decirle algo, pero él se levantó y también salió corriendo del pub.

Unos momentos más tarde, Maire se acerca y deja la enorme factura del bar en mi mesa.

Maldita sea, Albert, lo hizo de nuevo.

OH SÍ BEBÉ. ¡DÁMELO!

Era una típica mañana de domingo en Northport. El sol salió temprano este día de primavera y la temperatura ya era agradable, 16 ° C, por debajo del promedio, pero era un clima excelente para caminar, siempre que llevaras un jersey, lo cual hice. "Hoy va a ser un hermoso día", pienso mientras camino por Main Street y suena mi teléfono: ¡es ella!

Anoche invité a Mary McCarthy a una cena rápida; Albert había organizado esta cita a ciegas. Me dijo que su lógica era, y cito: "Cariño, necesitas descubrir realmente lo que sientes por Alessia. Así que te he fijado esta cita con la maravillosa Mary. Ella es adorable y estoy seguro de que es tu tipo de chica".

Entonces, cedí a la lógica de Albert porque necesitaba descubrir mis sentimientos por Alessia y qué mejor manera que tener una cita con otra mujer. Mi madre sacudiría la cabeza ante mi lógica. Resultó que Mary es una persona bastante agradable y, después de estar en esta cita, sentí que ella simplemente no es mi tipo para una relación romántica y se lo dejé claro, o eso pensé anoche. Entonces me pregunto por qué me llama tan temprano en la mañana, cuando vi su nombre en mi teléfono móvil.

"Hola Mary. Lo mejor de la mañana para ti hoy".

"Hola Danny, sólo quería decirte que anoche la pasé muy bien y que, si quieres volver a hacerlo pronto, estaré más que feliz de verte", proclama Mary.

"Oh, oh", pensé, "esto suena como si se estuviera gestando un problema", mientras paso por la tienda favorita de Albert para el descanso matutino, el Java Hutt, y sigo caminando.

"Yo también me lo pasé muy bien, Mary. La comida estuvo deliciosa, el restaurante espléndido y tú estuviste genial, pero, como comentamos anoche, no estoy listo para entablar ningún tipo de relación en este momento. Mi tienda me mantiene terriblemente ocupado y, para ser honesto, te invité a salir porque nuestro amigo en común, Albert, me lo pidió. Entonces, si te parece bien, separémonos como amigos por ahora".

De repente escucho: "¡Oh, sí bebé, dámelo!" en el teléfono.

"Está bien, Danny, lo entiendo. Me preguntaba si quizás podría haberte persuadido de avanzar un poco más en esta relación. Llevarlo a otro nivel", repitió Mary dócilmente. Nuevamente, antes de que pudiera hablar, escuché: "¡Ay sí nena, dámelo!".

No estoy seguro de lo que estaba escuchando. ¿Mary padecía una doble personalidad y me comunicaba sus sentimientos con dos voces diferentes al mismo tiempo por teléfono y no se daba cuenta? ¿Era Mary sólo una acosadora psicológica? ¿En qué me metió Albert?

"Oh, Danny, tenía muchas esperanzas de que reconsideraras lo que dijiste anoche y tal vez lo intentaras de nuevo. Me abrí contigo anoche y esperaba, no, deseaba, que vieras las posibilidades de que tuviéramos una relación muy, muy profunda. ¿No sientes esa conexión entre nosotros?", inquirió Mary.

"Oh, chico, me metí en otro buen lío, Albert", pensé para mis adentros. ¿En qué me he metido sin siquiera notar nada extraño en Mary anoche? Antes de que pueda responderle, escucho de nuevo: "¡Oh, sí, cariño, dámelo!".

Ahora me preocupa mucho que, si le respondo a Mary de manera incorrecta, podría perder el control, y la próxima vez que la vea, tendrá un cuchillo de cocina en la mano. Adopté un enfoque novedoso.

"Mary, pensándolo bien, son sólo las 8 a. m. y no necesito abrir mi tienda hoy. ¿Qué tal si traigo un café para cada uno de Java Hut y lo llevo a tu casa y podemos charlar un poco? ¿Qué opinas?".

"¡Oh, Danny, ¡qué maravilloso sería eso! Una buena taza de café me anima por la mañana y ya estoy vestida. Así que, por favor, apresúrate para que podamos tomarnos todo el tiempo que necesitemos para hablar", respondió Mary con ansiedad. Antes de que pudiera preguntarle a Mary si le gusta el café, escuché nuevamente: "¡Oh, sí, cariño, dámelo!".

Sorprendido, le pregunté a Mary: "¿Cómo quieres tu café?".

"Oh, sólo un capuchino doble, por favor, con chispas de chocolate extra. Muchas gracias, Danny y Danny, ¡date prisa!".

Literalmente corrí al Java Hutt, solicité dos pedidos de café (sólo tomé un café con leche) y caminé hasta la parte trasera de mi tienda, me subí a mi auto y conduje hasta la casa de Mary. Su casa estaba cerca del antiguo y abandonado Hogar de Northport para débiles mentales (por el nombre se puede saber cuántos años tiene el lugar). Estacioné el auto frente a su casa, crucé rápidamente el jardín delantero y llamé a la puerta de entrada.

Mary tardó menos de treinta segundos en llegar a la puerta principal, abrir y hacerme pasar.

"Oh, Danny, es muy amable de tu parte tomar tu café de la mañana conmigo. No sabes lo que esto significa para mí. Estoy muy feliz de que me hayas ofrecido esta oportunidad de volver a hablar contigo en persona en tan poco tiempo después de anoche".

"Está bien, Mary. También quería hacerte una pregunta en persona y se me ocurrió la idea del café mientras hablábamos por teléfono".

Mary me estaba acompañando a su sala de estar mientras hablábamos, y pude ver mejor su casa a la luz del día, ya que anoche llamé a su puerta y ella salió cuando la recogí para la cita a cenar, y luego cuando la acompañé hasta la puerta de su casa. Sí, soy un caballero y no apresuro las cosas.

El exterior de la casa estaba bien mantenido, limpio y organizado. El interior también estaba limpio, organizado y exótico. Mary realmente entró en números rojos. Un gran sofá rojo aterciopelado con grandes y mullidos cojines blancos. Una silla auxiliar que parece cara, pero se nota que se usó mucho. No hay televisión en la habitación, así que supongo que debe tener una sala multimedia en algún otro lugar de la casa. No veo fotografías personales. Había muchas fotografías de mujeres desnudas de mediados del siglo XIX, de esas que se ven en los museos. Éstas también estaban bien enmarcadas, y tengo buen ojo para el arte y, por mi vida, creo que las fotografías eran réplicas de pinturas al óleo originales y caras. Entonces, Mary tenía dinero o había heredado dinero para poseer estas réplicas fotográficas de obras maestras originales.

"Por favor, siéntate, Danny, y bebe tu café aquí, a mi lado", pide tímidamente Mary.

Mientras me hundía en el sofá rojo, casi derramo mi café, pero me recuperé. Mary se rió y luego dijo: "Me haces reír haciendo las cosas simples, Danny. ¿Te he dicho lo maravilloso que fuiste conmigo anoche?".

"Sí, lo hiciste Mary. De hecho, anoche me lo dijiste varias veces y te lo agradezco, pero siempre soy un caballero cuando invito a una dama a cenar".

Mary sonríe: "Mira lo que quiero decir. Una dama. Eso es lo que piensas de mí. Eres tan agradable y maravilloso. Eso es todo lo que quiero decirte, todo el tiempo. Eres agradable y maravilloso".

Bien, esto se estaba volviendo cada vez más extraño a medida que pasaba el tiempo, así que salté directamente a mis preguntas: "Mary, ¿escuchaste a una segunda persona hablando mientras estábamos hablando por teléfono esta mañana?".

"No, no escuché a ninguna otra persona hablando cuando estábamos hablando por teléfono. ¿Fue por tu parte? porque si así fue, no lo escuché", respondió Mary, sintiéndose sorprendida por la declaración que acabo de hacer.

Vale, no soy un experto, pero es posible que una persona con doble personalidad no sepa que la otra persona está cerca, así que volví a preguntar, pero de forma diferente.

"La razón por la que te pregunto, Mary, es que escuché claramente una voz que decía algo inusual mientras estábamos hablando por teléfono, y puedo decirte que la voz de esa persona sonaba como si estuviera parada a tu lado mientras hablabas. ¿Hay otra persona en la casa contigo, Mary?".

Puedes ver el rostro de Mary moverse un poco mientras procesa esa pregunta como si quisiera encontrarme la respuesta correcta. La respuesta, sin duda, me sorprenderá, ya que acabo de descubrir que Mary tiene un trastorno de doble personalidad. Ésa tiene que ser la respuesta. Recuérdame agradecerle nuevamente a Albert la próxima vez que entre a su peluquería o visite mi tienda.

Mary de repente se ríe: "Oh, Danny, no hay otra persona en la casa, pero sé de dónde pudo haber venido esa declaración inusual. Ven", mientras toma mi mano. "Quiero mostrarte algo".

No me gustaba hacia dónde iba esto, pero yo era más grande que Mary, así que, si ella intentaba algo gracioso, estoy seguro de que podría manejarlo, creo.

Mary me lleva fuera del salón hacia su dormitorio, donde la decoración es muy parecida a la del salón. Mucho rojo y esta vez óleos originales de desnudos. Aquí no hay réplicas, pero sí aceites realmente caros, y quiero decir caros. La cama de Mary es lo que yo llamaría una cama super King en rojo, por supuesto, y tiene muchas almohadas blancas mullidas y muchos espejos. Al lado de la cama hay una jaula alta para pájaros y dentro veo un loro grande.

Su cuerpo es completamente verde y tiene plumas distintivas de color lila vivo y una gran mancha amarilla en la frente. Su jaula tenía que valer más de 2.000 dólares, ya que es enorme y tiene casi todo lo que un loro querría en una jaula. No estoy seguro de qué querría un loro en una jaula, pero seguro que, si yo fuera un loro, me gustaría tener el baño cubierto en oro que tiene actualmente.

"Danny, te presento a Marisol. Ella es mi loro harinoso amazónico que recibí como regalo de un amigo hace tres años. ¿No es hermosa? Ha sido una muy buena compañía desde que aprendió a hablar por sí misma. Ella es maravillosa, igual que tú, Danny". Dice Mary.

Vale, no me esperaba esto, pero, de todos modos, pensé que Mary era una persona peculiar, así que ¿por qué me sorprende?

Mary nos sentó a los dos en la cama y explicó: "Danny, anoche dijiste mucho sobre ti. Tu tienda, cuánto amas tu trabajo y cuando me preguntaste a qué me dedicaba, eludí la pregunta".

Le dije: "Sí, Mary, me di cuenta de eso, pero pensé que no querías hablar de eso en ese momento y que lo harías cuando fuera el momento adecuado. ¿Es ahora el momento?".

"Sí Danny, mi maravilloso Danny. Las palabras que escuchaste vinieron de Marisol y probablemente escuchaste su frase favorita: ¡Oh si cariño, dámelo! ¿Estoy en lo correcto?", pregunta Mary.

"Sí", respondí.

"Danny, soy una 'modelo' profesional, si entiendes lo que quiero decir. ¿Eso hará una diferencia para ti si vamos a continuar con una relación?", pregunta Mary.

"Necesitaba manejar esto con cuidado", pensé.

"Mary, anoche tuve muy claras mis intenciones y no quiero engañarte. Si bien eres una gran persona, no me interesas más que como amiga. Lo que haces en tu vida no cambia eso. ¿Estoy claro, Mary?".

Puedo ver los ojos de Mary ponerse tristes sobre mí y luego dice: "Entiendo, Danny, de verdad que sí, sólo esperaba que fuera porque no éramos compatibles y no por ser 'modelo', ¿sabes?".

¿Cómo pudo haber pensado Albert que Mary y yo teníamos algo en común, a menos que los óleos valieran más de lo que imagino? Tendré que preguntárselo más tarde.

Tomando la mano de Mary la llevo fuera del dormitorio, escucho hablar a Marisol: "¡Oh, sí bebé, dámelo!" y pienso para mis adentros: *"Chico, ¡qué par de excentricidades!"*.

Me despido de Mary y, siendo domingo, no tenía intención de trabajar en la tienda haciendo inventario o limpiando, preparándome para el lunes. Entonces, regresé a la tienda, estacioné mi auto en el estacionamiento y caminé de regreso al Java Hutt para comprarme otra taza de té y un pastel.

Después de sentarme allí esperando mi pastel y mi café, Alessia entra luciendo maravillosa.

"¡Danny! ¡Qué sorpresa! Pensé en tomarme un café y aquí te encuentro en esta hermosa tarde de domingo. ¿Te importa si me uno a ti?".

¡Qué delicia! Alessia, una mujer que me gusta mucho y quiero conocer, y todavía tengo que invitarla a salir. Ahora es mi oportunidad.

"Por supuesto, Alessia, por favor", mientras le indicaba al camarero que viniera y tomara su pedido.

"¿Qué vas a tomar Danny?".

"Hoy me voy a regalar un simple capricho por la tarde. Un café flat white y un lamington pequeño. Tengo hambre porque me perdí el almuerzo debido a que estaba en una reunión con un amigo, aclarando algunas cosas".

La sonriente Alessia camina hacia el mostrador y le dice a la joven detrás del mostrador que señala mi mesa: "Yo tomaré lo mismo".

La joven asiente y va a hacer el pedido y Alessia regresa a la mesa. Sólo miro a Alessia. Ella luce simplemente maravillosa. Con pantalones cortos de color caqui, una camiseta de color rojo brillante y una sencilla cruz de Malta en el cuello, parece el ejemplo perfecto de cómo debería verse y sentirse un día de primavera.

"Mientras esperamos el café y los dulces, cuéntame un poco más sobre ti Alessia. Hasta ahora sé algunas cosas, como tus gustos literarios, pero no mucho". ¡Vaya, fui valiente, muy valiente por cierto!

Alessia sonrió y sin dudarlo comenzó la historia de su vida. Disfrutaba de sus padres, de la influencia que tuvieron en su educación y de cómo le inculcaron el amor por los libros desde una edad temprana. Cómo esta atracción por los libros y el aprendizaje, ya que es una ávida lectora y devoradora de información, la impulsó a iniciar su colección de libros, que ahora suma más de tres mil. Cómo le encantaba ir a IKEA y comprar sus estanterías, especialmente la "Billy", que le resultó fácil montar ella misma y guardar su preciada colección de libros. También dijo que tenía muchas otras pasiones, demasiadas, algunas le parecían simples, otras más complicadas, pero todas divertidas, me aseguró, pero detalló poco. Oh, bueno, tal vez en otro momento, pensé. Durante la conversación, cada uno de nosotros nos preguntamos sobre nuestras metas, valores, etc. Hablamos de todo y de cualquier cosa y fue simplemente maravilloso. Le pregunté cuánto le gustaba coleccionar libros y Alessia dijo: "Con pasión, me encanta. Es una afición cara, pero me las arreglo bien con todas mis inversiones". Y lo dejó así. Pensé para mis adentros: ella lee, colecciona e invierte. ¡Definitivamente un portero!

Llegó el café y el pastel lamington y Alessia siguió hablando.

Me encantó el sonido de su voz.

Me encantó cómo usaba sus manos para expresarse y cómo su cabello se movía de un lado a otro mientras hablaba y reía.

El camarero nos interrumpió colocando la factura en la mesa a mi lado, diciendo que cerrarían en treinta minutos y preguntando si queríamos pedir algo más. Miré mi reloj. Dios mío, pasamos 3 horas y media en el Java Hutt y parecía que sólo habían pasado quince minutos. Al recoger la factura, le dije a Alessia que me esperara afuera mientras la pagaba. En mi mente, hoy tiene que ser el momento en el que la invito a salir y decido que simplemente haría eso mientras acompaño a Alessia de regreso a su auto.

Bueno, obtuve la fecha, pero no de la forma que pensaba. Mientras salía de Java Hutt, Alessia me dijo:

"Danny. Me gustas. Me gustas mucho. Déjame acompañarte de regreso a tu casa para que podamos continuar nuestra conversación. Nunca podría hablar tan abierta y tan cómodamente con nadie, y ahora me siento tan bien".

"Alessia, iba a acompañarte de regreso a tu auto, pero pasar más tiempo contigo sería sólo la cereza del pastel, perdona el juego de palabras con comida, pero parece que tampoco puedo tener suficiente de ti".

Con esa frase, Alessia se acerca y nos besamos.

Un beso largo, lento y apasionado.

Un beso que casi me hace llorar porque sabía que me había enamorado de ella, pero aún no estaba listo para decírselo. ¿Estaba enamorada de mí? Eso esperaba.

Mientras caminaba junto a Alessia hacia mi casa, pensé en mi vida y en lo complicada que se había vuelto con mi tienda y, por supuesto, con mis actividades extracurriculares con Albert. Cómo y cuándo decírselo a Alessia es algo en lo que necesito pensar, pero ahora todos mis pensamientos estaban en conocerla aún más.

Al llegar a mi casa, abro la puerta y dejo que Alessia entre.

"Bueno, Danny, así es como imaginé tu lugar. Sencillo y cómodo. Me encanta". Ella se sentó en el sofá.

"¿Puedo traerte algo, Alessia? ¿Quizás otro café?".

"No, gracias, Danny. Por favor, siéntate a mi lado y sigamos hablando".

Entonces, me acerco y me siento a su lado. Mientras me siento y antes de decir algo, Alessia habla: "Danny, sabes que eres un hombre muy especial. Me alegro mucho de que seamos amigos".

Ah, ah. Ha surgido la palabra "amigo". ¿Qué quiere decir ella?

"Pero los amigos pueden evolucionar hacia algo más, ¿no es así?".

Como un muñeco, asiento, y Alessia continúa. "Danny, ¿alguna vez te has preguntado si amas a una persona porque la necesitas o la necesitas porque la amas?".

¡Guau! Esa es una pregunta dura, pero sé cómo me siento y le respondo: "Es porque la amas que la necesitas".

Alessia sonríe y simplemente se inclina hacia mí, me besa y susurra: "Sí, así es como me siento también". Con Alessia a mi lado pienso en Mary y su loco loro amazónico Marisol y cómo comenzó mi día con el maldito loro graznando mientras hablaba por teléfono con Mary: "Oh, sí bebé, dámelo".

UN BUEN Y RENTABLE DÍA DESPUÉS DE TODO

A veces las amistades realmente se pueden impulsar, sin embargo, las amistades genuinas siempre prevalecerán, y si puedes combinar una amistad maravillosa y una buena relación comercial, lo cual a veces es difícil de lograr, ¿por qué dejar que algo como una mala cita a ciegas te la arruine?

El lunes me levanté de la cama un poco más temprano, ya que la semana pasada había trabajado en mi exhibición de tarjetas para ocasiones especiales, quería darle los toques finales a la exhibición para prepararme ante cualquier apuro que pudiera surgir en los próximos meses por las tarjetas.

The Village Books & Stuff vende todo tipo de materiales. Desde artículos de oficina hasta libros antiguos y exóticos y tarjetas de celebración comunes y corrientes para todas las ocasiones, quería tener la exhibición terminada para cuando abriera el negocio a las 10 a.m.

A las 9:50 a.m., miré la exhibición de tarjetas y, si lo digo yo mismo, es la mejor exhibición que he hecho. Entonces, me aseguré de que todo estuviera listo alrededor del mostrador y unos minutos antes de las 10 a. m., abrí la puerta principal y giré el pequeño cartel hacia el lado "Estamos abiertos".

"Dejen entrar a las masas", pensé. Sin embargo, mis pensamientos se dirigieron a Alessia.

Pasé una noche de sábado interesante con una cita a ciegas: Mary, organizada por Albert. Encontré a Mary agradable, pero no es mi taza de té. Para colmo, descubrí a su loro Marisol, y fue una mañana extraña el domingo, sin embargo, la tarde y la noche resultaron simplemente perfectas porque me encontré con Alessia Vassallo en el Java Hutt, y comencé una conversación que terminó en mi casa.

Alessia pasó la mayor parte de la noche conmigo y se fue alrededor de la medianoche, ya que ambos teníamos que trabajar. Sé que me he enamorado de ella y tuve la oportunidad de decírselo anoche, y en cierto modo le dije cómo me siento, pero no me salieron las dos palabras: "Te amo". ¿No todas las mujeres quieren oír eso?

Oh, desearía que mi madre estuviera viva. Ella me guiaría a través de estas emociones y me dejaría entender cómo piensa una mujer, porque parece que mi boca no logra pronunciar esas dos palabras.

Así que aquí estoy el lunes por la mañana, listo para enfrentarme al mundo de los negocios, cuando escucho el tintineo de mi campanita, y mi mente se aclara de los pensamientos de Alessia y me vuelvo para ver a Albert entrando. Albert lleva pantalones cortos rosas y una chaqueta rosa cubierta de palmeras, con camisa blanca y corbata rosa de palmeras a juego. Lo complementa con un par de sandalias y unas carísimas gafas de sol New Wave SL de Saint Laurent. Este par de gafas de sol me costarían un mes de alquiler si tuviera que pagar alquiler. Albert sostiene su taza de café favorita y, sin saludar, salta directamente a la conversación del momento:

"Danny, cariño, cuéntame ¿cómo te fue en tu cita con Mary el sábado por la noche? ¿No es simplemente fabulosa?".

"Buen día. Por cierto, ¿ese atuendo viene con control de volumen? Sólo tú puedes usar eso y aun así lucir bien", evitando su pregunta.

"Ven, vamos, muchacho Danny, cuéntame todos los chismes sobre la maravillosa Mary. Tuvo que ser genial, ¿verdad?".

"Albert, aprecio tus buenas intenciones, pero Mary y yo sólo vamos a ser amigos, sólo amigos, ¿entiendes? Aquí no hay potencial romántico, ¿vale?".

"Oh, cielos, esperaba tanto. Ella es simplemente un magnífico espécimen de feminidad, sabes a qué me refiero", dijo Albert.

"Bueno, ella es una excelente dama y seremos amigos", afirmé con determinación.

"Bueno, Danny, cariño, qué tal si me salto esta falta de un interludio romántico en tu vida y te pregunto esto: ¿Cuánto sabes sobre sellos?".

Creo que falta un interludio romántico, si tan sólo conocieras a Albert. Si lo conocieras.

"Aparte de que los consigues en Australia Post, los humedeces con saliva y se van, no mucho, puede que incluso tenga un libro sobre ellos en el cajón de aquí, ¿por qué?".

"Oh, querido muchacho, tienes mucho que aprender. Acércate, saltamontes, y déjame explicarte. Los sellos son exactamente lo que mencionaste y mucho más. Los coleccionistas de sellos se llaman filatelistas y son gente peculiar, y algunos son ricos, muy ricos. Siempre, y quiero decir siempre, intentan ampliar su colección por cualquier medio. ¿Me sigues hasta ahora?".

Asentí. Por supuesto, sabía sobre los filatelistas y el hecho de que agregar algunas estampillas reales a una colección puede ser tremendamente costoso, pero siempre disfruto inquietar un poco a Albert y lograr que comparta lo que sabe.

Albert continúa: "Así que descubrí que Arnie Kimbell, en la tienda de sellos y monedas de Northport en Elizabeth Street, acaba de vender un sello con valor de 75.000 dólares llamado sello de los Misioneros Hawaianos, y una moneda de oro de Eduardo III del Reino Unido de 1343 o 1344 por $689,000 dólares a uno de mis clientes. ¿Te imaginas andar por ahí con $764,000 dólares en los bolsillos de tus pantalones? ¿Qué piensas tú de eso?", preguntó radiante Albert.

Mientras hablaba, escucho la alarma de seguridad al frente de la tienda y Alessia entra luciendo, bueno, como siempre, ¡maravillosa!

"Buenos días, Danny".

"Buenos días, Alessia. Permíteme presentarte a mi mejor amigo, Albert Matthew Guzmán, propietario de la peluquería más importante de todo Newport, *Cut Me Crazy*".

Tanto Albert como Alessia se dan la mano y Albert inmediatamente la abraza y acapara la conversación: "Dime, Alessia: te he visto aquí en la tienda muchas veces. ¿Eres una de esas personas a las que les encantan los libros o simplemente amas a mi Danny?".

"Oh, chico, no vayas ahí, Albert", pienso.

"Bueno, me alegro mucho de que hayas mencionado eso, Albert. Danny ha hablado mucho de ti".

"Y ha hablado mucho de ti, Alessia", afirma Albert, guiñándome un ojo sabiendo que no lo he hecho. Soy un hombre reservado, como el lector sabe.

"Bueno, dado que Danny y tú son tan buenos amigos, me pregunto si debería compartir algo que no le mencioné a Danny anoche".

"Alessia, Albert y yo nos conocemos de años atrás, así que estoy más que feliz de que él escuche todo lo que necesites decir, Alessia. ¡Dispara!".

"En ese caso", Alessia rodea la parte trasera del mostrador, se inclina, me besa y luego dice: "¡Daniel Monk, estoy enamorada de ti!".

Todo lo que escucho es a Albert gritando como una niña, corriendo en un pequeño círculo, aplaudiendo y diciendo en voz alta: "Lo sabía, lo sabía, lo sabía", repetidamente.

Mirando a Alessia, las palabras salen lenta y dulcemente: "Me enamoré en el momento en que entraste a la tienda y te he amado en cada momento desde entonces, y yo también te amo", y esta vez la besé hasta que el timbre de la puerta sonó indicando que un nuevo cliente masculino había entrado y nos miró besándonos, y caminó hacia la parte trasera de la tienda como si nada estuviera pasando.

"Necesito volver a la biblioteca. Te llamaré esta noche, cariño", y Alessia se va, se detiene y le da a Albert un beso rápido en su mejilla y Albert sonríe mientras Alessia sale por la puerta.

El hombre regresa con una primera edición de tapa dura de *El Código Bíblico* de Michael Drosnin.

"¿Cuánto cuesta?".

Escribo la información en mi computadora y sin entrar en detalles de que es una primera edición cara, pero no un libro anticuario, todavía no, ya que se publicó en 1997, y todavía quedan algunos, y no tiene ni cincuenta años, todavía es un bebé, miro dentro de la portada y veo la pequeña etiqueta en ella: "$99."

El hombre me entrega un billete de $100 y le doy el cambio y lo coloco junto con el recibo en una bolsa. Al abrir la puerta, se da vuelta y con una gran sonrisa dice: "felicidades".

"Bueno, Danny. ¿Cuándo ibas a contarme lo que ha estado pasando con Alessia, nunca?".

"No, iba a decírtelo, pero nunca surgió y todo esto ha sucedido muy rápido. De todos modos, ¿por qué no terminas tu historia?".

Antes de que Albert pueda reiniciar la conversación, mi campanita encima de la puerta de entrada vibra por cuarta vez y entra el detective Malcolm Cassell, el personaje favorito de Northport.

"Buenos días caballeros. ¿Qué travesuras están tramando ambos?".

Albert dobla lentamente la esquina de mi mostrador, alejándose del detective Cassell, lo que me deja responder al saludo desde el otro lado de mi mostrador: "Sólo estoy comparando estrategias comerciales para el largo y abrasador verano que tendremos. Albert está cortando más cabello porque sus clientes masculinos quieren tener el cabello corto, y yo estoy vendiendo más libros porque la gente se está preparando para ir a la playa y leer más para variar. ¿Tus planes de verano son tan emocionantes como los nuestros?". Pregunté sarcásticamente.

"Escucha, sabelotodo: Entro aquí de forma amistosa, así que no me enfades o te llevaré a la comisaría para interrogarte", espetó Cassell.

"Oh, sí, estoy seguro de que tienes motivos para hacer eso. Todo lo que tengo que hacer es llamar a mi abogada y me iré, y ella te enfrentará a serios problemas", le ladré.

Albert exclama: "Chicos, chicos, por favor cálmense. Es bastante temprano en la mañana como para que nuestra presión arterial suba. ¿Qué tal si voy a buscar un poco de café al Java Hutt y lo bebemos juntos tranquilamente? ¿Qué opinan?".

Supongo que comencé a hacer ruido en la jaula de Cassell y él respondió, así que retrocedí un poco y él también. Los ánimos parecen haberse calmado un poco.

"No, eso no será necesario. Sólo quiero recordarles a ambos que durante los últimos meses ha habido mucha actividad en el área de descanso y entrada en la costa norte, y tengo mis ojos puestos en ustedes dos. Tú entiendes. Sé que ambos siempre están tramando algo, pero todavía no he encontrado nada que pueda atribuirles, pero lo haré", comenta el detective Cassell.

"Cassell, después de todo lo que hicimos por ti con el caso del asesinato de la empleada de limpieza de Randolph. Pensé que serías más amable con nosotros". señalo.

El detective Cassell se da vuelta y se dirige hacia la puerta principal y simplemente se da vuelta y dice: "Cuídense", y se marcha.

Albert se acerca al frente de mi mostrador y suspira: "Danny, ¿por qué lo empujaste? Sabes que simplemente está ansioso por atraparnos y luego ¿qué nos pasará? No puedo estar en prisión, simplemente no puedo. ¡Esos verdes de prisión son simplemente horribles, simplemente horribles! Además, no hemos estado en la costa norte para realizar ninguna 'adquisición', así que no estoy seguro de qué está diciendo. Es un hombre desagradable".

"Despreocúpate, Albert. Somos más inteligentes que ese pie plano en cualquier momento. Volvamos a esas monedas y sellos. ¿Quién los compró?".

"Un tal señor A. G. Michael de Bondi. Tiene un ático justo en la playa. He oído bastantes cosas, y le sobra dinero si deja caer este tipo de billetes en sellos y monedas, ¿no te parece, cariño?" responde Albert.

"¿Crees que a través de tus fuentes podrías encontrarnos un comprador? porque las cosas han ido lentas hasta ahora esta primavera, a pesar de que exageré un poco con el detective Cassell. Además, ¿sabes su dirección? Estoy seguro de que guardará esos dos artículos en casa, porque estoy seguro de que no son los únicos artículos de su colección".

"Me pondré manos a la obra, cariño, y te responderé lo antes posible. Adiós por ahora, Ciao. Y estoy muy feliz por ti", y él también viene detrás del mostrador y me da un beso en la mejilla, Albert sale por la puerta principal como un viento rosado, ya que se movía muy rápido y casi derriba a mi segundo cliente del día.

"Oh, Dios mío, ¿quién era ese joven rudo?". Pregunta la elegante señora madura que tuvo la desgracia de ser golpeada por Albert.

"Oh, ¿él? Está con la policía de la moda. ¿Cómo puedo ayudarle hoy?". Pregunto mientras llevo rápidamente a la señora a la tienda.

"Si, si, por supuesto. Acabo de regresar de una gira por Bélgica y encontré un postre de manzana maravilloso, del que no recuerdo el nombre, pero recuerdo que lo hacían con la manzana Amorosa. ¿Tiene un libro de cocina que contenga recetas belgas?", me pregunta la señora.

"Por favor, mire alrededor de la tienda mientras reviso la lista de existencias en mi computadora para ver lo que tengo en la tienda". Le indico a la señora libros más exóticos en mi establecimiento y entro en la computadora. Tengo una buena idea de que tengo algo sobre la cocina belga, ya que hace unos meses preparé gofres belgas, llevé el libro al piso de arriba y usé la receta. ¿Dónde coloqué el libro? ésa es la pregunta. ¿Lo volví a colocar en el área correcta de la estantería?

Revisando la computadora, veo la ubicación y me dirijo directamente a él, lo levanto, miro las páginas y hay una receta de manzana usando la manzana Amorosa. Estoy de suerte, y al llevárselo a la señora exclamo: "Aquí hay un libro maravilloso con el título *El libro de recetas de la madre belga* de Monique Mertens, y tiene una receta excelente que utiliza la manzana Amorosa tal como usted quería. El precio es sólo $22".

"Oh, eso es asombroso, y también me llevaré este maravilloso libro que encontré". Afirma la elegante dama.

"Oh, veo que encontró *Bad Company and Other Stories* de Rolf Ledgewood. Es la primera edición. ¿Usted lo sabe, señora?", le pregunto.

"Oh sí. ¿Cuál es el precio?", ella pregunta.

Como no marco mis libros con etiquetas de precios para preservar su autenticidad, dije: "Déjeme verificar el precio por usted y se lo haré saber", y una búsqueda rápida me dice que el precio es $60 y se lo cito.

La señora responde: "Oh, maravilloso. Me los llevaré a ambos. ¿Aceptas AMEX?". Ella dice emocionadamente.

"Sí, lo hago", mientras tomo el libro de recetas y lo coloco junto con la primera edición en una bolsa de compras, cierro la venta, tomo la tarjeta platino AMEX de la dama, noto su nombre y la toco en la terminal de pago. La compañía de la tarjeta de crédito lo aprueba en menos de dos segundos, sonrío, le devuelvo la tarjeta a la señora y le entrego la bolsa de compras.

"Gracias por su patrocinio, señora Lemmens".

"Vaya, sabes mi nombre. Has estado excelente. Tendré que contarles a mis amigos sobre esta pintoresca tienda. ¿Tiene un nombre?".

"Sí, lo tiene", digo: "es *The Village Books & Stuff*". Le sonrío mientras pienso para mis adentros, "¿qué, no puedes leerlo? Está en el frente de la tienda, debajo del escaparate".

"¡Dios mío, qué bonito nombre! Ni siquiera me di cuenta del nombre cuando entré. ¿Cómo conseguiste el nombre de la tienda?", ella preguntó.

Ahora le doy una breve historia de la tienda. Cómo solía ser una imprenta a finales de la década de 1880 hasta la década de 1980 y era propiedad de la misma familia, todo eso y cómo la familia tuvo dificultades financieras y cerró. Cómo el señor McCullum abrió la tienda como librería con un popurrí de material de oficina y tarjetas. Cómo compré la tienda y el edificio, le cambié el nombre y yo vivo arriba en una unidad remodelada muy agradable de tres dormitorios y 3 baños. No le dije al cliente que todo esto fue posible gracias a las actividades extracurriculares que Albert y yo hemos realizado para complementar nuestros ingresos minoristas durante los últimos cuatro años.

Ella sonrió todo el tiempo con mi historia y se fue con un pequeño gesto hacia la puerta. Bueno, una segunda pequeña venta antes del almuerzo. El resto del día también transcurrió bien. Algunas personas entraron, curiosearon y algunas compraron algo; Vendí cuatro tarjetas de feliz cumpleaños, dos resmas de papel para impresora y una primera edición del libro de poemas de J. Farrell *Cómo murió y otros poemas* y, puntualmente, a las 6 de la tarde, giré mi pequeño cartel que mostraba: "Estamos cerrados". Encendí la alarma y subí las escaleras para pasar la noche. Reflexioné en lo que dijo Alessia y pensé: "sí, otro día bueno y rentable después de todo".

UNA TAZA DE CAFÉ VENTI PARA LIMPIAR

Mis únicos pensamientos son sobre el sábado por la noche. Tan pronto como entré a la unidad, me senté en el salón y llamé a Alessia.

"Oye", dice ella.

"'Oye', es para caballos. ¿Cómo estás? Creo que el sábado por la noche deberíamos cenar rápido para hablar sobre lo que ambos dijimos y luego ver una película. ¿Qué opinas?".

"Oh Danny, lo siento mucho, tengo un compromiso previo que debo cumplir. ¿Me aceptarías un trato para cenar y ver una película otra noche? Ahora podemos hablar por teléfono sobre lo que ambos dijimos hoy".

Decepcionado como estaba, lo entendí. Si bien ambos parecemos estar locamente enamorados, también tenemos otros compromisos, yo con Albert y nuestras otras actividades extracurriculares y Alessia con... Bueno, en realidad no sabía en qué otras actividades estaban ella, aparte de coleccionar libros e inversiones, pero no lo sé. Cuidado. Ella me dijo que me ama y yo le correspondí. Nosotros estamos bien.

"Oh, qué pena. La nueva película de la franquicia de James Bond se estrenará el jueves, así que pensé que podríamos verla el sábado. ¿Qué estás haciendo?".

¿Sentí una vacilación justo antes de que Alessia respondiera? "Oh, un par de chicas y yo vamos a la ciudad. Ya sabes. Noche de chicas. Lo había planeado hace semanas. Supongo que olvidé decírtelo".

"No te preocupes, Alessia. Ahora, sobre esta mañana..."

Entonces, pasamos más de una hora repasando lo que dijimos y por qué lo dijimos, y me sentí maravilloso después, y me di cuenta de que Alessia sentía lo mismo, así que terminé la conversación diciendo: "Bueno, diviértete y yo me pondré al día contigo el próximo fin de semana, ¿qué te parece?".

"Eso sería maravilloso", dice Alessia, mientras me lanza un beso y cuelga.

Entonces, iba a pasar la noche del sábado en casa, y eso está bien, porque quedarme en casa me facilitará el domingo, y me gustan los domingos.

El domingo es el único día que no abro la tienda y me lo tomo con calma. Sin inventario, bueno, a veces hago mis libros personales, sin contabilidad, sin contar efectivo, aunque hoy en día casi todas las ventas son tarjetas magnéticas y, a veces, aplicaciones de pago por uso.

Este domingo planeo levantarme y desayunar, asearme y acomodarme en mi gran sillón reclinable LAZ-Z-Boy para leer. Actualmente estoy leyendo la primera edición de Richard Price de 1787, *Una revisión de las principales cuestiones de la moral. Particularmente aquellos que respetan el origen de nuestras ideas sobre la virtud, su relación natural con la obligación de la Deidad, el tema y las sanciones*, que compré a un amigo coleccionista y encontré el título lo suficientemente interesante como para leerlo antes de ponerlo a la venta en mi tienda, con un pequeño margen de beneficio, digamos $660. Mi amigo me dijo que, contrariamente a la creencia generalizada, no se recomiendan guantes para manipular libros raros o valiosos. Sin embargo, creo que es prudente usar guantes hechos de nitrilo o vinilo, y recomendé a mis clientes que compran libros antiguos únicos y raros que los usaran si hay motivos para sospechar que el artículo presenta un peligro para la salud, como moho o arsénico. Mi amigo mencionó que se recomiendan guantes limpios hechos de nitrilo, vinilo o algodón sin pelusa al manipular álbumes de fotografías, fotografías o libros con partes de metal o marfil. Cuando compré el libro, me dijo que me lavara las manos con jabón y las secara bien, lo cual hago, y luego todavía me pongo los guantes. Hice una inversión en este libro, por ejemplo, y necesito preservar su excelente calidad para poder venderlo y obtener ganancias. Así que estoy listo para irme. ¡No puedo esperar a que llegue el domingo por la mañana!

Suena mi teléfono móvil, lo levanto y veo el nombre "Peludo" así que contesto: "Sí, Albert, ¿cómo estás esta mañana?".

"Simplemente genial, Danny, cariño. Me preguntaba si podría acercarme y discutir la información sobre la que me preguntaste. ¿Está bien?".

"Por supuesto, Albert. En cualquier momento. No haré nada esta noche".

"Oh, ¿Alessia no está allí? ¡Bueno, entonces estaré allí en un santiamén!".

Cuelgo el teléfono y antes de que pueda pensar en qué información podría haber encontrado Albert, suena la puerta trasera.

Abro la puerta y ahí está Albert; "¿Cómo llegaste aquí tan rápido?". Le pregunto.

"Oh, estaba en el estacionamiento cuando llamé. Simplemente no quería atraparte en tu pijama sexy o interrumpirte a ti y a Alessia, pero por lo rápido que respondiste, pude sentir que estabas despierto, solo, y ya listo para conquistar el mundo, y tenía razón. Ahora déjame entrar porque tengo muchos chismes que compartir". Entró, se sentó en mi sillón y reorganizó todos mis cojines.

Es sorprendente dónde encuentra Albert su ropa. Aquí estamos un sábado por la noche y él lleva un traje original diseñado sólo para Albert, tiene que ser sólo para él porque a mí no me verían con algo como esto. Albert lleva un traje que incluye la chaqueta, los pantalones, la corbata con fondo azul océano y peces de colores impresos con una camisa blanca y zapatos negros sin calcetines. Siempre se sale con la suya.

"Danny, mi amor, por favor siéntate a mi lado para que pueda contarte toda la información que descubrí sobre el Sr. A. G. Michael de Bondi", mientras acaricia mi sillón y, como un cachorro, me siento a su lado.

"Parece que tiene montones de dinero. Tiene propiedades en todo el mundo, pero tiene su residencia principal en Bondi, en el ático de Majestic Towers. Es impresionante en diseño, vistas y ubicación. Se dice que tiene vistas al mar inolvidables e ininterrumpidas desde su balcón, y un sorprendente interior de planta abierta y cuatro inmensas habitaciones. Además, todos los restaurantes y actividades costeras que necesita para completar la escapada de sus sueños están a la vuelta de la esquina. Añade a la sala de estar abierta un comedor con capacidad para veinticuatro comensales", se detiene Albert para recuperar el aliento.

Albert continúa: "A. G. Michael es el director de Burton & Michael Investments, una de las mayores empresas de servicios financieros de propiedad y gestión privada, que es grande, pero no demasiado. Por lo que escuché, muy centrada en el cliente y con el tamaño adecuado para brindar ese servicio centrado en el cliente, y ser estable y fuerte al mismo tiempo. La empresa tiene oficinas en Sídney, Melbourne, Brisbane, Perth e incluso en la pequeña y adorable Hobart. También tiene sucursales en Londres, Singapur, Nueva York, Chicago y San Francisco. Lo suficientemente grande como para ser estable y fuerte, como dije, pero capaz de mimar a sus clientes y, lo mejor de todo, ganar dinero para ellos. Con poco menos de 12.000 millones de dólares en fondos bajo gestión, Australian Financial Review la consideró una empresa de primer nivel y la votó como la mejor empresa de inversión de Australia en 2015, 2018 y 2020".

Según la descripción de Albert, estoy bastante interesado en el Sr. A. G. Michael de Bondi.

Albert continúa: "Danny, el dormitorio principal, con una cama super King, disfruta de magníficas vistas a la playa y un spa exterior en su propio balcón privado e independiente. La suite principal disfruta de un lujoso baño con ducha doble, bañera y lavabo triple, no doble", explica Albert.

"Muy amable Albert, ¿ahora también eres agente inmobiliario? ¿Dónde guarda sus objetos de valor?". Pregunto.

"Oh, querido, no lo mencioné; tiene un vestidor del tamaño de un garaje doble y tras atravesarlo se encuentra una bóveda. Como la pequeña bóveda de un banco donde se encuentran sus preciosos cuadros y otras colecciones", declara Albert, sonriente.

Del tamaño de la bóveda de un banco pequeño. Interesante lugar para tener uno. La instalación debe haber costado muchísimo. Así que el señor A. G. Michael de Bondi está realmente cargado.

"¿Qué sabes sobre las Majestic Towers Albert?". Pregunto.

"Esto es lo que sé", informa Albert, "Majestic Towers tiene cuatro pisos de altura con unidades de dos dormitorios y dos baños, todas con amplios balcones privados y vistas a Bondi Beach. Este edificio de lujo se encuentra en el extremo este de Bondi y brinda tranquilidad tanto en ubicación como en valor. Cerraron el edificio como Fort Knox, con seguridad a su alrededor, abundantes cámaras de circuito cerrado de televisión en el vestíbulo y una recepción con personal de seguridad que requiere que los visitantes se registren y accedan con tarjeta a los inquilinos. También descubrí que el edificio contrata hombres guapos, jóvenes y atractivos para su área de recepción de seguridad. ¡Yo digo que es una ventaja para mí! Lo siento, me desvié, el edificio tiene tres ascensores: dos cubren los niveles uno y dos y el tercero cubre el ático donde vive el Sr. A. G. Michael. ¿Es así como nos referimos a él? ¿El señor AG Michael de Bondi? La planta baja dispone de las instalaciones del edificio: piscinas, interior y exterior, gimnasio, salas de reuniones para los residentes y un restaurante de tres estrellas Michelin, *The Royal @ Bondi*. El restaurante tiene dos entradas, una desde el interior del edificio, por donde entran los residentes, y otra exterior para la clientela general. El aparcamiento subterráneo también está disponible únicamente para los inquilinos. Todas las unidades son de propiedad y no se permiten alquileres, ni tampoco Airbnb, cariño. Sin aparcamiento público. ¿Es suficiente información, cariño?", pregunta Albert, exhausto, mientras sonríe muy orgulloso de sí mismo.

Necesitaba preguntarle a Albert quién es la fuente de esta valiosa información, pero Albert nunca ha fallado cuando reúne datos, así que respondí a su pregunta: "Primero, lo llamaremos simplemente Michael y no nos referiremos a él como Sr. A. G. Michael de Bondi, demasiado bocado, ¿vale? Ahora viene la siguiente pregunta: Albert, ¿cómo pudiste obtener tanta información en tan poco tiempo?".

"Bueno, puedo decirte la versión extendida o la versión condensada. ¿Cuál prefieres?" preguntó Albert.

"La versión condensada", digo, y me apoyo en uno de mis muchos cojines porque sé que con Albert la "versión condensada" está un poco por debajo de la "versión extendida".

Sin un momento para recuperar el aliento, Albert empieza: "¿Conoces a Miguel de mi salón? Pues Miguel es amigo de Marta que está casada con el chef commis Timothée de *The Royal @ Bondi* que, por cierto, se muere por abrir su propio restaurante, ¡y así fue como obtuve toda esta información tan rápido! ¿Ves lo lindo que es salir y conocer gente y no quedarte en tu casa todo el fin de semana?".

"Sí, esa fue una información rápida y valiosa, Albert. Déjame pensar por un momento. ¿Te gustaría un café?". Pregunto.

"Oh, sí, cariño. ¿Podría tener mi favorito, un Venti? ¿Sabes cómo hacer uno? Un Venti está hecho con mitad de leche entera, un cuarto de 1%, un cuarto de leche sin grasa, extra caliente, en cuatro tragos divididos (1 1/2 tragos descafeinado, 2 1/2 tragos regulares), café con leche sin espuma, con batidor. Crema, dos paquetes de Splenda, un azúcar sin refinar, un toque de sirope de vainilla y tres pizcas de canela", explica Albert sonriendo.

Señalo la cocina y le explico a Albert: "Ahí está la tetera y un poco de café instantáneo. Haz tú mismo lo que quieras. Necesito un momento".

El rostro de Albert mostró decepción y dijo: "Cariño, si necesitas un momento, tómate tantos momentos como necesites porque voy al Java Hutt a comprarme un Venti antes de que cierren. ¿Quieres algo mientras estoy allí?".

"No", respondí.

"Está bien, entonces volveré en diez minutos. Nos vemos pronto. Deja la puerta abierta para que pueda subir. ¡Ciao!" Y Albert se va a buscar su Venti.

Al cabo de treinta minutos (mira a qué me refiero, con Albert nunca nada es corto), abre la puerta anunciando su llegada: "Estoy de vuelta cariño. ¿Qué ideaste?".

Una cosa que he aprendido a lo largo de los años de trabajar con Albert es que, si él presenta toda la información, me deja la implementación a mí y, realmente, no me importa. Siempre pienso que algún día me desafiará: todo lo que necesito es elegir una puerta, entrar, ir al dormitorio y allí, tan simple como el pan, hay algo tan valioso que hace que la Mona Lisa parezca barata, pero no, todas las adquisiciones de Albert han sido difíciles, aunque exitosas, pero difíciles.

"Sí, Albert, tu breve salida de treinta minutos para tomar un café me ha hecho pensar. ¿Qué tan bien conoces a Marta y a su marido?". Pregunto.

"Me han invitado a varias fiestas, bueno, de hecho, Felicia me trajo como su 'compañero' a casa de Marta y Timothée en Leichhardt para las fiestas que organizan a fin de desarrollar un interés en una campaña de micro financiación para su idea de restaurante, sea lo que sea. ¿Por qué lo preguntas?".

"Albert, ¿sería posible acercarte a Timothée tú mismo sin Felicia ni su esposa?", pregunté.

"Por supuesto. Él y yo nos conocemos gracias a estas fiestas que comienzan temprano y terminan hasta altas horas de la madrugada. ¿Qué necesitas que haga, cariño?".

"Necesito que le pidas a Timothée que organice una cena especial para tres, él, tú y yo. Dile que encontraste a alguien interesado en conocerlo y hablar con él sobre sus ideas culinarias y tal vez una inversión en su nuevo restaurante. Puedes hacer esto por mí, ¿verdad? Asegúrate de que seamos nosotros, sólo nosotros tres. No incluyas a la esposa, ¿vale?".

"Por supuesto, Danny, puedo hacer esto. Programaré esto lo antes posible. ¿Hay alguna noche en particular en la que prefieras hacerlo?", pregunta Albert.

"No, lo que sea bueno para él. Sólo danos tiempo suficiente para que ambos cerremos la tienda, tú nos llevarás hasta Leichhardt y tendremos tiempo suficiente para hablar con él, probar sus habilidades culinarias y evaluarlo".

"¿Evaluarlo?" preguntó Albert.

"Sí".

"Considéralo hecho. Te hablaré pronto. Ciao, cariño". Y se marcha dejándome su taza de café Venti para que la limpie.

¡EL JUEGO ESTÁ EN MARCHA!

El primer lunes del mes comenzó con una hermosa mañana en Northport, con el sol brillando intensamente y vientos de 12 km/h que generaban una agradable brisa fresca que entraba por la ventana de mi habitación. Mi rutina matutina fue rápida. Me afeito, me ducho y tomo un desayuno rápido y voy a ordenar abajo antes de abrir mi pequeña tienda a las 10 a.m. en punto.

Los lunes suelen estar ocupados. Mucha gente cree que el lunes es un buen día para ir al centro del pueblo, tomar un desayuno rápido, hacer algunas compras, almorzar, continuar comprando hasta que las tiendas cierren por el día y la multitud de la tarde comenzará a llegar a la ciudad alrededor de las 8 p.m. La mayoría de los establecimientos cierran los domingos, por lo que los lunes la tendencia a comprar se produce en pueblos pequeños como Northport. Hoy no fue diferente. Cuando rápidamente abrí mi tienda y giré el pequeño cartel de mi puerta que decía "Estamos abiertos", me dirigí a mi lugar favorito, el taburete alto detrás del mostrador donde estaba la caja registradora y desde donde podía ver a todos entrar a la tienda, ya que tiene una excelente vista de todos los ángulos del establecimiento a través de las cámaras CCTV que instalé. Tengo algunos preciosos libros de primera edición valorados en miles, y hoy en día no se puede ser demasiado cuidadoso, ya que el mundo está lleno de personas de dudoso carácter.

A la espera del primer cliente, examino detenidamente la primera edición de tapa dura del *Nuevo Larousse Gastronomique 2009*, disponible para su compra por $85 dólares en caso de que el lector esté interesado. Esta noche debería cenar cocina francesa, ya que Albert organizó nuestra cena con Timothée.

Hojeando las páginas, suena mi pequeño timbre anunciando la entrada de un matrimonio joven con dos hijos, estos no me gustan, ya que a veces los niños son una molestia, y no vendo libros infantiles. Lo que la gente ve en los pequeños mocosos me sorprende.

"Buenos días", dije, sonriendo y conteniendo la respiración.

"Pauly, Mabel, ustedes vayan allí y jueguen con los libros mientras su padre y yo hablamos con este hombre", dijo la mujer.

"¿Juega con los libros?". Es mi inventario del que estás hablando señora, cuidado con tu boca. "¿No deberían estar en la escuela?". Pienso para mis adentros, mientras tomo nota mental de colocar un par de carteles alrededor de la tienda que digan la frase habitual que se encuentra en una buena tienda China: "Lo rompes, lo pagas", pero, de nuevo, ¿puedes romper un libro?

"¿En qué puedo ayudarle esta mañana?". Digo mientras un ojo mira a los mocosos y el otro a la pareja. "¿Puedo quedarme bizco haciendo esto?". Me pregunto.

"Espero que puedas", dice el hombre. "Estamos buscando un libro sobre cricket para mi suegro. Es un fanático del cricket y se acerca su 80 cumpleaños. ¿Tienes algo que ofrecer?".

Antes de que pueda responder, la mujer interviene: "Por cierto, la señora Lemmens nos recomendó esta tienda. Ella nos recomendó que acudiéramos a usted porque estaba muy contenta con su servicio y todos sus libros inusuales".

Ah, la señora Lemmens, por supuesto, la recuerdo. Compró un libro de cocina belga y un libro de Rolf Ledgewood. Señora amable con un AMEX Platinum, si no recuerdo mal.

"Sí, la señora Lemmens. Una dama encantadora". Pensé dentro de mí.

"Bueno, ¿puedes ayudar o no?", dijo el hombre, interrumpiendo mis pensamientos.

"Por supuesto señor. Déjeme traerle uno que es especial, puesto que lo firmó David Hookes", digo con una sonrisa.

"¿Quién es David Hookes?", pregunta la mujer.

"David Hookes es un jugador de críquet, locutor y entrenador del equipo de críquet de Victoria del sur de Australia. Un bateador zurdo agresivo, si no recuerdo mal. El libro es también la primera edición. Bastante exquisito, con su propia cubierta antipolvo. Déjeme conseguirlo para usted. Espere por favor". Digo mientras me acerco al área de la primera edición, mientras mantengo una vista de halcón sobre los dos monstruos que juguetean con algunos libros.

Rápidamente encuentro el libro y lo dejo sobre el mostrador para que lo vea la pareja.

"¿Eso es todo?", pregunta el hombre.

"Sí, señor, una primera edición impecable. Bastante delicioso para el ávido aficionado al cricket".

Antes de que el hombre abra la boca, la mujer golpea su tarjeta AMEX, otra tarjeta Platinum, en mi opinión, sobre la mesa y dice: "¡Lo compramos!".

"¿No quieres saber cuánto cuesta?" dice el hombre. "Ni siquiera lleva etiqueta con el precio". Mirándome, pensando para sí mismo que probablemente lo estafaría. Sin embargo, soy un minorista honesto, busco el libro y descubro que le puse un precio razonable de $30 y proclamo este hecho que hace que el hombre mire a la mujer y ella simplemente asiente y le dice a su marido: "Mira, la señora Lemmens dijo que tenía precios razonables en su tienda".

"Gracias Sra. Lemmens", pienso para mí mismo mientras llamo a la venta rápidamente, porque noto que los niños ahora se están poniendo un poco nerviosos desde que estuvieron en la tienda, ¿qué? ¿diez minutos? y están aburridos. Guardo el libro en la bolsa, devuelvo la tarjeta y sonrío: "Gracias por su patrocinio hoy, señor y señora Zackary. Por favor, salude a la señora Lemmens de mi parte". Salgo de detrás del mostrador para hacerles salir por la puerta.

"Que tengan un hermoso día, señor y señora Zackary. Pauly y Mabel", dije, sorprendiendo a la mujer.

"Pauly, Mabel, vámonos", dijo la mujer. Mientras mantenía la puerta abierta, sentí un fuerte viento afuera y esperaba que no trajera lluvia porque eso siempre reduce el número de clientes.

Por suerte, no sería ese tipo de día. El resto de la mañana transcurrió sin contratiempos y llegaron más clientes. Algunos compraron tarjetas, otros compraron material de oficina, algunos compraron algunos de los bestsellers actuales y uno, incluso, compró una de las pocas copias que tengo de la antología de *Cuentos Para Compartir con Mi Pareja Libro 1* por el autor J. F. Nodar que tengo en mi tienda en consignación. Me encanta apoyar a los autores independientes, espero que al lector también le guste. En general, fue un buen día rentable.

Justo antes de la hora de cerrar, Albert entra muy arreglado. Sé que todo el mundo tiene un color favorito. El mío es el azul, por ejemplo. Para otros, podría ser el rojo, el color de la pasión y la vivacidad. Algunos optan por el naranja, que es un color que llama bastante la atención. Varios pueden inclinarse por el amarillo, que se dice que es el color de la felicidad. Se podría optar más por el verde, que se dice que representa la lealtad y la naturaleza. Por último, el violeta, el color de la realeza. En el caso de Albert, los lleva todos.

Si hay un traje de hombre que necesite un interruptor de brillo, éste es el indicado. Todos los colores eran vibrantes y audaces en un patrón horizontal con cada color en una banda ancha. Una corbata a juego sobre una camisa blanca con mocasines y sin calcetines, por supuesto, y de nuevo Albert irradiaba con él.

"Danny cariño, qué tarde tan encantadora, ¿cómo ha estado tu día? ¡La mía ha quedado divina! La tienda ha estado sin parar desde las 8 a. m. y son casi las 6 p. m., hora de cerrar", aplaude, "y debemos haber hecho más de sesenta cabezas y mi ganancia del día será de más de $ 6,000. Estoy bastante satisfecho conmigo mismo. ¡Cuéntame todo tu día!".

Por supuesto, tuve que repasar mi día de ventas con Albert, así que cuando hago un resumen, me lleva unos dos minutos, pero con Albert se extenderá a diez minutos debido a sus preguntas. Necesita conocer todos los detalles. ¿Quién entró? ¿Quién compró qué? ¿Cómo pagaron? Supongo que Albert siempre está buscando un ángulo.

"Cariño, después de un día tan aburrido debes estar exhausto. Déjame contarte sobre la maravillosa velada planeada para nosotros. Como me pediste, he concertado una reunión con Timothée para discutir nuestra posible 'inversión' en su nuevo restaurante", afirma Albert sonriendo mientras me guiña un ojo.

"Programé nuestra cena de negocios para las 7 p. m., así que te recogeré a las 6:15 p. m. en punto, no te demores ahora. Nos reuniremos con él en su casa de Leichhardt, menos Marta, tal como tú lo pediste".

"Gracias por configurar esto, Albert. Creo que tenemos posibilidades de dos cosas. Primero, una cena francesa y tal vez una oportunidad de ganar algo de dinero extra, así que sí, no me entretendré y te esperaré en la parte trasera del estacionamiento a las 6:15 p.m. en punto. ¿DE ACUERDO? Por cierto, ¿eso es lo que llevarás puesto para presentarte a Timothée?".

"Sí, lo es. Tengo un aspecto sensacional, ¿no? Ahora, cariño. Voy a ir a casa. Entonces, Danny, no te duermas la siesta, no hay tiempo, cariño. Hasta luego". Cuando se da vuelta para salir por la puerta, lo llamo.

"Albert, me alegro de que lleves ese traje esta noche. ¡Te ves impresionante con ese atuendo!

"Oh, eres un coqueto, Danny. Todo un coqueto. Te veré a las 6:15 p.m. ¡Ejército de reserva!".

Miro el reloj de pared encima de la puerta y veo que son las 5:55 p. m., así que camino hacia la puerta, pongo el pequeño letrero en la puerta que indica "Estamos cerrados" y cierro con llave la puerta principal. Desearía que Albert llegara a tiempo porque promete una cosa y cumple otra. No quiero llegar tarde.

Caminando hacia la parte trasera de la tienda, me aseguré de que el escaparate delantero estuviera iluminado por la noche. Encendí el sistema de alarma de la tienda y subí las escaleras. Creo que necesito cambiarme de ropa; Dios, me estoy convirtiendo en Albert. Primero, reviso la televisión para ver qué podría perderme esta noche y descubro que no me perderé nada y que no vale la pena grabar nada para verlo más tarde, así que después de perder tres minutos en esta actividad, me dirijo al armario. La última reunión de negocios que tuve fue hace cuatro años cuando fui al banco a pedir el préstamo para comprar *Village Books & Stuff* y necesitaba lucir "profesional", y desde ese momento, no tuve motivos para usar traje. Bueno, eso no es cierto si contamos el funeral de Hebert McCullum. Definitivamente es hora de decidir qué ponerme y se me está acabando el tiempo. Por suerte, los hombres lo tienen más fácil que las mujeres. Sólo necesitamos tener dos trajes: un traje de negocios y un traje de funeral y boda. Agregué una docena de camisas blancas, algunas con botones, otras no y tal vez veinte corbatas y un par de zapatos negros, y otro marrón y estamos completos. Así que mi decisión esta noche fue qué estilo de camisa combinaría con el traje y qué corbata. Los zapatos negros, seguro. Todo esto tomó otros seis minutos y, con tiempo de sobra, me vestí, y para el momento señalado estaba abajo, en el estacionamiento de mi tienda, esperando a Albert. Miré mi reloj y sonreí: 18:11.

Exactamente a las 6:23 p. m. Albert llega en su Bentley Mulsanne 1998 y salimos de la ciudad por la autopista Hume hacia Leichhardt. No le digo ni una palabra a Albert por su tardanza, porque exactamente a las siete menos dos minutos llamamos a la casa de Marta y Timothée.

Como diría Holmes, ¡el juego está en marcha!

RESTAURANTEROS

"Albert, amigo mío, es un placer verte. ¡Te ves brillante! Por favor, pasen. Supongo que traerás a tu amigo, el señor Monk", dijo Timothée mientras nos hacía pasar a su casa.

"Gracias Timothée por la oportunidad de hablar contigo sobre nuestro posible interés en invertir en un nuevo proyecto con ustedes", dijo Albert. "Y supusiste correctamente: sí, éste es mi más querido amigo, el señor Daniel Monk".

Tomo la mano extendida de Timothée y la sacudo firmemente, y encuentro que su apretón de manos es bastante fuerte, como debería ser para un chef que empuña objetos pesados en la cocina. "Por favor, llámeme, Danny, todos mis amigos lo hacen, señor Bené".

"Está bien, Danny, entonces llámame también Tim. Timothée es muy difícil de decir para algunas personas de habla inglesa. Vayamos a la cocina, donde podremos tomar una copa de vino y hablar un poco antes de comer", mientras nos conduce a la gran cocina detrás del salón.

"Albert, por favor deja tu bolso ahí en el salón. Probablemente terminaremos nuestra velada allí y podrás recogerlo de camino a casa", dijo Tim, señalando su salón de tres plazas.

Inmediatamente el aroma nos golpea cuando llegamos a la cocina y nos damos cuenta de que estamos en el paraíso epicúreo. Los olores de salsas, especias, cebollas, champiñones y ajo llenan la cocina y te preparan para lo que te espera.

"¿Qué puedo invitarte de beber, Albert? ¿Y tú, Danny? ¿Puedo sugerir un vino para complementar nuestros aperitivos?", Albert se me adelanta en la respuesta: "Por supuesto, Timothée. Quiero decir, Tim, lo que sea que sugieras".

"Excelente, tengo una botella de Giaconda Nebbiolo de 2012 que irá bien con nuestra conversación, y es un vino excelente para acompañar nuestro risotto de champiñones". Dice Tim mientras toma la botella, la abre y nos sirve un vaso a cada uno para saborear. Mientras Tim continúa haciendo su magia en la cocina, tuve que preguntar: "Tim, ¿qué creación vas a hacer para nosotros esta noche?".

"Bueno, Danny, debo confesar que estoy nervioso porque quiero estar en mi mejor nivel esta noche para que puedas ver el esfuerzo, el amor, la pasión que tengo por la cocina, y espero poder influir en ti con los sabores que creo. Si los sabores no te atraen, te haré beber lo suficiente para aceptar financiar mi, mejor dicho, nuestra nueva empresa", dice Tim, riendo un poco.

"Tim, el aroma en la habitación es espléndido. Si la comida sabe la mitad de bien de lo que huele, es posible que esta noche se cumpla tu deseo", digo, con Albert asintiendo.

"Bueno, ya mencioné el risotto de champiñones. A esto le seguirá una sopa de tomate prensada en frío con queso blanco y profiteroles. Luego probaremos Petits Pois a la Francaise con salmón noruego en rodajas. Justo cuando crees que estás lleno, les presentaré pargo escalfado con patatas baby ahumadas y caviar. Un pequeño postre de ravioli de manzana asada con anís estrellado y pimienta blanca y, para terminar, un queso de cabra envuelto en hojaldre. Por supuesto, acompañaremos cada plato con el vino y lo remataremos con una de mis bebidas favoritas de sobremesa: un jerez español con el nombre nada español de Harvey Bristol Cream", sonríe Tim al ver nuestras caras de asombro ante la fiesta en la que estamos a punto de embarcarnos.

Seguimos viendo a Tim preparar nuestra cena y se produce una pequeña charla mientras pasamos el tiempo. Las placas se mueven hacia la izquierda y hacia la derecha; Las cacerolas vuelven a girar de derecha a izquierda, como si se deslizaran en el aire. Nada se derrama, nada parece fuera de lugar. Los seis quemadores están encendidos, cada uno con sus delicias. Tim hace que parezca un balé en la cocina, y el olor nos sigue atrayendo a Albert y a mí. Los dolores de hambre eran cada vez más fuertes a medida que pasaban los minutos. Entonces Tim dice: "Vengan, sentémonos y comamos".

Tim señala varios platos y nos deja saber el orden de la comida, pero agrega que quiere ser informal y, si lo deseamos, podemos tomar lo que nos llame la atención. No nos desviamos del rumbo. Tim estaba haciendo un gran trabajo guiándonos en nuestra aventura digestiva. Seguimos el ejemplo de Tim mientras comíamos la comida, asegurando el orden correcto, no importa si una persona está delante de la otra en la comida. Esperamos a Tim.

"Está bien, estamos aquí para comer esta noche". Tanto Albert como yo nos miramos y dijimos: "Estamos de acuerdo".

La comida fue como un vals lento y delicioso. Pasamos de un lado a otro sirviendo platos, y la conversación pasó del plato a las ambiciones de Tim y su esposa Marta. ¿Por qué querían abrir un restaurante? ¿Cuáles son sus planes? ¿Cuánto dinero han recaudado? ¿Han recibido el interés de algún particular para invertir? ¿Cuál será su inversión financiera personal en la empresa? ¿Han decidido un lugar? ¿Qué tal un menú? ¿Quién gestionará el establecimiento si en la cocina están Tim y Marta? ¿Cuál es la experiencia de Tim y Marta en el negocio?

Las preguntas que surgieron tanto de Albert como de mí y Tim tuvieron respuestas, excelentes respuestas para todas las preguntas y él ofreció algunos datos interesantes. Tim también tenía sus propias preguntas para nosotros: "Bueno, amigos míos, ¿qué es lo que más les gusta esta noche? ¿Algo que no les haya gustado? Por favor háganmelo saber. ¿El vino fue delicioso para su gusto y la comida que acompañó? Sean honestos, eso es todo lo que les pido". Tim continúa sirviéndonos, explicándonos sus platos y divirtiéndose con su comida. Tanto Albert como yo nos miramos varias veces, encantados durante las tres horas de lenta degustación.

El hecho más interesante fue que, si bien ha habido muchas reuniones para explorar la posibilidad de que los inversores se unan a Tim y Marta, Albert me mencionó que en realidad nadie ha ofrecido una propuesta. Tim y Marta habían explicado en sus presentaciones a los posibles inversores que el restaurante costaría entre $1.5 y $2.5 millones de dólares, de los que habían ahorrado $550,000 dólares y sólo estaban buscando el saldo adicional para empezar. Este punto hizo que tanto Tim como Marta se preguntaran si ahora no era el momento de aventurarse en un escenario empresarial en el área metropolitana de Sídney.

Mientras Tim continuaba con sus lamentaciones, no entendía por qué la vacilación de cualquier inversor potencial. Tim era un chef excelente, y decía que su esposa era incluso mejor que él y que siempre preguntaba a los inversores potenciales por qué no querían invertir en un restaurante, y nunca obtenía una respuesta honesta o directa. Siempre recibió una excusa. "Tim, éste es un negocio muy arriesgado". "Marta, ¿has pensado en lo que pasaría si tú y Tim quisieran formar una familia?" "¿Quién dirigirá el negocio?" "¿Por qué no has ido a un banco para pedir un préstamo?" "Eres demasiado joven para iniciar un negocio en un ámbito tan riesgoso". Estas fueron algunas de las respuestas que Tim dijo que recibió en las reuniones.

Cuando Tim mencionó estas opiniones, le eché un vistazo rápido a Albert y supimos que aquí teníamos una oportunidad para ambos, así que comencé nuestra participación. "Tim, ¿qué harías si tanto Albert como yo invirtiéramos en tu empresa? ¿Estarías dispuesto a asociarte?".

A Tim casi se le cae el último plato que contenía el queso de cabra envuelto en hojaldre y se quedó sin palabras.

"Oh Albert, Danny, ¿te oí decir que realmente están interesados en invertir en nuestro restaurante? No puedo creer lo que oigo. Espera a que Marta llegue a casa". Tim se levantó para buscar tres copas de jerez para servirnos la crema Harvey Bristol y nos pidió que nos mudáramos al área del salón para poder sentarnos un poco más cómodamente.

"Puedo afirmar casi al 100% que Marta estará de acuerdo con tu propuesta una vez que me expliques un poco más cómo funcionará la asociación", dijo un sonriente Tim mientras nos acomodábamos en los asientos del salón.

En el camino había hablado con Albert sobre el enfoque que deberíamos adoptar con Tim, y Albert estuvo de acuerdo en todo mi proceso de pensamiento y me dejó hablar por los dos hasta que fuera su turno de participar. Le dije: "Tim, tanto Albert como yo estamos impresionados con tus dotes culinarias, y si nos dices que tu mujer, Marta, es incluso mejor cocinera que tú, te creemos. Ahora, nos gustaría repasar la propuesta de nuestro apoyo financiero si nos escuchas".

"Por supuesto, Danny, Albert, díganme lo que tienen en mente, estoy ansioso por escuchar su propuesta", responde Tim con entusiasmo.

Bien, el cebo está en el anzuelo, veamos si muerde. "Tim, nos gustaría que hablaras con tu esposa y la convencieras de que, durante una semana, tanto Albert como yo, trabajaremos en *The Royal @ Bondi*. Albert trabajará directamente con tu esposa como ayudante de maître d' y yo trabajaré en la cocina como humilde mozo de cocina". Dejé que esta declaración quedara en el aire y esperé la respuesta de Tim.

"Amigos míos, no entiendo, ¿por qué razón plausible quieren hacer tal cosa? ¿Qué esperan conseguir trabajando con nosotros?", dice Tim confundido, tomando un pequeño sorbo de su copa de jerez.

"Queremos verlos a ti y a Marta trabajando. Ver cómo manejan los desafíos diarios. Mirar cómo Marta maneja la parte delantera de la casa y cómo manejarías tú toda la parte trasera si tuvieras tu propio establecimiento. Esta experiencia de una semana no tendrá ningún costo para ti ya que no esperaríamos ningún pago por nuestro trabajo, sino que nos gustaría saber, con el mayor detalle posible, cómo te comportas tú con tus clientes, tanto en el edificio, como ejemplo, y con aquellos visitantes que reserven sus mesas". Me detengo y también tomo un sorbo del delicioso jerez y le doy un rápido asentimiento a Albert para que se haga cargo.

"Tim, nos encantó. Quiero decir, realmente me encantó tu comida esta noche. Fue un placer no sólo para los ojos, sino que todos nuestros sentidos explotaron de deleite. Sin embargo, esta presentación de comida estaba destinada a dos inversores potenciales, no a un restaurante lleno de gente". Albert hace una pausa y también toma el último sorbo de su jerez y le señala a Tim para que le sirva otro antes de continuar.

"Tim, estuve en muchas de tus reuniones donde algunos inversores potenciales se echaron atrás incluso antes de hacer una pregunta, o después de hacerte una pregunta a ti y a tu encantadora Marta. Eso me pareció vulgar".

"Entonces, Danny y yo pensamos que, si pasábamos algún tiempo con ustedes dos, una especie de 'sombras jóvenes', podríamos ver qué tan bien manejan el negocio para otra persona, y si estamos contentos con lo que vemos, y creemos que lo estaremos, no, sabemos, después de experimentar sus delicias culinarias, que tendrán éxito. Luego, deseamos proponerles un trato para financiar su empresa (al 100%) con una segunda condición para nuestra inversión, una vez que hayamos completado nuestro 'giro de trabajo' de una semana por el *Royal @ Bondi*", dijo Albert, tomando por completo, su copa de jerez.

"¿Cuál es la segunda condición?", pregunta Tim, vacilante, pensando que se va a presentar un obstáculo imposible.

Sonrío sabiendo que a Tim no le resultará difícil aceptar esta condición; "Que abras el nuevo restaurante en Northport, no en Bondi ni en Leichhardt".

Tim se sentó en silencio, dando vueltas a sus últimos sorbos de jerez en su copa, tomando un sorbo y continuó haciendo girar el jerez restante hasta que tomó el último trago, se sirvió más jerez y dijo: "Está bien, parece una propuesta razonable, pero, ¿cómo sé que cumplirás tu parte del trato después de una semana de seguirnos a Marta y a mí? ¿Qué ofrecen como garantía? No puedo simplemente hablar con mi mujer y decirle únicamente que ha habido conversaciones, promesas, pero nada concreto y de repente ella tiene una sombra durante una semana y la esperanza lejana de nuestro restaurante soñado".

Ahora era el turno de Albert de ser el centro de atención. "Tim, cariño, ¿crees que he estado viniendo a estas reuniones y no me he dado cuenta de lo que tú y Marta son capaces de hacer? ¿Crees que yo, nosotros, nos acercaríamos a ti con esta propuesta y no haríamos los deberes? Déjame mostrártelo", mientras Albert toma su bolso y saca un documento.

"Tim, ésta es una nueva cuenta bancaria que Danny abrió el mes pasado. Es nuestro vehículo financiero para canalizar fondos hacia nuestra nueva empresa, que aún no tiene nombre, por supuesto. Por favor, mira el saldo bancario", mientras Albert le muestra a Tim el extracto bancario, este último observa con los ojos muy, muy abiertos.

"¿Aportarás todo ese dinero a esta empresa? ¿Dijiste que cubrirías el 100% para que Marta y yo no tuviéramos una carga económica? Entonces, ¿cuál es el problema, Albert? Siempre hay trampas en los negocios", dice un desconfiado Tim mientras se pregunta si lo están preparando para un desastre.

Albert comienza: "Me alegro mucho de que lo hayas preguntado Tim. Aquí está nuestra propuesta de acuerdo de asociación que detalla todo para ti. Queremos que lo leas, lo compartas con Marta y luego tomes tu decisión. Sin presión. O tú aceptas y comprendes el acuerdo y las dos condiciones que te dijimos verbalmente, que, por supuesto están en el acuerdo de asociación, y la tercera condición escrita que nos gustaría que leas ahora, o no. No tenemos nada que perder y tú, mi querido Tim, tienes mucho que ganar".

Tim estaba tenso.

Siguió pasando los papeles del acuerdo de un lado a otro leyendo los mismos párrafos, deteniéndose para tomar un sorbo de jerez y repitiendo esta acción durante lo que parecieron siglos, pero en realidad habían sido sólo cuatro o cinco minutos. Se detiene y lee la tercera condición, la señala y vuelve el papel hacia mí. Asiento que sí.

Tim deja el acuerdo sobre la mesa de café, termina su segundo jerez, se sirve el tercero y dice: "Albert, mi querido amigo y Danny mi nuevo amigo, creo que podemos llegar a un acuerdo aquí. Déjame discutirlo con mi esposa y te lo haré saber, digamos, en dos días". Tim afirma tímidamente.

"Fantástico", dijo Albert, "Ahora sé amable y prepáranos un café fuerte para el camino. Ha sido una tarde larga y esta noche tendremos un agradable viaje de regreso a Northport".

"Por supuesto, Albert, por supuesto", dijo Tim, levantándose para preparar el café. ¡Albert y yo nos miramos y sonreímos porque los nuevos restauranteros llegarán a Northport!

¡El juego realmente está en marcha!

CREO QUE TENGO DOS CITAS

Pasan unos días y Albert entra emocionado a mi tiendita.

"Danny, cariño, acabo de recibir una llamada telefónica de Tim y me dijo que él y Marta aceptaron nuestra propuesta, firmaron el acuerdo de asociación y me lo enviaron por correo y quieren saber cuándo podemos comenzar nuestro 'giro de trabajo' por el *Royal @ Bondi*".

Eran las 10:01 de la mañana, apenas había girado el cartel de "Estamos abiertos" en la puerta de mi tienda y Albert ya estaba listo para aceptar el desafío de convertirse en asistente del maître d'. Yo apenas había terminado mi café de la mañana o me había instalado detrás de mi mostrador.

"Albert, amigo mío, es un placer verte. Por favor, pasa. Estás muy alegre esta mañana". Simplemente le dije que esperaba que se calmara para que pudiéramos discutir nuestra estrategia antes de que entrara un cliente.

"Oh, cariño, estoy bien y sí, estoy listo para lanzarme a esta nueva aventura. ¡Imagíname como maître d'!", exclama Albert!

"Albert, ¿te das cuenta de que ésta es sólo una forma de entrar en Majestic Towers y visitar a nuestro objetivo Michael y ver si podemos realizar nuestra 'adquisición' de la manera más fluida posible? No tenemos ninguna intención de convertirnos en restauranteros, lo sabes, ¿verdad?".

"Por supuesto, lo sé Danny, es muy emocionante desempeñar un papel directo en nuestra pequeña escapada. Tú eres quien normalmente toma todos los riesgos mientras yo sólo te proporciono información, información valiosa, además, pero esta vez, dulzura, estoy tomando parte, una parte importante. Sé que a veces he ido contigo, pero esta vez siento que estoy en medio de todo. Allí mismo, en la acción. ¡Estoy en la acción!".

La sonrisa de Albert simplemente irradió mientras hacía este comentario. Su sonrisa también completaba el atuendo que había usado esta mañana. Un traje color aguamarina con una camisa de botones de color amarillo brillante y una corbata a juego con sus zapatos favoritos: unos zapatos Oxford de cuero Venecia patinados de Alessandro. El hombre siempre estuvo en su agudeza.

"Entonces, Danny, ¿qué crees que hizo que Tim y Marta aceptaran nuestro acuerdo de asociación?". Pregunta Albert mientras toma un libro y finge leerlo en caso de que alguien entre a la tienda.

Le respondí: "Fue la tercera condición, Albert, ¿lo sabes? La promesa de que si después de una semana de nuestro 'giro de trabajo' alrededor de ambos y observando cómo funciona un restaurante bajo su liderazgo y decidimos que el negocio de restaurantes no es para nosotros, se les entregaría una hermosa suma de $2,000,000 a un precio razonable, tasa de interés cero con un pago mensual de $11,000 realizado hasta que se devuelvan los $2,000,000 en su totalidad. El hecho de que no tendrán que pagar intereses hace que la propuesta sea buena para ellos y en 15 años quedarán libres del préstamo".

"Eso estuvo brillante, Danny. Devolver la inversión por ese importe, como acabas de mencionar, tomará quince años, así que, por supuesto, se lanzaron a hacerlo, pero, amigo mío, tu golpe de genialidad fue la frase añadida a la tercera condición: una garantía de por vida para cualquiera de nosotros en el nuevo restaurante de Northport. ¡Divino! ¡Simplemente divino!", dijo Albert.

Sonreí porque sé que salir a cenar es uno de los pasatiempos favoritos de Albert, y también disfruto de una buena comida de vez en cuando, y tengo que admitir que Tim fue un excelente chef después de nuestra introducción a su cocina y si, como dijo, su esposa es aún mejor, vaya, no creo que nos perdamos gran parte de los $2,000,000 que enfrentamos, considerando las ganancias potenciales que tenemos por delante.

"Albert, antes de que alguien entre a la tienda, ¿cuáles son tus planes para esta noche después del horario comercial?".

"Nada por el momento cariño, ¿qué necesitas que haga?". Albert pregunta inteligentemente. "En realidad, necesito que vengas, tenemos que planificar nuestro enfoque para esta nueva empresa. ¿Te parece bien con tan poca antelación?".

"Por supuesto, dulzura. Estoy a tus órdenes. Pasaré por el American Monkey Bar y elegiré algunas de sus suntuosas hamburguesas con queso que tanto te gustan".

"No me encantan sus hamburguesas con queso, Albert, a ti sí, pero está bien, tráelas y tráeme un batido espeso de fresa. Eso me gusta".

"Ciao, cariño. Nos vemos esta noche", dijo Albert mientras salía corriendo por la puerta principal.

El resto de la mañana del jueves transcurrió bien.

Algunas caras nuevas vinieron, curiosearon, compraron un libro, un par de tarjetas y material de oficina.

Un día típico en *Village Books & Stuff*. Eso fue hasta que ella entró.

Cuando la pequeña campana en mi puerta señala la entrada de un nuevo cliente, levanto la vista y veo a la mujer más llamativa e impresionante que he visto en mucho tiempo, después de Alessia, me digo a mí mismo. Mientras nos expresamos nuestro amor mutuo, ella y yo no nos dijimos que seríamos exclusivos, al menos no leí eso en la conversación, y Alessia no mencionó una palabra de esto. Supongo que ésta podría ser la razón por la que algunos fines de semana y algunas noches entre semana ella "sale con las chicas", como ella dice.

Una mujer puede ser bella de muchas maneras. La forma en que camina, la forma en que sonríe, no es necesariamente sexualmente atractiva, pero al mismo tiempo, es sexualmente atractiva. Este espectáculo de feminidad hace que mi corazón lata más rápido y no tengo control, luego ella habla. Sólo miro.

"Buen día. Qué tienda tan bonita tienes". Me preguntó: "Estoy buscando un título. ¿Me puedes decir si lo tienes? Lo estoy buscando como regalo". Ella me canta. Bueno, al menos así me sonó su voz.

"¿Cuál es el título del libro que busca señorita?".

"Por favor llámame, Laura. Todos mis amigos lo hacen".

Sacando un trozo de papel de su bolso, recita: "El libro tiene un título largo". Sosteniendo el papel, Laura me lee el título: "*Púrpura y Azul. La historia del 2/10.º batallón, AIF [Los rifles de Adelaida] 1939-1945* y la escribió el teniente coronel Frank Allchin. Me pregunto si lo tienes. Estoy pensando en comprarlo y regalarlo", dice Laura con una sonrisa que derretiría toda la Antártida.

¿Por qué estoy sudando?

¿Tengo miedo de que si no tengo el libro ella simplemente se dará vuelta, se irá y nunca más la volveré a ver? No recordaba el nombre del libro, pero gestiono un poco más de 12,000 libros y sólo recuerdo algunos de los realmente caros, pero este del teniente coronel Allchin no me suena.

"Laura, mi nombre es Danny y soy el dueño de *Village Books & Stuff* y estaría más que feliz de ver si tengo ese título para ti. A ver qué tengo en inventario", proclamo y abro la pestaña de inventario del software Shopkeep de mi caja registradora (¿por qué todavía la llaman caja registradora cuando en realidad no es caja registradora), oh bueno, marco los detalles que Laura me dio y ¡adivina qué! Lo tengo y es una "ganga" por $550.

"Bueno, Laura, la afortunada persona a la que le estarás regalando este libro, estará encantada porque lo tengo. ¿Puedo conseguírtelo para que puedas leerlo cuando quieras aquí en la tienda?". Creo que también estoy balbuceando mientras le digo estas palabras a Laura.

"Oh, sí, por favor, si fueras tan amable, Danny. A mi papá le encantaría recibirlo como regalo", dice Laura mientras yo sigo aturdido por el sonido de su voz.

Voy rápidamente y, según la ubicación del inventario de software, encuentro el libro y me apresuro; no, creo que corrí hacia Laura y puse el libro en su hermosa mano. Vi su sonrisa radiante y su rostro iluminarse mientras comenzaba a hojear el libro.

Laura mide unos 170 cm de altura, tiene un cuerpo esbelto de sesenta y cinco kilos y una cascada de cabello castaño rojizo que apenas cubre partes de su rostro, el cual tiene un tono de piel medio, típico de la ascendencia del sur de Europa. Sus ojos son color avellano, lo cual es raro y muy hermoso de ver y disfrutar. Su tez era perfectamente de alta costura, y con un lápiz labial color coral o melocotón que hacía que su rostro resaltara, pero no demasiado. Suficiente para admirar, eso es seguro.

Observar la belleza de Laura me hizo pensar en Alessia y en mí.

Puede que Laura esté un poco fuera de mi alcance, pero aprendí una cosa en la escuela secundaria hace mucho tiempo. Cuando invites a salir a una mujer, siempre debes comenzar primero con las guapas y, si dicen que no a tu solicitud de cita, simplemente sigue adelante. Si empiezas desde abajo (y no lo digo de manera sexista) y ella dice "Sí", entonces estás estancado. Tanto Alessia como Laura están definitivamente en la cima del grupo.

Mis pensamientos son interrumpidos: "¿Cuánto cuesta el libro?", pregunta Laura.

"$550. ¿Puedo poner el libro en una bolsa?". Le sonrío como un tonto a Laura. ¿Qué estoy haciendo? Ahora estoy con Alessia, ¿verdad?

"Sí, por favor. Mi papá estará encantado. Es un gran aficionado a la guerra histórica. Creo que lo disfrutará ya que lo mencionó una vez antes y me aseguré de que no lo tuviera en su colección. ¿Aceptas AMEX?", pregunta Laura.

Habría aceptado barro de ella como pago. "Sí, claro". Acepté la tarjeta y la procesé a través del POS de mi tarjeta de crédito mercantil. Aparecen las palabras mágicas: "Aprobado".

Devolviéndole la tarjeta a Laura, procedí a colocar el libro en una bolsa para ella y traté de hacer que el momento durara lo más posible.

"Gracias, Danny, has sido de gran ayuda. Si alguna vez vas a la ciudad, o a Bondi, avísame y tal vez podamos tomar un trago rápido, los viernes siempre son buenos para mí", dice mientras busca en su bolso y me entrega una tarjeta de presentación.

La tarjeta distintiva muestra su nombre completo como:

Laura Burton

Gansevoort Promociones

CEO—director general

Sídney, Australia, 2000.

+610246597444

Intrigado, pregunto: "Laura, ¿qué es Gansevoort Promotions, si puedo preguntar?".

"Soy propietaria y administro una empresa de relaciones públicas. Si bien no es la más grande de Sídney, ciertamente creo que es la más prestigiosa. Tengo como clientes a más de cien empresas del ASX 200".

"Impresionante", pensé para mis adentros. "Bueno, Laura, el viernes me parece bien. Normalmente trabajo hasta tarde los jueves, ya sabes, hasta altas horas de la noche, por lo que el viernes por la noche sería una excelente manera de relajarse después de un largo jueves. Entonces puedes contarme más sobre ti y tu empresa, ya que sabes todo sobre mi imperio", digo esto mientras extiendo mis brazos mostrando que todo lo que nos rodea en este dominio es mío. "¿Eso está bien?". Sonreí y crucé los dedos.

"Por supuesto, Danny. Esperaré tu llamada para confirmar el viernes".

Con eso, toma la bolsa, se da vuelta, me guiña un ojo y se va.

Aproximadamente una hora más tarde, mi puerta vuelve a vibrar esperando un nuevo cliente potencial y miro para encontrar a Alessia cerrando la puerta detrás de ella.

"Hola, guapo. ¿Cómo va tu día?".

Oh, chico.

"Hola, Alessia. El día va genial. Aún mejor ahora que te veo". ¿Por qué me siento mal? ¿Me estoy enfermando de gripe? ¿Estoy sudando? Siento que estoy sudando de nuevo.

"Nuestro suministro de papel para fotocopias no ha llegado, y usé esa excusa para decir que conseguiría una resma de papel para ordenarnos hasta que llegue la entrega. Yo también quería verte, Danny".

"Y siempre me gusta que me veas, Alessia". Vaya, me estoy volviendo tonto, cada vez más tonto.

Señalando hacia la sección de material de oficina, Alessia dice: "Déjame coger la resma de papel, pagar y volver a la biblioteca porque no quiero estar fuera mucho tiempo. Oh, antes de que se me olvide quiero preguntarte: ¿Qué haces este fin de semana?".

"¿Qué noche?".

"Estoy pensando en el viernes por la noche. ¿Estás disponible, guapo?". Mientras toma una resma de papel y regresa al mostrador con un billete de $20 en la mano que tomo, le doy cambio y coloco la resma de papel en una bolsa.

"Por supuesto".

"Genial Danny. Te llamaré para concertar un lugar. Hablaremos pronto", y Alessia sale de la tienda. Cuando la puerta se cierra suavemente y mi campanita suena indicando la partida de Alessia, el terror me invade: creo que tengo dos citas.

UNA MALA NOCHE PARA PENSAR COMO LADRÓN

Exactamente a las 6:01 p. m., eché llave a la cerradura de la puerta principal, giré el letrero para decir "Estamos cerrados", caminé hacia la parte trasera de la tienda, apagué todas las luces, excepto las del escaparate delantero, y encendí la luz y el sistema de seguridad de la tienda mientras subo las escaleras. Ya terminé por hoy.

¡Qué día fue, realmente!

En realidad, las ventas fueron buenas, alrededor de un 13% por encima de un día normal y ciertamente, al menos un 27% por encima del mismo día del año pasado, según mis estadísticas del software Shopkeep.

Lo más destacado fue, por supuesto, la señorita Laura M. Burton. En cierto modo, cuando me di cuenta, ya me había comprometido a verla, también había organizado más tarde una cita con Alessia esa misma noche. ¿En qué me estaba convirtiendo? Sé que amo a Alessia, pero ¿qué es esta atracción adicional por Laura? Estaba confuso en mis pensamientos cuando escuché sonar el timbre de mi unidad indicando que Albert había llegado con la cena.

Al abrir la puerta, encontré a Albert Matthew Guzmán radiante de emoción y cargando dos bolsas grandes con nuestra cena del American Monkey Bar. Albert entra corriendo. "Vamos Danny, me muero de hambre esta noche y tenemos mucho que repasar con nuestro plan para adquirir la moneda del A.G. Michael".

Albert colocó las bolsas de la cena en la encimera de la cocina y se sintió como en casa. Sacó utensilios y platos (para una hamburguesa con queso), un par de cervezas Great Northern Super Crisp del refrigerador, sal y pimienta, kétchup (sin salsa de tomate en una hamburguesa con queso americano, como siempre dice Albert) y me hace un gesto para que me siente a la mesa mientras saca las hamburguesas con queso, las patatas fritas, pero nada de batido espeso de fresa para mí. Mis pensamientos están en el traje que Albert lleva hoy mientras mastica su hamburguesa con queso. Esta noche, lleva lo que yo describiría como una chaqueta de traje de terciopelo aplastado súper delgada, en rojo, con una camisa blanca muy abierta y muestra su pecho sin pelo y sus clásicos zapatos negros con calcetines rojos a juego.

"El camarero del American Monkey Bar dijo que se habían acabado las fresas para hacer tu batido espeso, así que decidí, no, lo decidí, que esta noche los dos tomaríamos una de tus cervezas. Espero que lo apruebes, y si no, pues que sea duro". Había un tono en la voz de Albert que me pareció interesante.

"Albert, amigo mío, suenas tenso. ¿Qué es lo que está mal?". Le pregunté.

"La cantidad de personas esperando para ser atendidas era enorme. Tuve que quedarme allí al menos nueve minutos esperando nuestras hamburguesas con queso. Fue una locura total. Entonces, poco organizado, descompuesto, lo describiría mejor, le faltaba organización. La gente gritaba pidiendo comida y bebida. Fue horrible. No sé por qué la gente se mete en el negocio de la alimentación, simplemente no lo sé. Tal vez nos dediquemos al negocio de los restaurantes para poder evitar todo este ajetreo", Albert se detiene y toma un bocado de su hamburguesa con queso.

Genial, creo. Este es el ayudante de maître d' que trabajará con Marta durante una semana. Esta puede ser la peor idea que se me ha ocurrido jamás, pero no la llevaré a cabo con él ahora. Tal vez cuando se calme más adelante en la semana, me comunicaré con él sobre el estilo que necesita brindar mientras trabaja como maître d' en el *Royal @ Bondi.*

"Albert, por favor disfruta tu hamburguesa con queso y mi cerveza. Tenemos algunos planes que discutir y necesito que estés alerta y no te distraigas con el incidente del American Monkey Bar en este momento". Lo anuncio con severidad, pero me digo a mí mismo: "tal vez Albert tenga razón sobre el negocio de los restaurantes. Volveré a ese pensamiento más tarde", me digo a mí mismo.

"Tienes razón cariño, como siempre, tienes razón. Disfrutemos de nuestra comida y comencemos nuestro plan". Dijo un Albert mucho más tranquilo.

Entre sorbos de cerveza y bocados de hamburguesas con queso, Albert y yo discutimos cuál será el papel de cada uno durante la estadía de esta semana en el *Royal @ Bondi* y cómo nos aseguraremos de que Marta y Tim no sepan cuál es nuestra verdadera misión. La velada avanzó hasta bien entrada la medianoche, y después de muchas más cervezas, Albert estaba sintiendo el efecto. Entonces, llamó a un Uber para que lo llevara a casa y dejó su Bentley Mulsanne 1998 en el estacionamiento detrás de mi tienda, y me aseguré de que subiera al Uber porque estaba un poco tambaleante.

Mientras me acostaba en la cama pensando en el viernes y en las nuevas ventas que podrían aparecer en *Village Books & Stuff*, mi mente vagaba entre otras tres distracciones distintivas: La moneda de A. G. Michael, mi encuentro con Laura M. Burton y mi compromiso de tener una cita el viernes por la noche con Alessia y Laura. Antes de que te dieras cuenta, el alcohol hizo efecto y ya no estaba en este mundo, mientras me alejaba en mi cama.

El viernes por la mañana, como un ciclón, Albert entra en mi pequeña tienda muy emocionado.

"¡Danny, cariño, ya está! Comenzaremos dentro de tres semanas, el martes por la noche a las 7 p.m., que es uno de los días más ocupados que tienen, según Tim. Es en tres semanas porque tenía que asegurarse de poder encontrar una razón plausible para explicar, a los propietarios actuales, por qué necesitaría dos empleados adicionales durante una semana. Dijo que se le ocurrió algo que satisfizo a los propietarios y que estamos listos para comenzar. ¡Esto es muy emocionante!".

"Excelentes noticias Albert. Para nosotros es un día normal de trabajo con una hora de cierre más temprana, lo que puedo explicar fácilmente con un cartel. Excelente en verdad. ¿Pudiste comprar el coche viejo como te dije?". También me sentí un poco emocionado y luego recordé que necesitaba llamar a Alessia y cancelar. Me pregunto cómo se lo tomará.

"Sí, compré un viejo Ford Festiva. Es un coche pequeño y terrible de conducir. Cambio directo, o es palanca de cambios, no lo recuerdo. Gracias a Dios aprendí cuando era adolescente. Algunas cosas nunca las olvidas, ¿verdad, dulzura?", guiñándome un ojo.

Con eso, Albert hace piruetas y sale de mi tienda como si estuviera flotando en el aire.

Miro el cajón superior de mi mostrador y me congelo.

Al lado de la tarjeta de Alessia, encuentro la otra tarjeta. Me estremecí al pensar en ver las cartas de ambas mujeres una al lado de la otra. Retiré la tarjeta de presentación de Laura.

Laura M. Burton.

Promociones Gansevoort.

CEO—director general.

Sídney, Australia, 2000.

+610246597444

¿Por qué hago esta llamada? ¿Qué está mal conmigo? Alessia es buena, perfecta y aun así saco el móvil para llamar a Laura ahora que la tienda está vacía de clientes.

Al marcar los números, empiezo a sudar de nuevo. ¿Qué pasa conmigo y con esta mujer?, me pregunto.

Responde una voz masculina: "La oficina de la señora Burton. ¿Cómo puedo ayudarte?".

Desconcertado, me presento y pregunto por Laura.

"Un momento, por favor", dice la voz masculina.

"¡Danny, qué placer!, llamaste. No estaba segura de que estuvieras interesado en alcanzarme y tomar una copa. Gracias por tu llamada". Pude sentir un poco de emoción en su voz, así que me lancé de lleno.

"Laura, puedo preparar las bebidas del viernes por la noche. Puedo ir a la ciudad y encontrarme contigo donde sientas que es mejor para ti. Dime la hora y el lugar y estaré allí con campanas de alegría". ¡Dios, soné tan cursi!

"Excelente, Danny. ¿Qué tal a las 8 p.m. en el *Royal @ Bondi?* ¿Sabes dónde está eso? Hola, hola, Danny, ¿estás ahí? ¿Se ha cortado la línea? ¿Hola, Danny?".

Por un momento, el tiempo se detuvo para mí. Laura sugiere el *Royal @ Bondi*. ¿Por qué? "Responde rápidamente a la mujer antes de que cuelgue. ¡Piensa, hombre, piensa!".

"Hola. Lo siento, mi mente divagó por un momento. Sí, conozco el *Royal @ Bondi*. Es un lugar encantador, según he oído. ¿Alguna razón por la que prefieres este lugar a otro de la ciudad? Quiero decir, sólo quiero asegurarme de que te sientas cómoda con nuestra primera reunión. Eso es todo".

"Me encanta el lugar y, además, vivo en el edificio, por lo que me resulta muy cómodo tomar una copa allí después del trabajo, pero si es un inconveniente, podríamos ir a otro lugar. ¿Qué sugieres?", Laura dice con un tono triste en su voz.

Rápidamente me doy cuenta de que, si cambio el lugar, Laura podría decidir no quedar, así que acepto el lugar y se fija la fecha.

Después de colgar el teléfono, reflexioné sobre la situación. Laura vive en el edificio que tantos puntos positivos y negativos me aporta a considerar. En el lado positivo, puedo ver el restaurante antes y el lugar desde el punto de vista del cliente, y tendré una cita bastante espectacular que la mayoría de los hombres, y algunas mujeres, verían primero antes que a mí, por lo que yo sería casi invisible. En el lado negativo, siempre hay alguien como la señora Mangel del programa de televisión "Neighbours" que está atento, y podría reconocerme más tarde mientras trabajo durante la "gira de trabajo" de Albert y la mía. Mi mente iba en diferentes direcciones a la vez, pensando en diferentes alternativas, escenarios y descartándolos por no ser lo suficientemente buenos, hasta que surgió mi sonrisa interior. Siempre hay una respuesta para cada oportunidad.

Con el teléfono todavía en la mano, llamo a Alessia.

"Hola, Danny, ¿qué pasa, cariño?".

"Alessia, lo siento mucho. Ha surgido algo el viernes por la noche y no puedo asistir. ¿Podríamos hacerlo en otro momento?", pregunto lo más tímidamente posible.

"Oh, estoy decepcionada, pero puedo entenderlo. ¿Nada serio?".

"No, programé una reunión de negocios, pero te lo recompensaré el doble. Prometo compensarlo, lo prometo".

"No te preocupes, Danny. Soy una niña grande. Puedo esperar. Tal vez pueda salir con las chicas. Siempre puedo planificar algo rápidamente, así que no te preocupes. Buena suerte con la reunión de negocios. Nos vemos pronto", y me lanza un beso antes de colgar.

Antes de que te des cuenta, cierro la tienda, un Uber me lleva hasta Bondi y entro al *Royal @ Bondi* precisamente a las 7:50 p. m. para asegurarme de poder ver a Laura cuando entre. La señora maître d', que supongo que es Marta, a quien no había conocido antes, me señala la barra y me siento, me pongo cómodo asegurándome de tener una vista de ambas entradas.

Me sentí ansioso por razones que desconocía. He salido con mujeres atractivas antes, pero esta vez me sentí diferente, como si el destino nos hubiera unido. Le hago un gesto al barman para que me traiga una de mis muchas bebidas alcohólicas favoritas, un mojito, y después de unos minutos, el barman, que se presenta como Antoin, me trae lo que resulta ser uno de los mejores mojitos que he disfrutado. Mientras saboreo la bebida cubana, la veo entrar.

Laura luce espectacular. Parece llevar unos costosos pantalones tobilleros de tiro medio de Veronica Beard Gamila en colores pastel, con una chaqueta Dickey que la acompaña. Tanto la chaqueta como los pantalones están compuestos de lana elástica italiana, lo que le da a Laura estilo y garbo. Una camisola de seda la lleva casi a la perfección. Tiene un par de zapatos italianos a juego hechos a mano que se podían ver a un kilómetro de distancia, fueron hechos con cuidado con cuero fino, y un sensual tacón de aguja. Antes de que comenzara la noche, ya estaba derrotado. La saludo con la mano.

Cuando Laura me alcanza, toma mi mano y me da el beso más dulce en la mejilla y siento que mis rodillas se doblan un poco.

"Hola Danny, encontraste el lugar. Qué bueno verte. ¿Qué estás tomando? ¡Se ve deliciosa! Yo tomaré lo mismo, por favor". Ella se sentó a mi lado. Le hice un gesto a Antoin para que trajera dos mojitos más y él sonrió.

Antes de que te dieras cuenta, las bebidas se convirtieron en comida, y luego llegó el postre y un café. A las 10:35 p. m. Laura dijo: "Danny, me encantaría mostrarte la colección de libros de mi padre para ver si puedes sugerir algo más para comprar y agregar a la colección para su regalo de Navidad. ¿Te importaría?".

Normalmente, aprovecharía la oportunidad de visitar el apartamento de una mujer atractiva, pero se estaba haciendo tarde y necesitaba abrir la tienda el sábado y luego preparar más el debut de nuestro "giro de trabajo", y cuando estaba a punto de ofrecer una disculpa, Laura interrumpe mis pensamientos y continúa su declaración.

"Además, podría mostrarte la vista de la luna sobre Bondi Beach. ¿Qué dices?".

¿Qué podría decir? Le hago un gesto a nuestro camarero para que traiga nuestra factura, que inmediatamente le arrebato a Laura. "Vamos, Danny. Esta noche cada uno puede pagar su cuenta", dijo sonriendo.

Laura dijo: "Bueno, ya que decidiste ser un caballero y pagar la cuenta, ¿qué tal si terminamos la velada en el balcón del ático y, como dije, miramos la luna brillando sobre Bondi Beach?".

¡Espera un minuto!

Sólo hay un ático en Majestic Towers y pertenece a A. G. Michael de Burton & Michael Investments. Dios mío, Laura M. Burton. ¿Cómo se asocia Laura con A. G. Michael?

Providencia, coincidencia, destino, llámalo como quieras, esta noche iba a visitar el mismo lugar de Albert que quería estudiar durante una semana y ver más en detalle, aunque debo darle mucho crédito a Albert, ya que sus fuentes proporcionaron una excelente descripción del lugar, pero no hay nada como ver las cosas por uno mismo.

Después de pagar la cuenta, Laura entrelaza su brazo con el mío por dos razones. En primer lugar, para tranquilizarse, esta noche bebió mucho y, en segundo lugar, creo que le gusto. Mucho. Pasamos por la recepción de seguridad, donde me aseguré de estar a la izquierda de Laura para que el guardia de seguridad y la cámara no pudieran ver mi cara demasiado bien.

Laura abre su bolso, toma su cartera y toca una tarjeta FOB en el panel de la tarjeta de acceso al tercer ascensor y veo que la flecha del ascensor apunta hacia abajo desde el tercer nivel y llega en breve a la planta baja. Al tomar el ascensor, Laura busca a tientas su bolso colocando la tarjeta FOB en la cartera dentro de su bolso y, tal como Albert lo describió, llegamos rápidamente al ático. La puerta del ascensor se abre y un magnífico diseño se extiende frente a mí. Un enorme espacio diáfano y decorado con excelente gusto. Definitivamente hay mucho dinero aquí.

"Guau. ¡Qué lugar tienes aquí!". Le exclamo a Laura mientras ella me suelta el brazo y tira su bolso al salón.

"A papá le encanta coleccionar todo tipo de obras de arte y coleccionables. Los tiene esparcidos por todo el lugar. Ve al balcón y comienza a disfrutar de la vista. Voy a entrar para ponerme cómoda. ¿Quieres tomar una copa?". Pregunta Laura.

"Sí, eso sería genial". Camino lentamente hacia el balcón mientras Laura desaparece en el dormitorio, escucho el agua fluir, así que asumo que Laura ha decidido darse una ducha rápida, así que de inmediato me giro y busco en su bolso y cartera, extraigo el llavero de seguridad y rápidamente regreso al balcón para contemplar el océano iluminado por la luna. "¡Qué vista!", pienso para mis adentros.

Después de varios minutos más, Laura llega descalza con dos vasos, y lleva un vestido de noche de lujoso tul de seda transparente, con paneles de encaje cortado a mano y ribetes de satén suave y una cinta también de satén alrededor de la cintura. Tenía que asegurarme de que no se me cayeran los ojos.

"Danny, espero que te guste el brandy de manzana. Me encanta Calvados después de cenar. Recién sacado de la nevera y limpio. Espero que te guste", dijo Laura tímidamente.

"Estoy seguro de que puedo acostumbrarme a él muy rápidamente", mientras brindamos y ambos tomamos un sorbo.

"Es una noche hermosa y una vista fantástica, pero déjame mostrarte la colección de libros de mi padre antes de que pase la noche", mientras me toma de la mano y me acompaña a una oficina de gran tamaño donde se presenta impecablemente una enorme colección de primeras ediciones.

"Impresionante", digo, caminando por el estudio mientras Laura se sienta en una de las sillas grandes y me observa mirar a mi alrededor. Después de unos minutos, le digo: "Laura, puede que tenga una o dos ideas para el regalo de Navidad de tu padre, te llamaré con mis sugerencias en un par de días. ¿Eso está bien?".

Laura sonríe, se acerca a mí y me da un beso apasionado en los labios. Respondo apropiadamente, y Laura toma mi mano nuevamente y me lleva al dormitorio.

"¿Estamos solos esta noche, Laura?". Pregunto sabiendo que tengo a Alessia en mente, así que no, seremos tres.

"Sí, Danny. Seremos sólo nosotros esta noche y durante las próximas dos semanas. Papá está de viaje de negocios y yo saldré mañana en un viaje propio de negocios durante dos semanas también. ¡Quiero que esta noche sea especial! ¿No es así?".

Va a ser una mala noche para pensar como un ladrón.

¡EL JUEGO COMIENZA!

Exactamente a las 5:11 a. m., cierro silenciosamente la puerta del dormitorio de Laura y echo un vistazo rápido al interior del dormitorio principal, sabiendo que su padre está fuera de la ciudad. Tal como lo describe Albert, más allá del dormitorio principal hay un vestidor del tamaño de un garaje doble y, cuando lo atravieso, se revela la bóveda de Chubb Holsworthy. Rápidamente tomo varias fotos y todavía me pregunto cómo diablos lograron traer una pequeña bóveda de un banco al edificio y qué tipo de cosas guarda en ella el padre de Laura. Probablemente todas sus preciosas pinturas y otras colecciones, y el objetivo de mi visita: el sello de los Misioneros Hawaianos y la moneda de oro de Eduardo III florín del Reino Unido de 1343 o 1344, con un valor combinado de 764.000 dólares. Ver cómo está distribuido todo el ático me hizo sentir un poco más cómodo. Salgo con cautela del ascensor y, asegurándome de que mi cabeza esté lo mejor posible, salgo de Majestic Towers y me dirijo de regreso a Northport. Tenía trabajo que hacer.

Al llegar a mi unidad a las 6:50 a. m., saco mi fotocopiadora RFID y escaneo la llave FOB que Laura usó para poner en marcha el ascensor. La fotocopiadora RFID acepta rápidamente la información del FOB. Luego recupero un segundo FOB e invierto el código nuevamente en el segundo FOB. Se enciende la luz correcta y la copiadora RFID emite un pitido breve que indica que se ha creado una copia exitosa. Ahora tengo acceso al ascensor para subir porque noto que no es necesario bajar por el ascensor desde el ático. Sabiendo que no tendré que apurarme para devolver el FOB de Laura hoy, coloco el FOB original en mi bolsillo. Dejo mi "nuevo" FOB en el mostrador de la cocina, sabiendo que lo usaré esta noche cuando Albert esté en su "giro de trabajo", ya que yo también estaré en mi "giro de trabajo". Bajo las escaleras para prepararme a ganarme la vida honestamente en *Village Books & Stuff*. Me miro en el espejo, me veo y me pregunto qué me deparará el día.

Como de costumbre, el sábado por la mañana abro la tienda y recibo el habitual tráfico matutino. Este tráfico se divide en dos categorías. Los primeros son aquellos individuos, tanto hombres como mujeres, sin planes de fin de semana y sin nada nuevo qué leer, así que vienen, cogen uno de los últimos bestsellers en formato de bolsillo y se van por la puerta principal. El segundo, son las oficinas y las pequeñas empresas que solicitan su suministro de papel, tóner de inyección de tinta o grapas en las grandes taquillas locales y se les acaba antes de que llegue el pedido. De cualquier manera, ambos representan buenas ventas todos los sábados.

Durante todo esto, investigo un poco sobre la bóveda de Chubb Holsworthy. Con más de 12.000 libros en mi tienda, sabía que tenía un libro de referencia sobre cajas fuertes. *The Sandford Book on Safes: The Mechanics of Engineering of a Safe*, de Michael Jay Brown (segunda edición), una ganga de $220 dólares si el lector está interesado. Creo que un par de horas seguidas de lectura y estudio deberían ser suficientes para manejar a este bebé. Mientras termino mi investigación, suena el teléfono de la tienda y lo contesto: Laura está al otro lado.

"Danny, lamento mucho haber bebido demasiado y no haber podido acompañarte esta mañana. Lo siento mucho. ¿A qué hora te fuiste?", pregunta Laura.

"Sobre las 5:15 de la mañana, Laura. No quería molestarte, así que me fui lo suficientemente temprano para conducir tranquilamente de regreso a mi casa y prepararme para abrir mi tienda. Yo también lamento no haberme despedido de ti".

"Entiendo Danny, tienes un negocio que administrar. ¿Disfrutaste nuestro tiempo juntos? Yo sé que lo disfruté".

"¿Por qué preguntas eso, Laura? La velada fue fantástica. Todo. La ubicación, la comida, la vista desde el balcón. Nosotros. Todo". Le respondí honestamente.

"Me alegro porque me gustaría repetirlo de nuevo cuando regrese, si te parece bien, Danny".

"Ya te tengo apuntada". Yo respondí. "Por cierto, Laura, cuando salí esta mañana y el ascensor comenzó a bajar, noté que se te había caído el FOB en el ascensor. ¿Lo necesitas ahora mismo?", cruzo mis dedos.

"¿En verdad? Anoche estaba borracha, así que no me sorprende. ¿Por qué no volviste y me lo devolviste? Podríamos haber tomado un café rápido o lo que fuera", una leve risa surgió de su dulce voz.

"Casi lo hice, pero vi lo deliciosamente serena que parecías bajo las sábanas cuando me fui, así que no me atreví a molestarte. Además, como tú mencionas, tengo un negocio que administrar yo solo". Yo también dejé salir una pequeña risa.

"Oh, bien, entonces. No te preocupes por el FOB. Enviaré un mensajero para que lo recoja hoy y lo devuelva a mi oficina, para tenerlo antes de partir esta tarde para mi viaje de negocios de dos semanas. Te voy a extrañar mucho, Danny de *Village Books & Stuff*. Oye, no sé tú apellido. ¿Cuál es?". Laura parecía sorprendida de que, durante nuestra extensa conversación de anoche, el apellido nunca surgió. No surgió porque no lo ofrecí voluntariamente, pero no vi manera de no responder. "Es Monk. Daniel Monk. ¡A su servicio, señora Laura M. Burton!".

Una gran carcajada salió del teléfono.

"Te veré pronto, Danny Monk".

"Yo también te veré pronto, Laura M. Burton", y el teléfono se cortó.

Danny, muchacho, eres un hijo de puta afortunado, pienso para mis adentros. No sólo puedo duplicar su FOB sin ser detectado, sino que rápidamente le doy a Laura una razón por la que no tiene el FOB en su bolso esta mañana. Para colmo, Laura enviará un mensajero a recogerlo. Puede que no tenga la suerte de los irlandeses, pero a mi apellido anglo escocés no le va tan mal en el departamento de la suerte.

Un mensajero llega exactamente a las 12:00 horas.

"Estoy buscando al señor Monk. Se supone que debo recoger un paquete para la señora Burton".

"Soy el señor Monk. Un momento, por favor, le traeré el paquete". Voy hacia la parte trasera de la tienda y tomo la caja de envío más pequeña que tengo. Envuelvo el FOB en plástico de burbujas, pego la caja con cinta adhesiva y escribo el nombre de Laura en la caja. Regreso al frente y le entrego la caja al mensajero. El mensajero completa un formulario de tránsito, me da la copia rosa, me hace un gesto con la cabeza y sale por la puerta y casi derriba a Albert porque estaba pavoneándose como un pavo real, al menos en el departamento de color. Albert había decidido que hoy sería el día ideal para llevar un traje arcoíris largo, multicolor, con una corbata verde a juego y una camisa blanca.

Albert podría haber detenido el tráfico.

Antes de hablar, Albert mira y le da al mensajero una mirada rápida al departamento trasero, mientras el mensajero sale, y luego Albert mira a su alrededor y ve que estamos solos. "Danny, qué emocionante. En un par de horas seré asistente de maître d'. Por cierto, si trabajas en la cocina, ¿cuál será tu título?".

"El título del puesto es portero de cocina", respondí.

"Vale, pero ¿qué vas a hacer entonces en la cocina, ¿qué es un portero de cocina?".

"Como sabes, Albert, Tim es un chef comisario o un chef junior, lo que significa que trabaja para el chef de la estación o el chef de partie. La responsabilidad de un portero de cocina incluye delicias como las tareas básicas de limpieza lo más rápido posible, limpiar la vajilla y los cubiertos, asegurarse de que los lugares de preparación de alimentos estén limpios y listos y las tareas más emocionantes de todas, recoger y lavar ollas y sartenes. Esto nos lleva a un cambio de planes, mi querido amigo", anuncio con seriedad.

"¿Qué cambio de planes? ¿No vamos esta noche al *Royal @ Bondi*?", pregunta Albert un poco confundido.

"No sólo iremos al *Royal @ Bondi* esta noche, sino que también conseguiremos nuestros dos artículos coleccionables y terminaremos en una noche. No necesitaremos una semana entera para realizar nuestra adquisición". Se lo anuncio con orgullo a Albert, quien siente que perderá su oportunidad de ser maître d'. Luego le dejo caer el cambio de planes.

"Una cosa más, Albert, necesito ser el asistente del maître y necesito que tú seas el portero de la cocina".

"¿Crees que podrás soportar eso por una noche?".

Podría haber jurado que el traje arcoíris de Albert se había apagado repentinamente tan pronto como terminé la última frase.

"¿Yo, portero de cocina? Mira estas manos, querido Danny, no están hechas para trabajos serviles. No, no hay manera. No lo haré. Simplemente no soy yo", declara Albert, insultado.

"Está bien, entonces te dejo a ti entrar al ático. ¿Crees que podrás encargarte de eso?".

"Danny, querido mío. Mi inspiración en la vida. ¿Por qué me estás haciendo esto? Estoy tan herido", y juro que vi una lágrima salir de su ojo izquierdo.

Decido entonces contarle todo lo que pasó anoche con Laura, lo fácil que será nuestra aventura con mis planes propuestos y lo seguro que estoy de que una noche es todo lo que necesitamos en nuestro "giro de trabajo" en el *Royal @ Bondi*.

Después de escuchar mi lógica, Albert asintió y dijo que pensaba que los planes funcionarían mejor tal como lo sugerí, y acordamos que me recogería a las 5:15 p. m. para nuestro viaje a Bondi, y rápida y tristemente se dio la vuelta y dejó mi tienda.

Al ver a Albert salir por la puerta principal, realmente no me sentí mal con el cambio de planes, después de todo, sabía que el nivel de criminalidad de Albert se limita a cobrar precios astronómicos en su peluquería a sus clientes engreídos, y correr riesgos como ser atrapado haciendo un robo, es algo que a Albert no le gusta. Es un planificador. Es informante, y ahora va a ser portero de cocina. Entonces, mientras miro el reloj de la tienda, sonrío al saber que ¡el juego ha comenzado!

UN BRINDIS POR UNA NOCHE DE ÉXITO

Mientras entramos al *Royal @ Bondi,* nos saluda una mujer atractiva a quien Albert inmediatamente le extiende la mano. "Marta, mi querida amiga, es un placer verte de nuevo. Ha pasado tanto tiempo".

"Albert, cariño, me alegro de verte de nuevo también. Prefieres lucir diferente hoy. Creo que no eres tu yo habitual, pero sigues llevando ese bolso bellamente diseñado, como siempre".

De hecho, Albert no era él mismo. Habiendo aceptado ser ayudante de cocina por una noche, entró al restaurante luciendo, bueno, insulso, para él. De hecho, llevaba unos vaqueros Emporio Armani con una camisa Dolce & Gabbana de manga corta y el bolso mensajero marrón de Fendi por el que, estoy seguro, Albert debió haber pagado más de dos mil dólares. Por otro lado, yo me veía increíblemente elegante con mi atuendo que incluía: una chaqueta de maître d' antracita, con algunas modificaciones leves por las que le pagué al sastre para que las agregara, pantalones a juego con una camisa blanca magníficamente impecable y una corbata de aspecto brillante, Daniel Craig, ¡cómete el corazón!

"Usted debe ser el señor Monk. Tim ha hablado mucho de usted. Estamos muy agradecidos por esta oportunidad que ambos nos han presentado, y trabajaremos junto a cada uno de ustedes este mes para asegurarnos de que vean lo mejor de lo que Tim y yo hacemos. Empecemos, que estamos a punto de abrir las puertas a nuestros clientes", dijo Marta.

"Por favor, Marta, llámame, Danny. Trabajaremos juntos durante un tiempo, así que no habrá necesidad de formalidades".

"Gracias, Danny. Tienes una cara familiar. ¿Nos hemos visto antes?".

"Oh, sólo tengo esa cara de aspecto normal. Lo entiendo mucho".

En ese momento Tim sale de la cocina y nos saluda también.

"Albert, Danny. Genial, ambos están aquí. Entonces, por lo que parece, Albert, Danny me llamó y me dijo que estarás conmigo esta noche. Te prometo que te irá de maravilla trabajando junto a mí. Me aseguraré de que veas lo higiénico y eficiente que trabajamos. Será un placer pasar las próximas seis horas contigo. Vamos, hay cosas que hacer en la cocina. Necesito presentarles a nuestro chef ejecutivo, luego a nuestro chef de cocina y a nuestro sous chef y, finalmente, a mi jefe, el chef de partie, y por supuesto, al resto del equipo de cocina", y Tim agarra a Albert y me pareció ver otra lágrima en sus ojos mientras desaparecía por las puertas hacia la cocina.

"Bueno Marta, somos tú y yo. Enséñame el negocio desde tu perspectiva", le digo mientras Marta sonríe y comienza a detallar bruscamente el proceso de apertura del restaurante al público a las 7 de la tarde.

Antes de que te des cuenta, eran casi las 10:30 p. m. y el restaurante todavía estaba muy activo con los clientes ocupados comiendo y saboreando sus bebidas. Era hora de actuar, y justo cuando estoy a punto de pedir un descanso, suena mi móvil y contesto.

"Danny, soy Laura. ¿Cómo estás, cariño?", pregunta Laura muy alegre.

"Oh, hola, Laura. ¿Cómo obtuviste mi número? No recuerdo haberlo compartido, o tal vez sí, sinceramente no recuerdo", se siente un tono interrogativo en mi voz.

"Lo escribiste en el formulario de mensajería, así que lo anoté y te llamo desde el avión. Estoy siendo traviesa. Estoy en el baño", dice Laura, riendo.

Poniendo la mano sobre el teléfono le dije a Marta: "Marta, ¿te parece bien que me tome un descanso de treinta minutos? Tengo una llamada especialmente importante en este momento", dije, teniendo otro momento de actuación para el Oscar, si se me permite decirlo.

Marta mira su reloj, pero yo sé la hora: 10:40 p.m., ya que había mirado la hora en el teléfono.

"Por supuesto, Danny, por favor, adelante. Me doy cuenta de que ya trabajaste todo el día en tu propio lugar de trabajo, por lo que éste debe ser un día largo para ti. Tómate más tiempo si lo necesitas. Se está desacelerando un poco y cerraremos las puertas a las 11:45 p.m. de todos modos, para que nuestros clientes terminen sus comidas y bebidas después de la cena, antes de la 1 a.m. Así que anda, anda, tómate tu tiempo", dijo una Marta muy generosa.

"Gracias, Marta, en ese caso podría tomar cuarenta y cinco si no te importa", dije mientras entraba a la cocina.

"Está bien, Laura, habla conmigo. ¿Qué diablos estás haciendo en el baño del avión?". Mientras Laura comienza a explicar por qué está en el baño del avión, entro a la cocina. El lugar todavía estaba en un caos organizado con cada individuo en su puesto y todos realizando actos de magia. Vi a Tim, le sonreí y él asintió en respuesta. No vi a Albert, pero supongo que Tim no lo tendría muy lejos. Me dirigí hacia la puerta de salida de la cocina donde encontré la cartera de Albert justo donde esperaba que la colocara mientras discutíamos. Rápidamente la agarré, salí y cerré la puerta detrás de mí.

Laura finaliza la conversación con: "Danny, ¿qué crees que estoy haciendo ahora?".

"Está bien, Laura, escucha. Sólo puedo preguntarme qué estás haciendo, pero no puedo mantener esta conversación contigo en este momento".

"Oh Danny, es una pena que te estés perdiendo un regalo. Oh bueno, supongo que tendrá que esperar hasta que regrese y cuando lo haga, no te diré lo que estaba haciendo en el baño del avión, te lo mostraré", y cuelga riendo.

Con ese escenario grabado en mi mente, saco cosas del bolso de Albert. Primero, le doy la vuelta a mi chaqueta, ahora de un hermoso tono gris más oscuro, y me la vuelvo a poner. Dejo los siguientes artículos en un par de sillas afuera que el equipo de cocina debe usar en sus descansos: espejo, bigote, peluca, gafas, peine, fotografía, FOB, decodificador y pipa. Usando el espejo, coloco cuidadosamente la peluca en su lugar asegurándome de que la línea del cabello se incline exactamente para que coincida con la fotografía, y luego me pongo el bigote, nuevamente, asegurándome de que la fotografía esté representada en el reflejo del espejo. Un rápido retoque con el peine, y tanto la peluca como el bigote estarán listos. Me veo a mí mismo en el espejo. Casi una viva imagen, diría yo. Ahora me meto la pipa en la boca y me miro de nuevo en el espejo. Señor A. G, Michael ha estado de paseo, que es lo que yo parezco, satisfecho de mí mismo. Todo lo que queda por hacer es colocar el decodificador y el FOB en mi bolsillo delantero.

Vuelvo a colocar el espejo en el bolso de Albert y lo escondo detrás de varias cajas de cartón desechadas. Respiro hondo, me pongo las gafas y empiezo a caminar hacia

Campbell Parade, la calle principal de Bondi. Giro rápidamente a la derecha y en 478 pasos entro en Majestic Towers y rápidamente me dirijo hacia el tercer ascensor.

"Buenas noches, señor Michael", dice el guardia de seguridad de la recepción.

Gruño algo ininteligible y le hago un gesto al guardia de seguridad, saco el mando a distancia y toco el lector del ascensor para permitir el acceso al ático. Como Laura se había ido de viaje de negocios y su padre también estaba de viaje de negocios, sabía que las puertas del ascensor estarían en la planta baja, lo que agregaría tiempo valioso a mi agenda. Las puertas del ascensor se abrieron inmediatamente y en menos de veinte segundos llegué al ático y las puertas se abrieron de nuevo a esa vista espectacular.

Sin dudarlo, comencé a ponerme los guantes y caminé hacia el dormitorio principal e inmediatamente encontré la bóveda allí, sentada, como si me hiciera señas. Habiendo investigado la bóveda de Chubb Holsworthy esta mañana, cuando regresé de casa de Laura, sabía exactamente qué hacer.

La conversación telefónica con Laura duró cinco minutos, así que puse el cronómetro en mi reloj. Cuarenta minutos para hacer todo. Sabía que tenía exactamente veintidós minutos para hacer lo que tenía que hacer dentro del ático de Michael, ya que ya me había tomado cuatro minutos para ponerme el disfraz (quitarlo requeriría mucho menos tiempo), y caminar hasta Majestic Towers tomó menos de 2 minutos, lo que me dejó mucho tiempo. Luego, necesitaría cuatro minutos para bajar por el ascensor, salir, volver sobre mis pasos, quitarme el disfraz y volver al *Royal @ Bondi* como si nada hubiera pasado. "Entonces, a trabajar", me dije.

El desafío de una bóveda de Chubb Holsworthy es que tiene una entrada clave y una entrada digital. La cerradura la pude desbloquear en un tiempo impresionante (ocho minutos), ya que me tomó varias vueltas entrar correctamente en las cerraduras KCL. Ahora, lo digital resultó ser un poco más sencillo. Usando el pequeño y portátil decodificador digital RKB 6700, me tomó menos de cinco minutos revisar las miles de combinaciones para abrir la cerradura digital. Luego, simplemente giré la cerradura de tres manijas y la puerta se abrió. Una luz se encendió automáticamente y lo que vi fue realmente impresionante.

Marcos de cuadros de lo que debían ser obras maestras originales colgadas en la pared de la bóveda. En la parte trasera de la bóveda había una pared que contenía al menos cien cajones más pequeños, y cada cajón tenía una etiqueta pegada en el frente. En el centro de la habitación había una mesa grande y dos sillas para, lo que supongo, era el disfrute del Sr. Michael al sentarse en la bóveda y contemplar sus posesiones y/o sacar un cajón y esparcir el contenido sobre la mesa para examinarlo.

Mi nota mental me dice lo que necesito tomar: los sellos del misionero hawaiano y la moneda de oro florín de Eduardo III del Reino Unido. Lo más rápido posible, pero con buen ojo para detectar el premio, busqué, y mis ojos encontraron una etiqueta en un cajón: "Misc". Abrí el cajón y en él no había un dólar de plata, sino dos monedas. Uno parece estar en perfecto estado y encerrado en una funda protectora con una pequeña etiqueta: "sin circular", mientras que el segundo también está encerrado con una etiqueta aún más pequeña: "Misc. Find$$$". No me tomó más que un momento recogerlos a ambos y colocarlos en mi bolsillo y seguir buscando mi premio. Tiempo restante: doce minutos.

Al escanear rápidamente, veo otro cajón y gané el premio gordo: "Missionary Stamps" detalla la etiqueta en el exterior del cajón y sólo cuatro cajones arriba. Sentí que había ganado la lotería: un cajón con la etiqueta "1870-S Seated Liberty Silver Dollar".

Tiempo restante: ocho minutos.

Asegurarse de que todos los cajones estén cerrados. Salgo de la bóveda y la misma luz automática se apaga y cierro la puerta, reinicio la bóveda, camino apresuradamente hacia el ascensor y bajo. Miro la hora. Quedan seis minutos y noto que he hecho todo este esfuerzo mientras sostengo la pipa suavemente en mi boca. Quizás debería considerar usar una de verdad.

Al llegar a la planta baja, nuevamente le gruñí algo a un nuevo guardia de seguridad (el cambio de turno debe haber ocurrido tal como Albert había investigado) y esta vez ni siquiera recibí un "Buenas noches, Sr. Michael" de este nuevo chico. Hoy en día es difícil conseguir un buen servicio al cliente. Al salir por la puerta principal, volví sobre mis pasos hasta la parte trasera del *Royal @ Bondi*, donde rápidamente coloco la peluca, el bigote, las gafas, la pipa, el mando a distancia y el decodificador en el bolso de Albert. Sacando el peine y el espejo, me peino rápidamente para alisar mi cabello que estaba un poco despeinado por la peluca. Me miro en el espejo y todo está bien en este momento, así que devuelvo el peine y el espejo a la cartera. Al invertir la chaqueta, luzco exactamente como llegué: un aspirante a maître d'. Recomponiéndome, miro mi reloj: 23:21. Toda la operación duró cuarenta y un minutos y volveré a mis funciones en poco tiempo.

Cuando entro a la cocina, coloco la cartera de Albert en el mismo lugar y me dirijo hacia el comedor cuando veo a Albert. Pobre Albert, se le veía desaliñado, despeinado y totalmente agotado trabajando febrilmente en unas cacerolas y sartenes. Esta vez no veo a Tim, y cuando entro al comedor, los veo a él y a Marta hablando con el último cliente del lugar, así que me acerco a la mesa para unirme.

"Oh, hola, Danny. Permíteme presentarte a la alcaldesa de Bondi, la señora Sandra Bakersfield, una consejera maravillosa y una gran mecenas del restaurante", dijo Marta.

"Un placer, señora alcaldesa". Tomé su mano y sonreí.

"Vaya, es un encanto tal como dijiste, Marta. Entonces, Tim, ¿éste es el individuo que podría robarte del *Royal @ Bondi*?".

"Bueno, hasta aquí en secreto", pensé, y antes de que pudiera decir algo, Tim habla: "Sandra, por favor, baja el volumen. Se supone que nadie debe saberlo. Aprecio el hecho de que pensaras en proporcionar algo de dinero inicial, pero decidiste no hacerlo, pero Danny y su amigo Albert sólo están viendo si quieren invertir en el restaurante. Además, no quiero que el señor Michael sepa que puedo abandonar su establecimiento".

"Señor Michael", digo. "¿Quién es el señor Michael, si puedo preguntar?".

"Oh, ése sería Alphonse Michael, él posee el 85% de *Royal @ Bondi*, mientras que una pequeña confederación nuestra posee el resto", dijo la alcaldesa de Bondi.

"Bueno, no conozco al caballero. No quiero iniciar una guerra de ofertas para Tim y Marta, ni para usted, honorable alcaldesa", añadí rápidamente.

"Oh, Dios mío, es rápido de pies, ¿no es así Tim?", dice la señora alcaldesa. "No se preocupe, he estado intentando robar a Tim y a Marta por mi cuenta durante unos meses, pero tengo un problema de liquidez en este momento y todos los huevos de mi canasta están, bueno, en otro lugar ahora, así que hágalo, señor Monk", afirmó la Lord Mayor mientras tomaba el último sorbo de su bebida y se levantaba para irse. "Pon la comida en mi cuenta, por favor. Sigan todos disfrutando de lo que queda de la velada por favor. ¡Buenas noches!" y como una brisa, se va la alcaldesa de Bondi.

"Cerraré la puerta principal. Vuelvo en un momento", dijo Marta mientras seguía a la alcaldesa hasta la puerta principal y la hacía salir.

"Y terminaré en la cocina para que todos podamos irnos a casa temprano por una vez", dijo Tim.

"Danny, pídele a Michelle que nos sirva un brandy. Estaré allí en breve. Sólo necesito hacer el recuento de la caja registradora y encargarme de la factura de la alcaldesa", dijo Marta, así que camino con cautela hasta la barra y le pido a Michelle que nos sirva dos brandis. "Dos Bardinet XO, por favor, Michelle", le digo. "Que sean cuatro", oigo cuando Tim y Albert salen de la cocina. "Termina de servir los brandis Michelle y vete a casa. Ha sido una buena noche".

"¡Gracias, chef!". Michelle sirve lo último del brandy y se dirige a la cocina.

Marta se une a nosotros y Tim comparte que todos se han ido y que somos los últimos en el lugar, así que grita: "Un brindis por una noche exitosa". Mientras todos brindamos y chocamos nuestras copas, pienso para mis adentros:

"Sí, un brindis por una noche exitosa".

DANNY MONK ESTÁ LISTO PARA LOS NEGOCIOS

Al regresar a Northport, Albert pregunta: "Bueno, ¿cómo te fue? Te vi recoger la cartera y no regresar durante más de 40 minutos".

"Albert, me viste salir por la puerta trasera de la cocina. ¿Alguien más vio lo mismo?".

"No. Estuve atento para asegurarme, tal como tú habías sugerido en nuestro plan", dijo Albert cuando tomamos la M5 hacia Northport.

"Bien. Para responder tu pregunta: Fue excepcionalmente bien. Bueno, basta con que mañana tengas que llamar a Tim o Marta a casa para decirles que nos impresionaron y que no es necesario que regresemos a nuestro 'giro de trabajo', ya que estamos contentos con lo que hacen. Y para responder a la pregunta con la respuesta que quieres escuchar Albert, sí, de hecho, fue una noche notablemente exitosa porque salí de ahí con nuestros dos objetivos: ¡los sellos misioneros y la moneda de oro florín Eduardo III del Reino Unido y más!".

"¿Más? ¿Qué más cogiste?", pregunta Albert emocionado.

"Albert, no estoy seguro, pero hay algo etiquetado como 'Misc', y cuando abrí el cajón, mi instinto supo que eran valiosos, pero no tengo idea de cuán valiosos, amigo mío, será tu tarea investigarlo durante los próximos días, después de que te deshagas de nuestros dos objetivos originales. Ahora, sigue adelante para que podamos dormir un poco".

Una hora más tarde, Albert detiene el coche en mi aparcamiento, en la parte trasera de la tienda, y yo salgo. Dejo los cuatro objetos que saqué de la bóveda en el asiento delantero. "Albert, sabes qué hacer con el coche en caso de que alguien lo note. Aquí están los sellos y las tres monedas. Vete a casa, descansa y haz tu trabajo de contactos e intenta deshacerte de las monedas y los sellos lo antes posible. Hablaré contigo más tarde. Buenas noches, Albert".

"Buenas noches, Danny. Hablaré contigo pronto", dice Albert mientras sale suavemente del aparcamiento y se dirige a su casa.

Al abrir la puerta de mi unidad, encima de mi tienda, *Village Books & Stuff*, abro el refrigerador y saco una Great Northern Super Crisp bien fría antes de irme a la cama. Mi mente está acelerada. Recuerdo que Albert dijo que los Sellos Misioneros valían $75,000 dólares al por menor, mientras que la moneda de oro de Eduardo III del Reino Unido de 1343 o 1344 valía $689,000 dólares. En el mundo del mercado negro, a veces tienes suerte y encuentras un comprador dispuesto a pagar la tarifa minorista vigente. Un comprador podría decir que pagará un precio reducido ya que sabe que los artículos fueron adquiridos ilegalmente y, por lo tanto, no tienen "valor de exhibición" y el artículo obtenido se convierte más bien en una "colección de armario", sabiendo que sería el único individuo capaz de verlo. Así que, en mi opinión, sabía que podríamos conseguir a través de las conexiones de Albert entre $382,000 y $764,000 dólares. Sería cuestión de encontrar un comprador o compradores, si un comprador sólo estuviera interesado en un artículo. A veces lleva tiempo, y Albert y yo somos pacientes, pero a veces nos gusta deshacernos de los artículos lo más rápido posible y conseguir lo que podamos. Los mendigos no pueden elegir, como dice el viejo refrán; sin embargo, mi mente estaba dando vueltas en torno a las dos monedas que saqué del cajón con la etiqueta "1870-S Seated Liberty Silver Dollar" y "Misc", y el otro con la extraña etiqueta "Misc. Find$$$". Tendría que esperar a que Albert hiciera su magia.

La cuestión del señor Michael se resolverá sola, pero necesito tener un plan por si acaso. Ahogando lo último de la cerveza, coloco la botella en la encimera de la cocina y me dirijo al dormitorio. Así que espero que mañana sea un día más en el trabajo.

Llega la mañana y todo va bien en Northport. El sol ha salido, el cielo es azul y no hay ni una nube en el cielo. Va a ser un día trascendental; Puedo sentirlo. Después de una ducha tranquila y luego de afeitarme, me preparo un desayuno rápido con bagels y queso crema y una taza de café, y enciendo la radio para escuchar algo de jazz. Mi pequeña radio Sangean en el banco de la cocina reproduce suavemente "La chica de Ipanema" de Stan Getz y Astrud Gilberto. "Qué manera de empezar la mañana", pienso para mis adentros.

Terminando el último trago de café, coloco todos los platos y tazas en el lavavajillas. Apago la radio y bajo las escaleras para abrir la tienda y dejar que tanto los clientes antiguos como los nuevos, conozcan las maravillas de *Village Books & Stuff*. Daniel Monk está a su servicio. Dios mío, estoy de muy buen humor esta mañana.

Al abrir la puerta principal y girar el cartel de "Estamos abiertos", el día comienza a las 10:01 a.m. Danny Monk está listo para hacer negocios.

El primer cliente potencial entra a las 10:34 (sí, he estado mirando el reloj de pared) y es un señor mayor que me sonríe y se presenta.

"Buenos días, mi nombre es Ewan Carmichael, ¿dónde tienes el Newport News, jovencito?".

Pienso para mis adentros: "¿soy la agencia de noticias de Northport?", pero también le devuelvo la sonrisa, rodeo el mostrador, lo hago pasar por la puerta principal y señalo la agencia de noticias que se encuentra a una cuadra al sur. "Gracias, joven", dijo mientras comenzaba a caminar hacia el lugar nombrado que le señalé. Miro mi reloj TAG Heuer, un regalo para mí después de una adquisición muy exitosa, y veo que han pasado un total de ocho minutos. Este día podría haberme sentido genial, pero a estas alturas es un asco.

Camino un poco por la tienda. Muevo un par de suministros de oficina. Ordeno la sección de tarjetas y oigo sonar el timbre de la puerta de entrada. Me giro y veo entrar a un joven de unos 20 años.

"Hola, ¿eres el gerente?".

"Sí, lo soy. ¿Puedo ayudarte a encontrar algo?". Creo que espero esa primera venta del día.

"Hola de nuevo, mi nombre es Peter Bozeman y trabajo en el Northport Sunrise Center en Smith Street", dijo extendiendo la mano.

"Sí, claro. Creo que su organización ayuda a niños fugitivos de hogares con problemas. ¿Correcto? Por cierto, mi nombre es Danny, así que no es necesario que me llames señor".

"Sí señor, quiero decir, Danny, ése es el propósito de la organización. Lo inició hace doce años mi madre, Phyllis Bozeman, cuando yo tenía diez años y, a lo largo de los años, la ayudé a construirlo y ahora trabajo para la organización a tiempo completo".

"Entonces, Peter, hoy viniste a mi tienda por una razón. ¿Cómo puedo ayudarte?".

Peter me mostró un póster de tamaño A3 y dijo: "Me preguntaba, Danny, ¿yo podría colocar este póster en tu escaparate? Es para una causa noble". Me entregó el cartel

A3. Le di una revisión detallada, planteando un par de preguntas.

"Peter, entonces, ¿el evento que estás proponiendo el próximo mes es para recaudar fondos para que el Northport Sunrise Center compre el edificio, el terreno y amplíe el terreno en el que se encuentra?". Yo pregunté.

"Eso es correcto, Danny. El propietario del terreno y del edificio nos ofrece la primera opción de forma muy razonable. El precio es de $3 millones de dólares y un millón de dólares adicional ampliará el centro de manera que pueda acomodar a más fugitivos en una instalación para pasar la noche. Hasta ahora, el Consejo de Northport ha asignado $1,500,000 y las pocas donaciones que ya hemos recibido elevan el total de fondos recaudados a $2.752.345,65, como se puede ver en el cartel. Todos los fondos ya están en nuestra cuenta bancaria en Northport Bank. Esperamos que esta recaudación de fondos en el centro pueda traer el resto, porque tenemos poco tiempo".

"Entonces, necesitas unos $1,250,000 dólares adicionales aproximadamente y así puedes comprar el edificio y el terreno y ampliarlo. La idea de una subasta silenciosa también es genial, lo que significa que las personas que no pueden hacer una gran contribución, por ejemplo, una pequeña empresa, podrían participar y obtener algunos premios por su contribución. Creo que es una gran idea, así que sí, Peter, coloca el cartel en el escaparate. Más que feliz de poder ayudar. Veo que van a tener una banda y van a convocar el evento: el baile del Northport Sunrise Center. Excelente", dije.

"Genial Danny. ¿Crees que podríamos verte también en la subasta? Sería fantástico que vinieran tantos propietarios y directivos de empresas como fuera posible, lo que haría que el evento local fuera todo un éxito".

"Por supuesto, Peter, cuenta conmigo. Estaré allí representando al propietario de *Village Books & Stuff*".

"Estupendo Danny. Le haré saber a mi madre que nos apoyarás con tu presencia y un artículo de subasta. ¿Tienes alguna idea de qué artículo ofrecerás en la subasta?".

Joder, el chico es rápido. Había dicho que asistiría, no que donaría nada. Pero rápidamente pensé en obtener una deducción de impuestos, así que dije: "Sí. Tengo una colección que incluye tres libros firmados e inscritos, más dos fotografías inscritas y una nota autógrafa en inglés firmada por Fidel Castro. Tengo la colección a la venta por $24.000. ¿Sería algo que le interesaría?

"Oh, Dios mío, sí, por supuesto. Mi madre te amará por eso. Muchas gracias. Antes de que me olvide, ¿hay algún lado particular de la ventana donde deseas que se muestre el póster?".

"No, Peter, elige el lugar que consideres mejor. Estoy abierto a tu creatividad en los escaparates de carteles".

Peter va y coloca el cartel en el lado izquierdo de la ventana, lo que lo convierte en un cartel colocado estratégicamente, ya que obliga a las personas que entran a, al menos, ver el cartel cuando entran a la tienda, y pueden leerlo al salir.

"Danny, ¿te importa si coloco una pila de folletos en tu mostrador para que la gente también los recoja cuando hagan una compra?".

"No, por supuesto. Si tienes un buen montón, dámelos y colocaré un folleto en cada bolsa cuando un cliente haga una compra", agrego.

Peter toma un puñado enorme, me entrega la mayoría de los folletos y coloca algunos más junto a la caja registradora.

"Gracias, Danny, espero verte en un par de semanas". Luego, Peter se marcha, cierra la puerta y me saluda con la mano mientras pasa por la ventana delantera. Puedo verlo acercándose al resto de los dueños de negocios en la calle y teniendo la misma conversación.

Bien por ti, chico Danny. No hay venta, pero podría ayudar a estas personas y debes tomar nota mental de llamar a tu contador y ver si el artículo que acabas de ofrecer puede ser una deducción de impuestos. Si puede ser, genial, y si no, pues que sea por una causa noble.

De nuevo miro el reloj de la pared: 11:54, la mañana ha pasado volando y ni un solo cliente compra. Estoy seguro de que alguien vendrá y me bendecirá con una compra. Alguien siempre lo hace. Entonces, a las 12 del mediodía, vuelvo el pequeño cartel a "Estamos cerrados" y giro la manecilla del pequeño reloj a la posición de las 12:30 p. m., cierro la puerta y subo las escaleras para un almuerzo rápido. Pocas veces cierro la tienda para almorzar, pero hoy me apetecía. El privilegio de ser propietario de una tienda facilita la toma de estas decisiones.

Exactamente a las 12:32 p.m., giro la cerradura de la puerta principal, giro el letrero de la puerta hacia "Estamos abiertos" y nuevamente me siento en el taburete detrás del mostrador y espero a que entre el primer cliente.

Mi mente se pregunta acerca de la información que obtuve anoche de la alcaldesa de Bondi: Alphonse Michael posee el 85% de *Royal @ Bondi*, mientras que otros tienen el resto de la propiedad. Albert y yo respaldamos la apertura de un nuevo restaurante en Northport por parte de dos personas que trabajan en dicho restaurante.

Nunca he sido de coincidencias. Que el apellido de Alphonse sea Michael es la coincidencia número uno. Conocí a una mujer encantadora llamada Laura M Burton; esa es la coincidencia número dos. Finalmente, el dueño de los dos objetivos coleccionables que Albert y yo adquirimos el sábado se llama Michael, lo que la convierte en la coincidencia número tres y simplemente no me suena bien.

Mirando alrededor de la tienda, suspiro sabiendo que hoy podría no ser un buen día de ventas. Entonces, investigué un poco la información mientras el lugar estaba vacío. Hojeando varios volúmenes de *Quién es Quién* en Australia, que fue una brillante idea de Fred Johns allá por 1906. Comenzó a compilar un volumen de biografías de personas notables del país y, hasta donde yo sé, tengo todas las publicaciones desde 1906 hasta la actualidad. El único otro lugar donde puedes encontrar la misma colección es en la Biblioteca Nacional de Australia. Obtuve mi colección de varias propiedades de personas fallecidas y obtuve una suscripción de su editor actual para recibir actualizaciones futuras. Me imagino que eventualmente podré descargar esta magnífica parte de la historia de Australia por una tarifa real, ya que estos volúmenes sólo pueden verse en la biblioteca nacional. Entonces, un vistazo rápido a los volúmenes me dice lo que sabía en el fondo. No existen las coincidencias. Todo encaja. "En qué lío nos hemos metido, Albert", pienso para mis adentros.

Todo está conectado.

En primer lugar, A. G Michael es Alphonse Gansevoort Michael. En segundo lugar, Laura M Burton de Gansevoort Promotions es hija de Alphonse, ya que mantuvo el apellido de su madre para el negocio. En tercer lugar, Alphonse es dueño del restaurante. Estamos intentando robarle el puesto de chef y abrir un nuevo restaurante en Northport. Cuarto, Laura y yo hemos tenido intimidad, mucha intimidad, y le agrado a ella y ella a mí también. Finalmente, Albert y yo conectamos todo esto adquiriendo algunos objetos coleccionables increíblemente valiosos del Sr. Michael.

"Albert, en qué lío estamos", me dije por segunda vez.

Miro el reloj de pared: 3:45 p.m., y todavía no ha aparecido ningún cliente.

Necesitando procesar toda esta información, vuelvo a deambular por la tienda. Esta vez estoy arreglando un poco las cosas. Saco un poco de polvo alrededor de las estanterías, de vez en cuando saco un libro y le quito el polvo a la cubierta, al lomo y a la parte superior de las páginas.

Ajustar las sillas, los sillones y los cojines sueltos también requiere algo de tiempo disponible. Un barrido rápido del piso de alfombra con mi escoba barredora de alfombras Vileda de confianza y cuando termino, escucho el pequeño timbre que me dice que alguien está entrando. Miro y veo al mismo caballero de esta madrugada venir hacia mí.

"Buenas tardes, jovencito. Tengo una pregunta para ti".

"Sí, señor Carmichael, ¿en qué puedo ayudarle?", esperando una venta.

"¿Por qué no vende el Northport News? Realmente tuve que caminar un largo camino para llegar al periódico hoy. Sería más conveniente que vendiera el periódico en este establecimiento".

Mientras hago pasar de nuevo al Sr. Carmichael por la puerta principal y le explico por qué no vendo periódicos, vuelvo a pensar: "¡Danny Monk podría estar listo para hacer negocios, pero los negocios no entraron por la puerta hoy!"

¿QUÉ PUEDE SALIR MAL?

Después de un desastroso día de rebajas ayer, espero que hoy sea mejor. Abro la puerta para hacer negocios, voy a mi mostrador y espero. Ni siquiera me he sentado cuando suena el timbre de la puerta, indicando que hay un cliente. Miro y sí, hay un cliente.

Una señora de aspecto distinguido se me acerca y me pregunta: "¿Eres Daniel?".

"Sí, lo soy. ¿Cómo puedo ayudar a la señorita...?".

"Señora Addington. Ayer visité a Miguel en la peluquería y le comenté que no tenía nada nuevo que leer y el dueño me sugirió visitar su tiendita".

Mi mente se estremeció al oír su apellido. ¿Podría ser la misma Addington de la que Albert y yo "adquirimos" la colección de béisbol? ¿Es esto una trampa del detective Cassell? ¡Sé genial, Danny, mantente tan tranquilo y sonriente como come un quokka!

"Bien bienvenida señora Addington. ¿Hay algún género en particular que le guste leer o le gustaría explorar la tienda y ver qué le llama la atención?".

"No soy una gran exploradora. Soy fanática de la realeza británica. Cualquier cosa que tenga que ver con la reina Victoria y después, es de mi agrado. ¿Tiene algo que pueda despertar mi interés?".

"Por favor, un momento mientras reviso mi inventario", dije. Rápidamente escribo en mi sistema de inventario Shopkeep y de inmediato aparecen mis resultados brindándome una respuesta: *La princesa Alicia, la hija olvidada de la reina Victoria*, de Gerard Noel.

"Puede que tenga algo para usted. Un momento, por favor", repito y camino hacia la sección de la primera edición en la parte trasera de la tienda, busco el libro, lo traigo y lo coloco en las manos de la señora Addington.

"Se trata de una primera edición de tapa dura de 1974 en excelentes condiciones, como puede verse en la sobrecubierta. Un ejemplar realmente bonito con varias fotografías ilustradas en blanco y negro. Si abre el libro con cuidado, verá que incluye un árbol genealógico desplegable en la parte posterior", digo.

"Oh, eso es interesante. ¿Qué más puedes decirme sobre el libro o las personas que aparecen en el libro?", preguntó la señora Addington.

"Bueno, señora Addington, la princesa Alicia, nació en 1843 y fue la tercera de los hijos de la reina Victoria. Heredó al máximo el cerebro y los ideales de su padre, y en su estrecha relación con Bertie, el futuro rey Eduardo VII. Era una hija obediente. En 1861 soportó heroicamente el dolor casi demencial de su madre por la muerte del Príncipe Consorte. Una mujer bastante interesante", respondí.

"¡Bueno, Daniel, ya conoces su historia!".

"No, señora Addington, conozco mis libros. ¿Está interesada en este? Está a la venta por $220 dólares".

"Parece un precio razonable para una primera edición, sí, lo aceptaré", mientras me devuelve el libro, toma su bolso, saca un fajo de billetes de Sir John Monash y saca uno y luego un segundo y luego $20 y los coloca sobre la encimera.

Tomando el libro, lo meto en una bolsa y agrego el folleto que me dejó Peter Bozeman, cuando la señora

Addington dice: "Espera ahí. ¿Qué estás añadiendo a la bolsa?".

Alcanzo el volante, lo saco y se lo entrego a la señora Addington, quien lo hojea y dice: "Qué idea tan maravillosa. No vivo por aquí, pero he oído hablar del Northport Sunrise Center a través de algunas de mis obras de caridad". Aquí, continúa colocando el volante en la bolsa y algunos más. "Veré si mi esposo y yo podemos asistir después de consultar con él, y pasaré los folletos adicionales a mis amigos. Quizás ellos también puedan asistir. Podría ser divertido".

"Oh, eso es maravilloso, señora Addington. Estoy seguro de que el Centro Northport Sunrise agradecerá todo el apoyo que pueda brindar". Le entregué la bolsa que contenía el libro, el recibo y una pequeña pila de folletos.

"Hasta la próxima, Daniel. Realmente eres un encanto, tal como dijo Miguel", y cuando se da vuelta, nota el cartel que Peter colocó en la ventana, lo señala y se ríe para sí al salir.

Bien, si esto fue una trampa, no funcionó porque no hubo ninguna insinuación sobre el robo ni nada sobre las tarjetas de béisbol robadas, así que arrójalo a una de esas oportunidades en la vida. Ella acaba de llegar de la peluquería de Albert con Miguel peinándola, así que eso fue todo, sólo una coincidencia. Sólo tomó veintidós minutos para la primera venta, así que espero que el resto del día transcurra tan bien como esta primera venta y, para mi sorpresa, así fue.

Hasta la hora del almuerzo, la tienda tuvo una multitud de visitantes y muchas ventas, en su mayoría pequeñas, y en la mayoría de las categorías de la tienda, especialmente hubo una avalancha de ventas en la sección de libros más vendidos, lo que convirtió a esta sección en la ganadora absoluta antes de las 12 p.m.

Poco después de la una de la tarde, el desfile de clientes continuó caminando y algunas ventas más continuaron sonando en mi caja registradora. Mientras manejo la última venta, una tarjeta de cumpleaños, y la coloco en una bolsita junto con otro volante, se me enciende la bombilla en la cabeza.

¿Quizás el señor Addington ha repuesto su colección de béisbol con el dinero del seguro? Necesito recordar que Albert haga lo suyo y trate de averiguarlo.

La reacción debe haber sorprendido al cliente, porque dijo: "Amigo, ¿estás bien?".

Sonrío y luego digo: "Estoy bien, gracias. Sólo recuerdo algo que necesito que alguien revise", así que toma su bolso y sale dejándome en una tienda vacía. Mi reacción instantánea es hacer una búsqueda rápida del apellido. El volumen Quién es quién en Australia que seleccioné me muestra cincuenta personas con el apellido Addington en toda Australia, por lo que la probabilidad de que este Addington sea el cónyuge de Michael Addington es, bueno, ¡enorme!

Ahora mi mente se acelera. "Adquirimos" la colección de tarjetas de béisbol, pero ¿podría haber otra posibilidad para algo tan valioso? ¿Quizás sean monedas? ¿Un cuadro, tal vez? ¿Algún tipo de manuscrito? Mi campanita vuelve a perturbar mi mente vibrando; entra un nuevo cliente potencial. Un hombre de mediana edad y un niño, de unos siete u ocho años, se acercan a mí.

"Buenas tardes. Me preguntaba si tal vez tenga algún objeto coleccionable para niños jóvenes, específicamente la tarjeta adhesiva de la Liga de Rugby Scanlens de 1974 para los Balmain Tigers". Pregunta el hombre.

"Lo siento, ¿me preguntas si tengo tarjetas adhesivas?". Repito.

"Sí, señor", respondió el niño.

"No, lo siento, no vendo tarjetas adhesivas".

"Por casualidad", preguntó el padre, "¿sabes quién podría venderlas en Northport?".

"Lo siento, no lo sé". Respondo, a lo que una tristeza se apodera del niño y se dan vuelta y salen de la tienda por donde entraron.

Mientras los veo pasar por mi escaparate, se enciende una segunda bombilla: ¡joyería! En concreto, algo fácil de conseguir y que valga una pequeña fortuna para aumentar nuestro "súper sombra". ¿Cómo ha creado el destino un camino para que los Addington y los Monk vuelvan a cruzarse?

"Los Monk", dije con una sonrisa. Sólo hay un Monk, yo. El destino a veces te lanza una curva (otra cosa del béisbol) cuando menos lo esperas. Debo decirle a Albert que lo investigue.

Mirando el reloj de la pared veo que tengo menos de cuarenta minutos hasta la hora de cerrar y espera, he aquí, adivina quién entra, asegurándose de que mi pequeño timbre haga ejercicio hoy: Alberto Mateo Guzmán.

"Danny, cariño, ¿cómo estás hoy?".

Albert entró luciendo muy elegante con un traje totalmente morado. Así es, pantalón, chaleco, chaqueta con camisa blanca de cuello abierto y corbata morada y zapatos cubanos color canela. Juro que parecía un Matt Preston en miniatura. "Era la señora Hermione Addington a quien vi entrar poco después en tu tienda antes del almuerzo? Hoy fui a buscar un delicioso café al Java Hutt y probé su 'latte unicornio', que, por cierto, no contiene café. ¿No es eso confuso? Contiene leche de coco con jengibre, miel, limón y algas verdiazules y ¡sabía delicioso!".

"Vaya", pienso para mis adentros; leche de coco con jengibre, miel, limón y algas verdiazules, sí, realmente deliciosa, ¡no! Si Albert derrama algo sobre su traje, se volverá loco. "¿Por qué llegas tan tarde?", pregunté.

Albert mira a su alrededor para asegurarse de que no haya nadie más en la tienda y antes de hablar, lo molesto: "Albert, ¿por qué siempre miras alrededor de la tienda para buscar a alguien que pueda estar dentro cuando puedes ver claramente desde aquí? Somos las únicas dos almas aquí".

"Drama, cariño, drama. Nada genera más suspenso que un poco de drama. Obviamente nunca has actuado antes", afirmó Albert.

"No Albert, nunca actué, así que dime, ahora que has hecho tu escena dramática, ¿qué pasa?".

"Soy portador de gloriosas noticias".

Albert cogió uno de los folletos de Peter Bozeman y empezó a abanicarse con él.

"Me he puesto en contacto con nuestro 'distribuidor'" (Albert llama a nuestro intermediario, "nuestro distribuidor"; dice que es muy degradante llamar "contrabandista" a alguien que comercia con cosas robadas. Por eso, desde que conocí a Albert, no "robamos", sino que "adquirimos"). "Tiene varias personas que están interesadas en todas las monedas y están listas para actuar rápidamente en la compra de nuestras adquisiciones, pero..."

"Siempre hay un, pero...", pensé para mis adentros.

"¿Cuál es el pero? ¿Albert?". Pregunté.

"Tenemos no uno, sino cuatro posibles compradores diferentes, por lo que nuestro distribuidor tiene más trabajo que hacer y nos está aumentando la comisión. Entonces, un comprador está interesado en los sellos hawaianos, otro en la moneda de oro de Eduardo III florín del Reino Unido de 1343 o 1344, sea cual sea el año, seguido de alguien más interesado en el dólar de plata Seated Liberty de 1870 y, finalmente, el 'Misc. La moneda Find$$$' también tiene comprador", dijo Albert con tristeza.

"Bueno, no importa si hay un comprador potencial o quince compradores potenciales siempre que los artículos se vendan, ¿verdad?".

"Cariño, ¿no tienes curiosidad por saber por qué hay cuatro compradores diferentes?", preguntó Albert, sonriendo con curiosidad.

Miré el reloj de la pared, faltaban diez minutos para la hora de cierre, así que pasé junto a Albert, puse el cartel de "Estamos abiertos" al revés, cerré la puerta, caminé de regreso hacia Albert y, tan dramáticamente como pude hablar, le pregunté: "¿Qué sabes que te mueres por decirme, Albert?".

"Oh Danny, me encanta cuando eres contundente. Ven, siéntate en este bonito sillón". Se sentó en el que estaba frente a mí.

"Primero, vendimos los sellos misioneros hawaianos. También se vende el florín de Eduardo III del Reino Unido de 1343, no era de 1344. El dólar de plata Seated Liberty de 1870-S está 'finito'", cuando Albert chasquea el dedo. "Finalmente, la pieza de resistencia, nuestro 'Misc. Find$$$' también está listo para salir por la puerta". Un encantador Albert termina su anuncio mientras usa el volante de Peter para abanicarse.

Me tomo un minuto y espero a que Albert continúe. Pasa un minuto y sigo esperando así que casi grito: "¡Albert, termina la conversación!".

"Mira Danny, así es como creas un momento dramático, te lo haré saber". Se levantó, se acercó al mostrador, metió la mano en el cajón inferior y sacó una calculadora de mano.

"Me está volviendo loco"; Pienso para mí. Albert ahora se para frente a mí y comienza a hablar y marcar números en la calculadora mientras me mira sentado cómodamente en mi sillón: "Primero, los sellos misioneros hawaianos se vendieron por $52,000 dólares. Luego, el florín Eduardo III del Reino Unido de 1343 se vendió por $356,000 dólares. Así que no está mal, ya que después de la comisión de nuestro distribuidor recibiremos $249,000 dólares por estos dos artículos. Nada mal para una noche de trabajo en la cocina, si lo digo yo mismo". Afirma un Albert sonriente. Él retoma la conversación antes de que pueda preguntarle sobre las otras dos monedas.

"Danny, eres uno de los seres humanos más bendecidos que he conocido. Agarrar las otras dos monedas fue un golpe del destino o la suerte siempre viene hacia ti, muchacho".

"Nuestro distribuidor pudo determinar el valor minorista de ambas monedas. El primero, el dólar de plata Seated Liberty de 1870-S, de hecho, no está en circulación, como se detalla en su carcasa, y tiene un valor de, agárrate a tus pantimedias, $2,142,000 dólares".

"¿Qué piensas de eso?", pregunta Albert mientras continúa sonriendo.

"¿Y?"

"Bueno mollete, parece que el 'Misc. La moneda Find$$$' tiene un nombre y, lo más importante, un '$$$' detrás, después de todo". Ahora Albert está radiante.

"El 'Misc. Find$$$' en realidad se llama 'dólar de cabello fluido', acuñado en 1794. Basaron su tamaño y peso en el dólar español, que era popular en el comercio en América en ese momento. Está en impecables condiciones y fue comprado, ¿estás listo para esto?, por nuestro querido Sr. AG Michael en enero de 2013 en la Walter Stacks Gallery de Nueva York, EE. UU., por $12,340,00 dólares. Nuestro distribuidor ha encontrado a alguien que le dará 7 millones de dólares por la moneda. Ahora, menos su 'comisión' del 30%, sumas nuestra ganancia de $285,600, los $1,499,000 por el dólar de plata Seated Liberty de 1870-S de 1870 y agregas la maravillosa pieza de resistencia del 'dólar de cabello fluido' en $4,900,000 y lo divides como siempre lo hacemos 50/50, cada uno de nosotros se llevará $3,342,000 dólares. Después de proporcionar a Timothée y a Marta el millón de dólares cada uno, terminamos con $2,342,000 dólares en nuestras manos. No está mal cariño, nada mal".

Con esa declaración, Albert simplemente se deja caer en el sofá junto a mí y continúa abanicándose con el volante de Peter.

Estoy atónito. Estaba pensando en pedirle a Albert que analizara una posible "adquisición" de los Addington y llega con esta sorprendente noticia. No hay necesidad de correr ningún riesgo adicional, así que no es preciso volverme codicioso, por lo que decido no hablarle de los Addington a Albert.

Mientras sigo reflexionando sobre por qué la suerte ha sido tan buena conmigo, veo a Albert mirando el folleto por primera vez. Me mira y dice:

"Danny, tú y yo iremos a esta velada y no usarás jeans. Me aseguraré de eso. Y te traeré una cita, ¡cómo lo haré! y nos divertiremos por una vez fuera de nuestros momentos de 'adquisición'. Llámalo nuestra primera cita doble. ¡Será divertido!".

Grandioso: una cita doble con Albert. ¿Qué puede salir mal?

PSICOLOGÍA HUMANA

La semana pasada, Albert, Tim, Marta y yo nos reunimos, firmamos documentos adicionales para completar nuestra asociación, consolidando nuestro nuevo restaurante en Northport y permitiendo que, tanto Tim como Marta, tomaran unas vacaciones de veintiún días en Nueva Caledonia antes de regresar y buscar un Local para establecer nuestro nuevo restaurante, aún por nombrar.

Han pasado unas semanas y la vida sigue tan normal como en nuestra pequeña aldea de Northport. Los días tienen esa brisa más fuerte que nos permite saber que estamos migrando lentamente de los sofocantes meses de verano, a esos ventosos días de otoño en los que no estás seguro de qué ponerte, ya que el clima cambia a las cuatro estaciones en un solo día. Tengo tanta suerte de no tener que desplazarme para ir a trabajar.

Girando mi pequeño cartel hacia el lado "Estamos abiertos", estoy listo para conquistar el mundo y todo lo que trae, hoy es sábado y siempre es un día laboral corto para mí. Espero poder llamar a Alessia esta tarde y ver si quiere ver una película o algo así.

Esta mañana trae un rostro familiar acompañado de un rostro desconocido, cuando escucho el pequeño timbre de la puerta dando la bienvenida nada menos que al detective Malcolm Cassell y a otro individuo bien vestido de persuasión femenina.

"Buenos días, detective Cassell. ¿Qué te trae a mi tienda esta mañana?".

Sin atender mi alegre saludo, el detective Cassell presenta a la dama bien vestida. "Señor Monk, le quiero presentar a la inspectora jefe Wendy Montague, del comando del área de la ciudad de Sídney. Tiene algunas preguntas para usted", afirma bruscamente Cassell mientras hace un gesto a la inspectora jefe.

"Señor Monk, ¿conoce el restaurante *Royal @ Bondi?*" pregunta la inspectora jefe.

"*¿El Royal @ Bondi?* ¿Se refiere al elegante restaurante francés de Majestic Towers y popular entre todos los que son alguien en Bondi?". Respondo alegremente.

El detective Cassell intervino en la conversación: —"Escucha, Monk, deja de ser un sabelotodo. Sabemos que estuviste allí hace varios sábados".

"Detective Cassell, deje que responda el señor Monk. ¡No vuelva a interrumpir!" una fuerte refutación a Cassell por parte de la inspectora jefe. "Me empieza a caer bien la jefe"; pienso para mí.

"De hecho, inspectora jefe, era yo y también mis nuevos socios comerciales Timothée y Marta Bené, anteriormente del *Royal @ Bondi*, por ahora hemos formado una sociedad para abrir un nuevo restaurante en Northport. Espero que los propietarios del *Royal @ Bondi* no estén tan molestos porque Timothée y Marta abandonaron el barco y dejaron su empleo como para ir a pedir ayuda a la policía". Sonreí mientras decía todo eso.

Cuando terminé mi pequeño repertorio, pude ver humo saliendo de los oídos de Cassell, mientras la inspectora jefe estaba fría como un pepino.

"No, señor Monk. Ese no es el motivo de nuestra visita. Se produjo un robo muy sofisticado en Majestic Towers y estamos preguntando a la mayor cantidad posible de personas que podrían haber estado en las cercanías si notaron algo extraño cuando visitaron el restaurante. La alcaldesa de Bondi me dijo que se encontró con usted allí esa noche".

"Recuerdo haber conocido a la Lord Mayor, una dama realmente encantadora. Hicimos comentarios sobre por qué estaba allí, tratando de entender un poco más el negocio antes de decidir si podría desarrollarse una propuesta mutuamente beneficiosa entre los Bené y yo". Sonrío. Sonrío mucho cuando estoy frente a las autoridades.

"¿Vio algo extraño esa noche, señor Monk? ¿Salió al frente del edificio y notó algo diferente por casualidad?", preguntó la inspectora jefe.

"No, nada, inspectora jefe", respondí.

"Entonces, ¿cuándo se tomó poco menos de una hora para seguir a la señora Bené como maître no se alejó a zonas en las que se suponía que no debía estar?".

Esta vez el tono de voz de la inspectora jefe cambió y no fue tan agradable.

Estudié a la inspectora jefe un poco más de cerca. Wendy Montague tiene poco más de treinta años.

Atractiva, en forma, con cabello largo, castaño rojizo, bien arreglada y con la cantidad justa de maquillaje para ser femenina, pero al mismo tiempo, poder hacer las cosas en una fuerza policial dominada por hombres y, por su voz y tono, una persona altamente educada. Nada que ver con el detective Malcolm Cassell, estos dos parecían tiza y queso en comparación. Pasé por alto mi respuesta y pasé a la ofensiva.

"Inspectora jefe, puedo entender que haya venido hoy aquí y me haga preguntas sobre un asunto que ocurrió en lo que, imagino que es, digamos, su zona de peligro, pero no entiendo por qué el detective Cassell se une". Sonreí de nuevo.

Sin perder un segundo, la inspectora jefe respondió: "Señor Monk, si fuera tan amable de responder a mi pregunta". Un enfoque cortés que adoptó la jefe. Seguí el juego.

"Lo siento, inspectora jefe, pensé que había respondido esa pregunta. Supongo que fue una falta de concentración por mi parte". Y escucho un "ejem" de Cassell, pero continúo. "Me tomé unos minutos afuera en la parte de atrás para atender una llamada personal de una amiga y luego caminé hasta la calle principal y observé el océano por un rato. ¿Por qué?". Parezco sonreír cuando respondo esta pregunta a la inspectora jefe.

"Escúchame, Monk", intervino el detective Cassell. "De alguna manera logras este trabajo, y tú y yo lo sabemos".

"Detective Cassell, por favor salga de la tienda y espéreme allí. ¡Ahora!", casi le gritó una inspectora jefe muy agitada al ahora humillado Cassell.

Con el rabo entre las piernas, Cassell se va, dejando atrás mi pequeño timbre sonando y a una inspectora jefe muy ansiosa. Nuevamente salté a la ofensiva.

"Inspectora jefe, ¿cree en las insinuaciones del detective Cassell de que ahora soy un ladrón y no un comerciante habitual? Me siento bastante difamado por estas acusaciones infundadas". Pienso en Albert y sus actuaciones y me siento inspirado por las mías.

"Señor Monk, el detective Cassell me parece un oficial de policía viejo y grosero que tiene un profundo conocimiento de su territorio, y si cree que usted tuvo algo que ver con este robo, seguiré cualquier pista que pueda proporcionarme, pero en última instancia, tomaré mis decisiones sobre a quién investigar, y en este momento, a menos que se le ocurra una coartada posible y sólida, usted es un individuo de interés. ¿Me hago entender?".

Una vez más, ¿por qué las personas encargadas de hacer cumplir la ley utilizan la palabra "entender" todo el tiempo?

"¿Qué tipo de coartada quiere que le proporcione? ¿Con quién estuve hablando por teléfono, por ejemplo, y durante cuánto tiempo?". Yo ofrecí.

"Sí, sería un buen comienzo, señor Monk. ¿Con quién habló por teléfono y durante cuánto tiempo?", preguntó la inspectora jefe.

"Bueno. No me he comunicado con la persona cuyo nombre estoy a punto de darle, así que cuando hable con ella, le pido que lo haga de una manera que no le cause estrés. ¿Acepta?".

"Señor Monk, el departamento de policía de Sídney no está acostumbrado a hacer tratos durante una investigación, así que ¿cómo se llama? ¡Ahora!".

"El nombre de la persona es Laura M. Burton", respondí.

¿Sabes cuando de repente escuchas algo que te toma completamente por sorpresa y sientes un nudo tremendo en el estómago, te mareas y te pones pálido? Bueno, eso le estaba pasando ahora mismo a la inspectora jefe Wendy Montague.

"¿Laura M. Burton, dice?" Casi tartamudeando, repite la inspectora jefe.

"La única. Ella vino a mi tienda hace aproximadamente un mes y poco, y compró un libro para su padre, de memoria creo que era: *Púrpura y Azul. La historia del 2/10.º Batallón, AIF [The Adelaide Rifles] 1939-1945*, que creo que le vendí por $550 dólares. Nos pusimos a hablar y, bueno, ya sabe, la naturaleza siguió su curso durante las próximas semanas. Iba de camino al extranjero cuando llamó, y debimos haber hablado durante unos veinte o veinticinco minutos, aproximadamente". Sé que pueden ver la sonrisa en mi rostro mientras le exponía mi "coartada" un tanto estirada a la inspectora jefe.

De repente, los hombros de la inspectora jefe parecen perder la tensión. También parece relajar su rostro, porque el enrojecimiento de sus mejillas se suaviza como sucede cuando se hacen ejercicios de meditación.

"Entonces, usted y Laura son amigos. ¿Esta amistad va a alguna parte?" pregunta la inspectora jefe.

Bueno, ese es un interesante giro de los acontecimientos. "¿Hacia dónde conduce esta línea de preguntas, que ahora no suena demasiado 'oficial'?" me pregunto. Oye, cuando estés en Roma, ya sabes qué hacer.

"Creo que estamos en etapas muy tempranas. De hecho, sólo cenamos una vez en el *Royal @ Bondi*, que parece ser el lugar 'in' de Bondi, y ahora espero su regreso para continuar con nuestra 'amistad'. ¿Por qué lo pregunta?". Le pregunté a la inspectora jefe.

"Bueno Danny, ¿te importa si te llamo Danny? Laura y yo fuimos juntas a la universidad y tomamos dos cursos juntas: Psicología Humana y Ejecución Efectiva de la Estrategia Organizacional. Éramos, se podría decir, compañeras de estudio". Compartió La inspectora jefe muy relajada.

"Sí, inspectora jefe, puede llamarme Danny", dije. Vaya, oh, vaya, creo.

"Eso es bueno. Eso es todo lo que tengo por el momento. Estaré en contacto si necesito más información".

Rápidamente se giró, abrió la puerta y, ¿estás listo para esta sorpresa? ¡me guiñó un ojo mientras salía de la tienda!

De pie fuera del escaparate, vi a la inspectora jefe y a Cassell en una discusión breve y que parecía intensa. Pero entonces, una sonrisa apareció en el detective Cassell y ambos se alejaron. Si hay algo que creo saber, es no confiar nunca en un policía sonriente y semi corrupto, categoría en la que entra Cassell. Lo siguiente que sé, es que nunca debo caer en un modo de autoconfianza con una mujer policía, porque tiene una brújula moral más alta y, sin embargo, la inspectora jefe Wendy Montague presenta un interesante estudio contradictorio.

Sacando el teléfono del bolsillo llamo a Alessia.

"Daniel, qué lindo que llamas. Estoy a punto de salir de la biblioteca por el día. ¿Cómo estás hoy, cariño?".

"Estoy muy bien y me pregunto si esta noche querrás ver una película. Ya está en marcha la película de Aretha Franklin con Jennifer Hudson interpretando a la Reina del Soul. Pensé que esta vez veríamos una película de chicas. ¿Estás dispuesta a ello? Podemos cenar rápido y luego ver el espectáculo nocturno".

"Oh, Danny, eso suena muy bien, pero ya tengo algunos planes para esta noche. Voy a ir a Mosman, a la casa de una amiga para un baby shower. Nos ponemos al día el próximo sábado. ¿Estamos bien con eso?".

"Si seguro. Eso está bien. Un baby shower, dices. Normalmente se hacen por la tarde. ¿Por qué esta noche?".

"Vaya, eres una persona curiosa. Trabaja igual que yo y las tardes son el único momento para nosotras y, por supuesto, para el resto de las chicas. Parece que no confías en mí con esa pregunta, Danny. ¿Confías en mí o no?".

"Por supuesto que confío en ti. Es tan extraño que no pude evitar hacer la pregunta. Perdón si te lastimé con la cuestión. No era mi intención Alessia. Sabes que me importas muchísimo".

"Sé que no fue tu intención, Danny. Yo sé quién eres tú. Fue cómo hiciste la pregunta. El tono de tu voz sonó desconfiado. Eso es todo. Nos vemos luego, ¿de acuerdo?".

"Por supuesto. Te veré más tarde".

Alessia cuelga y no recibo mi beso habitual.

Entre la inspectora jefe Wendy Montague y Alessia, me pregunto en qué medida de la Psicología Humana me encontré hoy.

NO ES MI NOCHE DE SUERTE

La reunión de esta mañana con el detective Cassell y la inspectora jefe Wendy Montague, especialmente la inspectora jefe, me dio mucho en qué pensar, así que decidí que nada aclara la mente como una buena bebida fría después de la hora de cerrar. Justo antes de cerrar la tienda por ese día, sonó mi pequeño timbre anunciando la última venta del día. Vi entrar al señor Ewan Carmichael.

"Buenas tardes, señor Carmichael. ¿Hay algo en lo que le pueda ayudar?".

"Sí, jovencito, puedes. ¿Ya has decidido vender el periódico Newport News en tu tienda?".

Bueno, el señor Carmichael es olvidadizo o testarudo, y no aceptará mi explicación de por qué no vendo el periódico local, ni ningún periódico, ya que tenemos una bonita agencia de noticias justo al final de la calle.

"No, señor Carmichael, no vendo el Newport News ni ningún otro periódico, ya que tenemos un bonito quiosco justo al final de la calle para eso".

"Bueno, deberías hacerlo, ya que sin duda me resultaría mucho más fácil no tener que caminar todos esos pasos adicionales para recibir las noticias locales. Piénsalo y volveré para ver si has cambiado de opinión. Que tengas una tarde encantadora".

"Que usted también tenga una agradable tarde, señor Carmichael". Respondo mientras lo acompaño hasta la puerta principal y cierro la puerta con llave al concluir el día hábil.

Bueno, eso sin duda hizo que cerrar un viernes fuera más interesante. Entonces, empaqué el poco dinero que reuní en billetes y monedas y los coloqué en mi bolsa de dinero segura, que dejé caer en una de las últimas máquinas de depósito nocturno que quedaban en toda Nueva Gales del Sur (todavía tengo que probar el nuevo dinero, aceptar depósitos en cajeros automáticos).

Regreso a casa y me meto en la cama para tomar una merecida siesta. Duermo hasta las 8 p. m.

aproximadamente, me levanto, me ducho y me preparo para salir por la noche.

Para mí, una noche de fiesta consiste en ir a *The White Sheep*, nuestro abrevadero local en Northport, y decidir qué comer. Puede que *The White Sheep* sea un pub, pero no tenemos cocinero, tenemos un chef llamado Chuck que hará que Tim y Marta compitan por su dinero. Esta noche quiero algo especial y diferente. El especial fue mi bebida. Le pedí al camarero que me trajera una "margarita de desayuno" que se ha convertido en mi segunda bebida favorita. Una margarita de desayuno contiene tequila, Cointreau, mermelada de naranja seca, jugo de lima fresco y jarabe de agave, y es bastante sabrosa.

Mientras esperaba que llegara la bebida, la multitud del viernes por la noche entró en tropel. Hay unas pocas personas presentes, pero suficientes, para darle al lugar una sensación animada durante las primeras horas de la noche, compuestas en su mayoría, por parejas y algunos solitarios en el bar. El lugar tiene un agradable ambiente, que es una de las razones por las que vuelvo, eso y la comida peculiar que prepara el chef.

La mesera, Maire, me entregó la bebida y me dijo: "Toma, Danny, esta noche deberías probar la bruschetta de entrada que Chuck preparó con durazno y queso de cabra con brotes de ajo encurtidos y un chorrito de miel. Simplemente delicioso, obtienes tres e irán bien con tu bebida".

"Bueno, Chuck siempre tiene una sorpresa. Está bien, trae el plato principal y yo examinaré el menú y te daré mi pedido cuando regreses, ¿qué te parece?".

"Excelente", dijo Maire mientras se giraba para ordenar mi plato principal.

Al mirar el menú, me doy cuenta de que tiene algo que no he probado en mucho tiempo, y definitivamente es algo que rara vez se encuentra en un pub local: pato confitado con champiñones salteados con hinojo y ruibarbo, y una ensalada mixta de judías verdes con nectarinas y almendras tostadas. "Diferente", pensé, y a un precio razonable. Bueno, ya había elegido algo especial y este platillo será algo diferente.

Llega el plato principal y le doy a Maire mi pedido, a lo que ella dice: "Excelente elección, Danny, Chuck estará encantado" y se aleja para hacer el pedido. Por qué Chuck estaría contento no es importante, pero me alegro de poder brindarle algo de felicidad. Lo importante es que la comida esté bien preparada, y estoy seguro de que así será mientras saboreo la bruschetta.

Mientras mastico mi bruschetta, pienso en la conversación con la inspectora jefe y en cómo terminó. Simplemente no me gustó la forma en que ella y el detective Cassell se comportaban fuera de mi escaparate, y mientras masticaba mi última bruschetta, pensé en llamar a Albert.

El teléfono sonó y sonó y, justo cuando estaba a punto de colgar, Albert contesta: "Danny, cariño, estaba en el jacuzzi y olvidé tener mi teléfono móvil a la mano, y salí corriendo a contestar y lo vi. Eras tú y a mi alma le daba felicidad que sonaras. ¿Qué te pasa esta noche?", Albert pregunta alegremente.

"Albert, necesito hablar de algo contigo y no quiero hacerlo por teléfono. ¿Qué tal si vienes al *The White Sheep* y te reúnes conmigo para tomar una copa o dos o incluso cenar si aún no has comido?". Yo pregunté.

"Está bien, suena encantador, y traeré a algunas amigas que me gustaría que conocieras. Te veo en una hora. Adiós. ¡Ciao!" y Albert cuelga antes de que le diga que sólo lo quería a él solo para repasar mis pensamientos. Oh, bueno, estoy seguro de que puedo esperar hasta que sus amigas se vayan y entonces podré tener mi conversación con él.

En ese momento Maire saca mi cena en una bonita presentación que, sinceramente, fue una pena comer, pero comí, lo hice y no dejé ni una mota en el plato. Increíblemente, todavía tenía espacio para el postre y, mientras Maire limpiaba, me sugirió que probara el especial: un strudel de mango y coco y, para rematar, con una copa de vino de Alsacia, cuyo toque ácido lo hace perfecto para acompañar el postre. No pude encontrar una objeción a la elección del postre o vino de Maire, así que sonreí, asentí y reconocí su brillantez también.

Salió el postre y no sólo llevaba mango, sino también papaya, coco y piñones, y un poco de mermelada de albaricoque como acompañamiento. Tomando pequeños bocados del postre en medio de un pequeño sorbo de vino, pensé que Tim y Marta tendrían que traer lo mejor de sí mismos a la mesa porque Chuck lo estaba haciendo grandioso esta noche.

Cuando termino el último sorbo de vino, todo el pub entra en modo silencio. Miro y veo a Albert entrar con las dos mujeres más hermosas que he visto en mi vida. Cada una de ellas colgaba de su brazo, y veo que los hombres se las comían con los ojos, mientras que las mujeres debieron haber entrado en un ataque de celos.

Albert, como siempre, se vistió de punta en blanco y esta noche lució un traje hawaiano con un fondo naranja y una variedad floral de piñas y hojas de palma verdes y, además, ¡algunos pájaros tropicales! Agregó una camisa blanca abierta que mostraba su pecho sin pelo y, sólo Albert podía caminar por Northport luciendo tan "ruidoso" y salirse con la suya.

"Danny, cariño. Déjame presentarte a Gabriela y a Mandy. ¡Son nuestras citas para esta noche!".

Gabriela fue la primera en extenderme la mano, la cual tomé y besé. Llevaba un vestido sin tirantes de color azul neón y verde con hojas caprichosas y tropicales, lo que le daba una combinación perfecta con el traje de Albert. Su largo cabello castaño caía sobre su hombro y la hacía lucir bastante atractiva.

Mandy fue la siguiente, y cuando también le di un beso en la mano extendida, ella se río un poco, lo que la hizo aún más atractiva, con su vestido sin mangas a cuadros, en colores pastel, que la hacía lucir como la chica de al lado en un pequeño pueblo del sur de Georgia, EE. UU. Me dieron ganas de decir en voz alta: "Bendito sea su corazón". Ella estaba simplemente deliciosa. Después de todo, ésta podría ser una noche interesante ya que nunca pensé que Albert jugara en mi equipo, pero nunca se sabe estos días.

Albert se hizo cargo e inmediatamente comenzó a pedir bebidas para las damas y para él y, al notar que ya había cenado, me ofreció un jerez Harveys Bristol Cream que tomé con mucho gusto. Gabriela se sentó a mi izquierda y Mandy a mi derecha y Albert frente a mí, y antes de que te des cuenta, pasó la primera hora y luego la segunda y luego la tercera. Por mi parte, me estaba emborrachando, mientras mis Harveys venían en un vaso pequeño y todavía tenían un gran contenido de alcohol, pero no estaba preocupado. Puedo caminar a casa, pero noté que tanto Gabriela como Mandy aguantaban bien el licor mientras Albert ya se estaba desmoronando conmigo.

De repente, sentí la mano de Mandy en mi pierna buscando el santo grial. Me tomó por sorpresa y salté un poco, lo que hizo que Mandy se riera a carcajadas y mirara a Gabriela. Mandy luego dijo: "Ven Gabby, vayamos al tocador para refrescarnos y dejar que los chicos hablen un poco". Me levanté para permitir su partida y ellas se rieron y sonrieron mientras se dirigían al baño.

Le dije a Albert lo que Mandy buscaba debajo de la mesa y le dije: "Albert, amigo mío, te has superado con estas dos hermosas damas. ¡Creo que tu chico Danny se lo pasará bien en Northport esta noche!". Mientras bebía el último de mis Harvey Bristol Cream.

"Danny, querido. Sabes que estas dos 'damas' son chicos, ¿no?", dice un Albert borracho.

"¿Qué? No, no puede ser. ¡Mandy acaba de insinuarse!". Casi le grité a Albert.

"Bueno, sí, querido Danny, son dos imitadoras del espectáculo en el Pequeño Loro de la Cruz. Son muy divertidas, ¿no?"

"Albert, Mandy está coqueteando conmigo, lo sabes, ¿verdad?" exclamé.

"¿Qué puedo decir, Danny? Eres un hombre guapo. Por supuesto, Mandy te coquetearía. Yo no la culpo. ¡Ahora tengo que ir al baño porque estoy a punto de explotar!", mientras se levanta de la mesa y se tambalea hacia la puerta del baño.

En ese momento regresan Gabriela y Mandy. Necesito entender lo que está pasando y poner fin a cualquier idea errónea, así que le pregunto a Mandy: "Mandy, Albert me acaba de decir que tú y Gabriela son imitadores femeninos del Pequeño Loro de la Cruz. ¿Por qué diablos estás coqueteando conmigo? Yo no me balanceo de esa manera". Soné fuerte, confiado y seguro de mí mismo.

Mandy simplemente toma mi mano y dice: "Danny, ¿realmente dime si eso importa?" y tenía la sonrisa más radiante que jamás haya visto en una mujer, quiero decir en un hombre.

"Sí, importa Mandy. Me gustan las mujeres genuinas, así que lamento si tuviste una impresión equivocada durante la noche. Simplemente no me di cuenta de que en realidad no eras una mujer. O tú Gabriela, seguro que eres hermosa, pero lo siento, no es quien soy".

"Está bien Danny, ambas lo entendemos. Gabriela y yo pensamos que esta noche podríamos tener suerte, pero no fue así". Entonces, ambos se levantan rápidamente, me dan un beso grande y húmedo en cada una de mis mejillas y salen del *The White Sheep* dejando a muchos hombres preguntándose por qué no me iba con ellas, y a las mujeres "reales" en el lugar, felices de verlas partir.

Albert regresó del baño, está borracho y se planta en la silla, mira a su alrededor y dice: "¿Dónde están Gabriela y Mandy? ¡Pensé que íbamos a tener suerte esta noche!".

Le hago un gesto a Marie con la señal internacional para la cuenta y le doy mi tarjeta de crédito para pagar mi comida y todas las bebidas que Albert ordenó, y ayudo a Albert a levantarse.

"Oye, Danny, cariño, ¿me acompañarás hasta mi auto? Está justo al lado del aparcamiento trasero".

"No, te acompañaré a mi casa y te dejaré dormir en el sofá esta noche. No estás en condiciones de ponerte al volante de un auto", dije.

"Pero Danny, estoy bien, de verdad que lo estoy. ¿Tomé uno de más o fueron dos de más? Ya lo olvidé. ¿Dónde están Gabriela y Mandy? Pensé que íbamos a tener suerte esta noche".

Mientras apoyo a Albert y camino por Main Street hacia mi casa, creo que nunca pude compartir mis preocupaciones sobre la inspectora jefe Wendy Montague con Albert y "tampoco tuve suerte", como Albert seguía señalando, así que supongo que no fue mi noche de suerte.

¡CITA DOBLE!

Los sábados por la mañana, como de costumbre, generalmente me levanto a las 7 a. m. y tengo una mañana tranquila con un desayuno caliente, mientras escucho otra estación antigua en Northport, Vintage 99, y luego me preparo para abrir mi tienda y tener un día rentable.

Este sábado por la mañana fue un poco diferente, cuando me desperté y fui a la cocina, vi a Albert preparándonos el desayuno, o eso dijo. Anoche le pedí a Albert que se reuniera conmigo en *The White Sheep* para discutir algunos pensamientos que tenía, y Albert apareció con dos de las imitadoras femeninas más hermosas que jamás haya visto y, bueno, la velada transcurrió de una manera que no esperaba. Albert había bebido lo suficiente como para todo el equipo de Cocodrilos del Sudoeste en una noche, y no podía dejar que condujera solo a casa, así que se quedó conmigo. No esperaba que estuviera despierto y alerta tan temprano en la mañana.

"Buenos días, Danny, cariño. Estoy preparándonos el desayuno con los limitados condimentos que tienes en este pequeño lugar al que llamas hogar. Espero que te gusten los básicos. Estoy haciendo huevos revueltos, tocino y tostadas. También me hice un café con ese horrible instantáneo que llamas café. ¿Por qué no vas y te compras una máquina de café de verdad? Puedes permitírtelo, lo sé. ¿Quieres que te haga uno? Por favor, siéntate en el mostrador, será más fácil llevarte el desayuno y servirte una taza de café", pide Albert, sonriendo.

"Buenos días, Albert. No, lo que estás haciendo está bien y sí, un café con nata y tres de azúcar estaría genial". Digo mientras me siento en la barra del desayuno y noto que Albert está en ropa interior (pantalones cortos rosas).

"Excelente. Estarán listos en un santiamén. Muchas gracias por invitarme a quedarme anoche. Estoy seguro de que habría llegado a casa, pero fue agradable que te importara lo suficiente como para quedarme contigo. Sin embargo, no estoy seguro de qué pasó con Mandy y Gabriela. ¿Las molesté?".

"No, no las molestaste, Albert. Hablé con Mandy y después de que ella se dio cuenta de que no me gustaba, ella y Gabriela se fueron. Espero que no te moleste por estropearte la velada".

"No. No estoy molesto, para ser honesto. La noche está borrosa y de todos modos no estoy seguro de qué iba a pasar. En cualquier caso, aquí está nuestro desayuno". Mientras Albert coloca los platos en el mostrador y camina para sentarse a mi lado y disfrutar de su desayuno creativo.

Resultó que los huevos revueltos de Albert eran una especie de delicia gourmet. Si bien dijo que mi cocina era limitada ya que mi despensa no tenía mucho de qué hablar, aún podía encontrar mayonesa, queso parmesano, mantequilla y albahaca fresca y preparar un delicioso desayuno que ambos devoramos.

Ambos terminamos nuestros platos y Albert rodea el mostrador, nos sirve otra taza de café y se queda allí y dice: "¿Por qué me llamaste anoche cuando me pediste que fuera al *The White Sheep*?".

Intoxicado o no, Albert al menos recordó que lo había llamado para hablar de algo, así que decidí que ahora era un buen momento ya que no tenía que abrir la tienda hoy hasta las 10 a.m.

Profundizando directamente en el tema, le expliqué a Albert lo que había sucedido, comenzando con la presentación de la inspectora jefe Wendy Montague por parte del detective Cassell, cómo la inspectora jefe conoce bien a Laura Burton y cómo estaban investigando un robo en Majestic Towers cuando nosotros estuvimos allí, en el *Royal @ Bondi*. También le expliqué lo agitados que se pusieron ambos frente a mi ventana, pero cómo, al final, el detective Cassell estaba sonriendo, lo que me hizo reflexionar.

Mientras compartía toda esta información, Albert permaneció allí en ropa interior rosa, sosteniendo su taza de café con ambas manos y mirándome como un wombat frente a los proverbiales faros. No dijo una palabra, ni se movió, ni suspiró ni emitió ningún sonido mientras le describía lo sucedido. Lo más inusual de Albert es que no se agita cuando las cosas estallan a su alrededor. Entonces, cuando terminé, esperé una respuesta.

Albert toma un pequeño sorbo de su café, deja la taza en la encimera, rodea el mostrador, me da un abrazo y dice: "Danny, estamos jodidos. ¡Cassell nos ha descubierto y vamos a ir a la cárcel!".

"Albert, ¿es eso lo que obtuviste de la información que compartí contigo?". No vio la posibilidad de que la inspectora jefe sea una persona razonable y sólo actúe si ve una buena causa para un arresto. No se parece en nada al detective Cassell, que creo que tiene la misión de encontrar algo que nos vincule con los crímenes y que pueda utilizar en su beneficio, no en beneficio de la comunidad.

"No Danny, estamos jodidos y vamos a la cárcel. ¿Qué voy a hacer con mi negocio? ¡Nunca sobreviviré en la cárcel! ¿Has visto los trajes que hacen que la gente use? Atuendos espantosos, simplemente espantosos".

Ahora Albert estaba ganando ritmo siendo básicamente Albert, lo cual era mucho más fácil de aceptar que un "Albert calmado".

"Albert, creo que la inspectora jefe está investigando cualquier posibilidad que pueda conducir a los individuos responsables del robo". Le digo a Albert con un tono de voz seguro.

"Los responsables del robo somos nosotros. Estamos jodidos. Vamos a ir a la cárcel". Albert ahora entra en un poco de frenesí y comienza a caminar por la habitación como si eso le ayudara a calmarse, lo cual sé que no será así.

"Albert, recuerda la noche del robo. Estuviste en la cocina toda la noche. Tuviste testigos que te vieron trabajando duro toda la noche fregando ollas y sartenes. No tienes nada de qué preocuparte". Le aseguro a Albert lo mejor que puedo.

Como si le hubiera quitado un peso de encima, Albert dice: "Tienes razón, Danny, querido. Estoy bien. No iré a la cárcel por esto. ¡Si alguien va, serás tú! Pero espera, dijiste que le diste a la inspectora jefe a Laura como coartada y que pareció estar de acuerdo con eso, ¿verdad?".

"No hay manera de que yo fuera a la cárcel por este robo. La policía ahora estaba buscando sospechosos y parece que soy uno de los sospechosos habituales, según el detective Cassell, que ha unido fuerzas con la inspectora jefe Montague. No estoy seguro de a dónde puede llevar esto, y la conexión entre la inspectora jefe, Laura y yo podría resultar complicada".

Mirando mi reloj, le digo a Albert: "No necesitas preocuparte por nada. Yo me encargaré de todo. Necesito prepararme para abrir mi tienda. Quédate el tiempo que quieras. Hablaré contigo más tarde si tengo noticias de la inspectora jefe o de Cassell. ¿DE ACUERDO? Sabes cómo cerrar y encontrar tu coche, ¿verdad?".

Me vestí rápidamente y terminé un poco antes de las 10:00 a.m., bajé las escaleras para abrir mi tienda y cuando abrí la puerta para bajar, Albert también se vistió y se acercó a la puerta principal y dijo: "Otra vez, Dany cariño, gracias por lo de anoche. Terminé de fregar los platos del desayuno y de ordenar un poco el lugar. ¡Ciao, Danny!".

Después de que Albert sale a buscar su coche y luego a su peluquería, giro mi pequeño cartel hacia el lado de "Estamos abiertos" y espero recibir algunos clientes que hagan que el día sea rentable.

Desde el momento en que abrí la puerta de la tienda y hasta la 1 de la tarde, no entró ni un alma, lo cual no es típico en un sábado, pero poco a poco la gente entró, curioseó e hizo algunas pequeñas compras. Mientras estaba sentado detrás de mi mostrador, mi día se alegró cuando vi a nada menos que Laura M. Burton caminando del brazo de la inspectora jefe Wendy Montague.

"Danny, hola, guapo. Dame un beso". Laura se inclina sobre el mostrador mientras me roba un rápido beso.

"He oído que conoces a Wendy, ¿o vas a llamarla por su título formal: Wendy?" La inspectora jefe se limitó a sonreír y dijo: "Entre nosotros tres, pueden llamarme como quieran", con una gran sonrisa en el rostro. Laura continúa: "De todos modos, Danny, debido al terrible robo en Majestic Towers que afectó terriblemente a mi padre, he estado increíblemente molesta y ocupada, como puedes imaginar".

"Sí, la inspectora jefe, quiero decir Wendy, me lo contó todo el otro día. Lamento mucho saber que este terrible crimen ha impactado a tu familia. Hay gente horrible por ahí. ¿Cuándo regresaste de tu viaje de negocios? Es muy amable de tu parte haber venido", digo, esperando que la conversación no derive más en el robo.

"Sí, te extrañé, y mientras estuve en la ciudad por unos días, estuve ocupada con la compañía de seguros revisando lo que habían robado y llenando un montón de papeleo para ellos, proporcionándoles valoraciones y formularios de tasación, y luego tuve que hablar con la policía de Sídney. Estoy muy contenta de haber conocido a Wendy. Ella ha sido de gran ayuda durante este momento difícil. Mi padre debería haber estado haciendo todo esto, pero entró, fue a la caja fuerte para guardar algo y encontró que faltaban los artículos, y me dejó a mí para que me ocupara de todo ya que tenía que viajar nuevamente a Europa para un par de reuniones de negocios".

Mientras Laura me ha estado relegando con todos los asuntos del seguro, noto que la inspectora jefe toma el folleto del Northport Sunrise Center y echa un vistazo.

"Laura, mira", mientras le entrega el folleto, "¿quizás esto sea algo que ambas podamos hacer en las próximas semanas?" dice la inspectora jefe de manera muy suave tratando de calmar a Laura. No puedo atreverme a llamarla Wendy, no todavía.

Laura lee el volante mientras una enorme sonrisa aparece en su rostro mostrando sus hermosos dientes, e inmediatamente cambia su actitud lúgubre por una mucho más agradable.

"Wendy, qué idea tan maravillosa. Sí, estoy de acuerdo en que deberíamos venir a este evento. No sólo ayudará a una buena causa, sino que también me ayudará a dejar de pensar en este espantoso seguro y robo. Ahora, ¿a quién piensas traer?". Pregunta Laura.

Sin perder el ritmo, la inspectora jefe me mira y dice: "Bueno, pensé que tú y yo podríamos caminar del brazo de este apuesto dueño de tienda que, supongo, irá al evento ya que ofrecerá publicidad gratuita para el mismo. ¿Vas a ir al evento, Danny?", pregunta una sonriente inspectora jefe.

"Oh, Danny, qué maravilloso si vienes al evento con nosotras. Imagínanos caminando de tu brazo, YO por un lado y WENDY por el otro. Serías el centro de atracción, estoy segura. ¡Por favor, Danny, di que sí!", exclama una Laura muy entusiasmada.

¡Qué dilema! ¿O es un dilema? ¡A qué hombre no le encantaría entrar en un establecimiento de cualquier tipo con dos hermosas mujeres, una en cada brazo, y hacer que todos los hombres lo miren y se sorprendan mientras todas las mujeres del lugar se preguntan qué tiene él para atraer a mujeres así! ¿Qué podría decir?

"Será un honor para mí acompañarlas al evento del Northport Sunrise Center". Mientras hago una pequeña reverencia detrás de mi mostrador.

"Excelente", exclama Laura encantada y le guiña un ojo a la inspectora jefe, e inclinándose de nuevo sobre mi mostrador, me da un rápido beso en la mejilla.

"Maravilloso Danny y gracias por aceptar, aunque fue idea mía. Creo que será divertido", dice riendo la inspectora jefe.

"Sí, una cita doble, Danny, una cita doble. ¡Qué podría ser más perfecto! ¿Qué te pondrás, Wendy?". Pregunta Laura.

"Tenemos tiempo para resolver eso. Almorcemos y dejemos que este comerciante honesto se gane la vida", dijo la inspectora jefe con una sonrisa radiante.

"Excelente. Vayamos a *The White Sheep*. Allí se come bien".

Con eso, Laura toma el brazo de Wendy (ve, finalmente me sentí lo suficientemente cómodo como para llamar a la inspectora jefe por su nombre), se da vuelta y se aleja en busca de comida, ambas mujeres simplemente se ríen para sí mismas como si todo hubiera sido planeado.

Fabuloso, pienso para mis adentros, una cita doble, cómo voy a manejar esta situación. Sé que Laura a veces actúa como una chica de dieciséis años, incluso en su forma de hablar, pero la inspectora jefe, bueno, es otro caldo de pescado.

Además, ¿por qué la inspectora jefe, quiero decir Wendy, es tan amigable conmigo? Incluso dijo: "comerciante honesto" delante de mí. ¿Estoy fuera de su lista o es una trampa? Tal vez necesite llamar más tarde y poner una excusa para no asistir. Tal vez necesite investigar más sobre Wendy, o tal vez sea una buena noche después de todo y no suceda nada loco. Quiero decir, es un evento benéfico.

Nuevamente pienso: "¡Qué podría salir mal!".

EL BAILE DEL CENTRO NORTHPORT SUNRISE

Pasan unas semanas y llega el gran día. Sí, el baile del Northport Sunrise Center es esta noche, e hice un desastre.

Primero, Albert sugirió que tuviera una cita doble con él, y antes de que pudiera responder, supuso que había aceptado su oferta.

En segundo lugar, Laura Barton y Wendy Montague también tienen una cita. Decidí que, si bien parecen más relajadas con nuestra nueva "relación", no confío en ninguna de las mujeres y me engañaron para tener una cita doble con ellas, así que necesito llamar a Albert, tratar de explicarle y decepcionarlo fácilmente.

Después de muchos intentos de llamarlo a su lugar de trabajo y dejarle más de una docena de mensajes en su teléfono móvil, Albert aún no me ha devuelto las llamadas. Supongo que tendré que enfrentarme a él en el baile.

Habiendo acordado reunirme con Laura y la inspectora jefe en el baile, cerré por el día. Afortunadamente, el baile es un sábado, lo que significa que mi tienda cierra a las 3 p. m., lo que me da suficiente tiempo para descansar, refrescarme y llegar al baile, que se supone comienza a las 7 p. m. hasta tarde.

El baile del centro Northport Sunrise se llevará a cabo justo en el centro. El centro está a 10 minutos a pie de mi tienda, así que supongo que no debo preocuparme por tomar unas copas esta noche, pero no demasiadas, ya que no estoy seguro de adónde podría conducir mi "cita doble" con Laura y la inspectora jefe. Luego, está Albert apareciendo y poniéndose furioso desde que lo dejé en el aire con nuestra "cita doble", lo cual es muy posible.

Habiendo tenido algunas semanas para arreglarme, gasté unos dólares en un esmoquin nuevo, lo cual Albert insistió en que hiciera, e incluso concertó una cita con un sastre para mí. Espero impresionar a cualquiera que asista al baile. Nunca le mencioné el baile a Alessia, porque creo que habría sido una catástrofe para mí entrar con Alessia y luego que Laura y la inspectora jefe llegaran y me vieran con Alessia.

Agrega a Albert y nuestra cita doble y, bueno, no puedo imaginar cómo sería.

Mi relación con Laura es extraña. Albert y yo "adquirimos" algunas monedas de valor incalculable de la bóveda del padre de Laura en Majestic Towers, y desde ese momento, supe que Laura y la inspectora jefe, a través de la presentación del detective Cassell, se "conocían". Desde la presentación, también me enteré del hecho de que Laura y la inspectora eran estudiantes en la misma universidad durante el mismo período, se conocían y desarrollaron una amistad muy íntima. He visto algunos de estos matices con frecuencia, y durante una conversación con la inspectora, su tono de voz y su actitud hacia mí, se transformaron una vez que mencioné que conocía a Laura. Bueno, eso es, al menos, lo que he visto y sentido.

Una mirada rápida al espejo y debo admitir que me veo bien. Salgo por la puerta trasera de mi unidad encima de mi tienda y entro al estacionamiento, camino alrededor de la cuadra y me dirijo hacia el Newport Sunrise Center.

Hace unas semanas, un joven llamado Peter Bozeman entró en mi tienda y dejó un puñado de folletos sobre el baile, y desde ese momento cada cliente que entró en la tienda recogió un folleto e hizo comentarios. Así fue como Albert, Laura y el inspector se enteraron del suceso. Originalmente, estaba planeando asistir de una manera muy discreta, proporcionando un artículo para la subasta y tal vez tomando un bocado rápido y una bebida, tal vez donando o pujando por un artículo de la subasta y escabulléndome de allí, pero ahora parece que va a ser una gran velada y estaré a merced de Laura, la inspectora y Albert.

Al llegar al centro, hago una rápida inspección general del edificio. El propósito del baile es recaudar fondos para comprar el edificio y mejorarlo para que puedan brindarse más servicios a los niños necesitados y fugitivos durante un momento difícil de sus vidas. Mi idea de una donación era hacer una donación pequeña, pero mirando el edificio y después de investigar lo que hace el centro, siento que una donación de 6 cifras, y eso incluye el punto decimal, podría ser más inmediata, y eso está encima de mi oferta del artículo de la subasta valorada en 24.500 dólares.

Al entrar y registrarme, veo que los voluntarios del centro lo han adornado de una manera muy festiva. Hay globos por todos lados. No parece llamativo ni infantil, y por todo el salón hay flores en hermosos jarrones. Las mesas atendidas por voluntarios vestidos con esmoquin y vestidos largos sirven ponche y refrescos, mientras que un puesto de bar solitario está actualmente inundado de hombres y mujeres reuniendo un poco de las cosas duras que, según veo, son de pago por uso. Tiene sentido. ¿Por qué gastar más en licor cuando la gente beberá de todos modos si se les permite?

Tomando y pagando mi cerveza favorita, una Great Northern Super Crisp, me mezclé y miré a las personas que ya estaban presentes, mientras mantenía un ojo tanto para Albert como para nuestras citas dobles y para Laura y la inspectora jefe. Paso por una mesa con un hermoso jarrón con dos corazones entrelazados grabados y cristales de Swarovski aplicados a mano, con rosas rosas, recojo la tarjeta y veo la inscripción y el nombre: *"Donado por la floristería Pink Petals de Ophelia"* y dibujo una gran sonrisa. Marcelo y Allison se están metiendo mucho en la publicidad del negocio.

"¡Danny! ¡Lo hiciste! Me alegro mucho de que pudieras venir". Me giro cuando escucho decir a Peter Bozeman.

"Hola Peter. Te dije que estaría aquí y aquí estoy", proclamo.

"Danny, déjame presentarte a mi madre, la señora Phyllis Bozeman y directora del Northport Sunrise Center. Madre, él es Daniel Monk, propietario de *Village Books & Stuff* y el primer establecimiento que me permitió colocar los folletos del centro en su tienda".

La señora Bozeman es una mujer muy atractiva de poco más de cuarenta años. Parece una mujer segura de sí misma, fuerte, decidida, con un buen grado de dominio de sí misma y un intelecto agudo, y ni siquiera ha hablado. Ella emana éxito y poder. Me gusta eso en una mujer. Peter no se parecía en nada a ella, por lo que debe haber recibido todos sus genes del lado paterno.

Tomando la mano de la señora Bozeman, declaré: "Un placer, señora Bozeman. Decoró el lugar para este baile. Vi la pequeña banda y la pista de baile. Creo que están esperando una buena multitud y una noche divertida".

"Así es, la estamos esperando señor Monk. Recibí más de 100 confirmaciones de asistencia y la mayoría de ellas provienen de personas adineradas de todo Sídney. Parece que su tienda es muy frecuentada por algunos de los altos y poderosos de Sídney", dijo encantada la señora Bozeman.

"Oh, yo no diría eso. Da la casualidad de que he podido establecerme en Northport como un buen proveedor de suministros de oficina, tarjetas de regalo, una excelente variedad de los mejores bolígrafos para escribir y una gran oferta de los libros más vendidos del momento. Agregue a esta mezcla la amplia gama de libros antiguos que hacen de mi tienda un hervidero de artículos maravillosos. Entonces puedo cubrir muchas bases. La clientela es local y, como usted dijo señora Bozeman, de todo Sídney. Cada uno con su propia necesidad única, que trato de satisfacer", respondí, tomando un rápido sorbo de mi cerveza.

"Bueno, me alegro de que lo hayas logrado. Por favor mézclate y diviértete. Nos vemos", dijo la señora Bozeman mientras se deslizaba entre la multitud.

"Ella es una maravilla, ¿verdad Danny?", pregunta Peter.

"Oh, sí", digo.

"Bueno, yo también voy a socializar y a seguir haciendo la presentación. Nos vemos. Será una gran velada". Y, al igual que su madre, también Peter se escabulle.

Continúo observando a la gente entrar y no puedo reconocer a muchos de ellos, pero puedo decir, por su expresión facial, su comportamiento general y la forma en que desfilan hacia el centro, que todas estas personas tienen dinero. Montones y montones de dinero.

Ahora entran algunas caras conocidas. Primero, Timothée y Marta Bené, que me ven y se acercan corriendo.

"Hola Danny, es un placer verte por aquí. ¿Cómo estás? ¿Estás pujando por algún artículo?", dice Marta.

"Hola, Marta", digo mientras estrecho la mano de Timothée. "No, he donado una primera edición del libro firmado por Fidel Castro. ¿Están pensando en ofertar también?".

"No", dijo Timothée. "Pensamos que el baile atraería a algunas personas importantes, así que pensamos en asistir, presentarnos, relacionarnos y hacerle saber a la gente que haremos nuestra gran inauguración el próximo viernes de Petite Maison. Deberías venir, Danny".

"Si tuviera una cita, lo haría, pero de esta manera tienes una mesa más disponible para sentar a la gente. Por cierto, buena suerte el viernes. Albert y yo pasaremos por aquí la semana después de la gran inauguración y podrás contarnos todo, ¿vale?".

"Por supuesto, Danny, nos vemos pronto", dijo Marta mientras recibía un besito rápido en la mejilla.

Mientras Timothée y Marta Bené empiezan a mezclarse, veo a Frederick Holloway, propietario de *The White Sheep*. También están Barry y Michelle Carmichael de *River City Diamonds* y Arnie Kimball de *Northport Stamp and Coin Shop* e incluso veo al Sr. Ewan Carmichael acompañado por un hombre más joven y ambos se acercan. El señor Carmichael dijo: "¿Sigues pensando en mi propuesta de llevar el Newport News a tu tienda?".

"No, señor Carmichael. Como le mencioné antes, en varias ocasiones, no es necesario que venda el Newport News cuando tenemos un quiosco en perfecto estado al final de la calle".

"Está bien, te daré más tiempo. Disfruta del baile".

No podía creer la audacia del hombre, pero realmente admiraba su perseverancia. Entonces seguí observando a la multitud que parecía llenar el centro. Todavía tenía que encontrar a Albert o Laura y la inspectora jefe. Un vistazo rápido a mi reloj y veo que son las 8:40 p.m. y veo a la Sra. Bozeman dirigiéndose al escenario para hacer un anuncio y, justo antes de hablar, aparece Albert en todo su esplendor con nuestras "citas" en sus brazos.

"Vaya", pienso para mis adentros. Albert realmente se ha pasado de la raya, pero primero, nuestras "citas dobles" cuelgan de sus brazos, y esas caras también las reconozco. Con vestidos de noche largos, nuestras citas dobles lucen deslumbrantes.

Primero, Gabriela entró con un vestido color rubor muy claro que la hacía lucir espectacular. Parecía que lo hacían de crepé elástico. Tiene un escote de un solo hombro con un ingenioso fruncido y bordado de pedrería. Es una falda amplia de corte A en la que el dobladillo cae hasta el suelo, con una ligera cola en la espalda.

En segundo lugar, Mandy lucía tan deslumbrante como Gabriela, con su sensual, pero vibrante vestido esculpido, que también presentaba un escote asimétrico y le ofrecía a Mandy su silueta de cuerpo entero, que agregaba una estela que llegaba hasta el suelo para darle más dramatismo.

Albert, oh sí, Albert. Albert entra vistiendo un esmoquin nuevo que puedo ver que es del estilo de Versace. El llamativo estampado rojo y negro está confeccionado en algodón y seda y está adornado con el estampado barroco en tono dorado característico de Versace. Con solapas de muesca, mangas largas, puños con botones, cierre de botones en la parte delantera y bolsillos laterales, Albert luce completamente a gusto en la atmósfera más discreta de los esmóquines negros que parecen flotar en el centro.

"Danny, querido, te encontramos. Te ves tremendamente insulso con tu nuevo esmoquin. ¡Lindo!".

"Bueno, Albert, ¡te ves insulso pero estelar! Gabriela, Mandy, es un placer verlas de nuevo".

En una fracción de segundo, tanto Gabriela como Mandy me acorralaron y cada una me dio un suave beso en las mejillas.

"Me alegro de verte, Danny", dijeron ambas "damas" simultáneamente.

"Albert, ¿puedo hablar contigo un momento en privado?". Mientras agarro uno de los brazos de Albert y lo alejo en tanto que Gabriela y Mandy se dirigen a la barra.

"Claro Danny, muchacho, ¿qué pasa?".

"Lo que pasa, Albert, es que nunca devolviste mis muchas llamadas y ahora estoy en un aprieto".

"¿Cómo, Danny? ¿Cómo estás en un aprieto?".

"Bueno, tengo un libro doble para esta noche. Laura Barton y la inspectora jefe también vendrán al baile esta noche y me hicieron su "cita", así que, si hubieras respondido a mis llamadas telefónicas, no estaría en esta situación".

"Oh, no te preocupes, cariño. Estoy seguro de que puedo manejar a ambas 'damas', especialmente después de que tomaron un par de copas esta noche. Además, les pedí que vinieran por mí, no por ti. Saben cuál es tu posición", dijo Albert con una pequeña sonrisa en su rostro.

Como por providencia, el centro parece calmarse, y Laura y la inspectora jefe entran y me quedo boquiabierto.

Laura entra, luciendo fabulosa con lo que tiene que ser un vestido de Alex Perry, entre maximalismo y minimalismo. Decenas de lentejuelas moradas y doradas contrastaban la silueta de Laura y, con un corpiño ajustado sin tirantes, cintura ceñida y falda columna, Laura se convierte en el centro de atención de inmediato.

No muy lejos está la inspectora. La inspectora jefe Montague está vestida con lo que debe describirse como elegancia refinada con su vestido negro. El largo contorno de la columna del cuerpo de la inspectora jefe está acentuado con correas de eslabones de cadena y paneles color crema, que llaman la atención sobre su pequeña cintura.

"Tengo que irme, Albert. Ahí están mis citas", mientras me apresuro a encontrarme con Laura y la inspectora.

"Continúa, cariño. Yo me ocuparé de Gabriela y Mandy. Diviértete. No te metas en problemas. Te veré mientras me relaciono. Te amo", exclama Albert mientras también camina hacia el bar para ponerse en contacto con el ambiente de la noche.

"Wow, Laura, te ves increíble", mientras me acerco.

"Tú también luces muy elegante, Danny", responde ella.

"Hola, Danny", dice la inspectora.

"Buenas noches, inspectora jefe. ¡Tú también luces deslumbrantes!"

"Ahora, Danny, te dije que cuando no esté en asuntos policiales me llames Wendy, y esta noche no es asunto policial, ¿de acuerdo?".

"Bien, está bien, Wendy, no lo es. ¿Puedo traerles algunas bebidas?".

"No, Laura y yo conseguiremos algo. Tú quédate atrás y míranos un poco, ¿de acuerdo?", dice una Wendy sonriente mientras agarra a Laura del brazo y se dirige a la barra.

Me quedo ahí mirándolas dirigirse a la barra y empiezo a preguntarme qué estarán haciendo esas dos esta noche. La velada parece progresar muy bien, porque oigo la voz de la señora Bozeman recitar los nombres de muchas organizaciones e individuos que han contribuido a las festividades de la noche mediante donaciones para la subasta, y el hecho de que la subasta comenzará dentro de poco, en diez minutos. Mientras escucho a la señora Bozeman, la multitud se reúne frente al escenario para tener una mejor vista de lo que se va a subastar, así que también me acerco al frente cuando un golpe en mi hombro me hace detenerme.

"Buenas noches, Monk. Qué casualidad verte aquí".

Me doy vuelta y allí, con su desaliñado traje gris, está el detective Malcolm Cassell. Maldita sea, ¿qué está haciendo aquí?

"Detective Cassell. Sí, me alegro de encontrarte aquí también. ¿Qué te trae a las festividades de esta noche? ¿Estás en un caso, o estás aquí para ofrecer una oferta?".

Una suave risa sale de su boca. "No, la inspectora jefe me pidió que viniera y me asegurara de que tú te portaras bien esta noche".

"¿En verdad? ¿La inspectora jefe cree que esta noche me portaré mal?".

"Está bien, ella realmente no dijo eso, pero pensó que yo debería estar presente, ya que hay muchas personas influyentes aquí esta noche, y algunas de ellas viven en el área del consejo de Sídney, que es donde trabaja la inspectora jefe, y ella simplemente quería estar segura de que tenía un respaldo en caso de que sucediera algo".

"¿Qué crees que pasará esta noche, detective? Es una reunión amistosa por una buena causa, y si bien todas las personas aquí parecen tener una buena situación financiera en la comunidad, no traen maletas con dinero para ofertar por ninguno de los artículos de la subasta. Estoy seguro de que serán buenos para su oferta si ganan. No espero un robo a mano armada esta noche. ¿Tú?".

"No, no lo hago. Sólo cállate. A veces hablas demasiado Monk. Bueno, me quedaré un rato durante la noche. Nos vemos, Monk. ¡Tengo mis ojos puestos en ti!", dice riendo mientras se aleja hacia la ponchera.

"Fabuloso", pienso para mis adentros. "Alguien más a quien cuidar esta noche".

De nuevo, recibo un golpe en mi hombro y Albert sostiene dos bebidas.

"Aquí, Danny. Te traje una bebida".

Mirando el extraño brebaje pregunto: "¿Qué me trajiste, Albert?".

"El camarero dijo que tiene un nombre muy sexy, el Martini 'Porn Star'. Es un cóctel de vodka de maracuyá y vainilla servido con un trago de Prosecco. Estoy seguro de que encajará perfectamente con las festividades de esta noche y sus consecuencias. Mientras tomo un 'Aviation', que es un cóctel de color lavanda elaborado con crema de violeta, licor de marrasquino, ginebra y jugo de limón". De nuevo, Albert sonríe con satisfacción.

Tomé un sorbo rápido y encontré que "Porn Star" era encantador, pero también pensé que, si bien no parece peligroso, estoy seguro de que después de beber algunos de estos durante la noche, afectarán mis sentidos. Escucho a Albert continuar su conversación: "Danny, ¿ves a toda esta gente rica e importante aquí? Me enteré de algunos chismes sobre algunos de los asistentes. ¿Quieres escuchar?".

Antes de que pudiera decir sí o no, Albert empezó.

"Oh, he hablado o conozco a muchas personas aquí esta noche. Para empezar, están el señor Steven Kelly y la señora Elizabeth Kelly. Poseen el 90% de las acciones ordinarias de Albion Mining, y se dice que valen más de 9.000 millones de dólares cada una. También escuché que el señor Kelly tiene una extensa colección de monedas. Luego, está el señor Jack Nguyen, propietario de Lorraine Farms, también un ávido coleccionista de monedas. Por último, está Jacqueline Barrett, heredera de la fortuna de Ascot Gold y propietaria de un amplio conjunto de joyas en su repertorio de gemas y burbujas. Inocentemente dejan caer el hecho de que después del baile de esta noche se irán a varios lugares del mundo para pasar las próximas dos semanas. El señor Nguyen regresará a Vietnam para visitar a su familia, y los Kelly se unirán a la señora Barrett en su avión de regreso a Perth, también para visitar a su familia. Parece que estas personas se conocen bien", declara Albert, sonriendo. "En mi opinión, las próximas dos semanas serán una excelente oportunidad para que incrementemos nuestro 'súper sombra'. ¿Qué opinas, Danny?".

"Albert, llevas aquí unos 45 minutos y ya tienes un plan bajo la manga. Hablemos de esta oportunidad la próxima semana, ya que parece que tenemos tiempo, al menos como tú dijiste, un par de semanas si escuché correctamente. ¿No viste al detective Cassell entre la multitud?". Pregunté.

De repente el rostro de Albert se vuelve solemne. "No, no he visto a ese hombre desagradable. ¿Por qué está él aquí?".

"Dijo que la inspectora jefe le pidió que estuviera aquí para asegurarse de que no me portara mal", respondí. "Por cierto, me encantó el Martini que me regalaste".

"No parece preocuparte que la inspectora jefe y el detective Cassell estén aquí esta noche, Danny. ¿Sabes algo que yo no sé?".

"Albert, amigo mío, te preocupas demasiado. Hemos estado escondidos desde nuestra última 'adquisición' de Majestic Towers y trabajando en nuestros negocios legítimos y nuestros futuros proyectos respetuosos de la ley. Somos dos ciudadanos que se ocupan de sus asuntos. Deja de preocuparte y disfruta de la noche. ¿Estás pensando en ofertar por algo esta noche?".

Antes de que Albert pudiera responder, la voz de la señora Bozeman volvió a resonar por todo el centro. "Damas y caballeros, la subasta está a punto de comenzar. Por favor, recopilen su número de subasta y acérquense al escenario para que puedan ver mejor por qué pieza están pujando. Recuerden por qué están aquí y hagan una buena oferta por estos maravillosos artículos donados por muchos establecimientos conocidos en todo Sídney. Recuerden por qué están aquí y asegúrense de saber que yo misma les pediré su donación personal, además de su oferta". Muchos aplaudieron y se rieron cuando dijo eso. Entonces la señora Bozeman dice: "Empecemos".

Cuando comienza la subasta, espero para ver si podía ver a Laura y a Wendy, pero no las veía. La subasta estuvo animada, con artículos presentados y recogidos por los asistentes que ni siquiera parecieron parpadear cuando los dólares de la oferta subieron. Vale, sé que fue por una buena causa y que los artículos subastados eran exquisitos y únicos, pero Dios mío, ser rico nubla el sentido del valor del dinero.

Tomando mi tercer Martini "Porn Star" y afortunadamente no sintiendo los efectos del vodka, veo a Albert, de un humor vertiginoso, agarrar a Gabriela y a Mandy como si fueran un par de muletas, así que estoy seguro de que va a tener una tarde corta. También noto al detective Cassell en la esquina, apoyado en el costado de un gabinete junto a uno de los hermosos arreglos florales de Marcelo y Allison. ¿Sus ojos recorren la habitación, buscando problemas o buscándome a mí? No lo sé.

Una dulce voz interrumpe mis pensamientos: "Hola, extraño. ¿Nos echaste de menos?".

Me giro y allí están Laura y Wendy, luciendo tan increíbles como el momento en que entraron y pareciendo un poco ebrias.

"Hola damas. ¿Dónde has estado? Te perdí de vista".

"Fuimos al tocador para refrescarnos un poco y luego nos dirigimos al frente para ver algunos artículos antes de la subasta. El catálogo impreso simplemente no hizo justicia a los artículos que vimos. Vimos tu contribución. La colección de Fidel Castro parece fascinante. Podría ofertar por eso para la colección de mi padre", dijo Laura.

"Oh. Eso es estupendo. Y usted, jefe…, quiero decir, Wendy, ¿tienes tus ojos puestos en algo aquí?".

"No con mi salario de funcionario público. Vine a mirar, a aprender y ver cómo viven y gastan su dinero los ricos, a estar con Laura y a verte de nuevo, Danny. ¿Te estás divirtiendo?".

Antes de que pueda responder, Laura levanta su abanico de números de oferta. Parece que mi colección está en subasta. La puja aparentemente comenzó en $24,000 y ahora asciende a $29,000 y la oferta aumenta en lotes de $1,000. Observo la intensidad en el rostro de Laura mientras la puja continúa subiendo lentamente. Parecía decidida a seguir cazando, y me preguntaba cuál sería su límite. De repente levantó su abanico una vez más y gritó:

"$39.000". Y si por arte de magia la señora Bozeman preguntara si hay más ofertas. Voy una vez, dos veces y golpeó el mazo y ahora Laura es dueña de mi colección de Fidel Castro por $39,000 dólares. Tras el altísimo panegírico de la oferta, los participantes de la subasta caen en un repentino y estruendoso aplauso, mostrando su agradecimiento por la oferta ganadora. Me alegro de haber pensado en donar la colección al centro.

"Qué maravilloso y emocionante, Laura", dijo Wendy, mientras yo sonreía y pronunciaba un silencioso "felicidades".

Laura parece feliz y se dirige hacia la mesa de registro de la subasta para encargarse de los trámites del pago del artículo. La inspectora jefe se inclina hacia mí y dice: "Bueno, Danny, ¿qué haremos el resto de esta noche ahora que Laura vino y logró todo lo que quería hacer? ¿Tienes alguna idea? Porque si tú no, Laura y yo sí".

Mientras me preparaba para responder la pregunta de Wendy, Laura se acerca a nosotros.

"¡Eso fue fantástico! ¡Qué prisa! ¡Me encantan las subastas! La próxima semana entregarán la colección en casa de mi padre. No puedo esperar para decirle que se lo compré. Estará contento".

"Estoy seguro de que lo estará", dije. ¿Por qué no vino él mismo?".

"Él estará en Londres durante las próximas dos semanas, así que tengo el ático para mí sola. Me preguntaba si todos deberíamos ir allí ahora mismo antes de que las festividades se vean ralentizadas por el impacto de las bebidas. ¿Qué te parece, Danny? ¿Estás a la altura?". Laura miró a Wendy con una expresión sensual en sus ojos.

Conozco a Laura desde hace un tiempo y tengo una buena idea de lo que ella y la inspectora jefe podrían tener en mente para pasar la noche fuera y, siendo un australiano de pura sangre, sentí que estaba a la altura del desafío, tres Martini "Porn Star" o no.

"Sí, vámonos. Recuerdo que la vista desde el ático de Bondi Beach es preciosa".

"Oh, no podrás ver mucho de la vista esta noche, Danny", dijo la inspectora jefe mientras toma mi brazo y Laura el otro, y caminamos hacia la puerta.

Dios mío, Danny. ¿En qué te has metido?

PRIMERA VENTA DEL DÍA

Este lunes por la mañana los sonidos emitidos por el despertador sonaron extremadamente fuertes, aunque sabía que no lo eran. Incluso después de 24 horas de las festividades del baile del Northport Sunrise Center el sábado anterior por la noche, los efectos de las bebidas todavía palpitaban un poco en mi cabeza. Supongo que no soy tan joven como pensaba. Además, las "actividades" adicionales tanto con Laura como con la inspectora jefe, impactaron aún más cómo me sentía esta mañana.

Echando un segundo vistazo al despertador, la hora decía 6:35 a.m., sí, era hora de levantarse y comenzar otro día en la tienda. Después de completar todas las necesidades y de tomar una taza de café, bajé las escaleras, ingresé el código de seguridad para cancelar la alarma de seguridad y encendí las luces de la tienda. Me protegí los ojos un poco hasta que se recuperaron del impacto de las frías luces blancas de la tienda. Miré a mi alrededor y noté que no necesitaba ordenar, caminé hacia mi mostrador, me senté y tomé un largo sorbo de café. Mirando el reloj de pared, la hora mostró que tenía unos buenos 15 minutos antes de tener que acercarme, abrir la puerta principal y girar mi

"Estamos cerrados" a la posición "Estamos abiertos", lo que me dio más tiempo para reflexionar sobre lo que había sucedido después de que salí del baile del Northport Sunrise Center con Laura y la inspectora jefe.

Pensando en esa noche, fue una noche extraña. No estoy seguro de si Laura y la inspectora me utilizaron como juguete, o fue al revés. Todo lo que sé es que después de dejar el evento, llegamos al ático de los padres de Laura en Majestic Towers y la velada avanzó en una dirección que, aunque no me tomó por sorpresa, me dio la sensación de que tal vez esta relación a tres bandas pueda resultar beneficiosa y al mismo tiempo ser peligrosa.

En este punto, creo que necesito salir de esta extraña relación, pero no tengo motivos para hacerlo. Necesitaba un análisis rápido para ver si las ventajas superaban las desventajas. Inmediatamente hice mentalmente un cuadro de mando a favor y en contra.

Ventajas: Bueno, Laura es Laura y me proporciona un entretenimiento excelente en todos los sentidos. Mientras que la inspectora jefe, debería llamarla por su nombre de pila, Wendy, desde anoche realmente nos conocemos mucho más, y esta nueva "amistad" la ha distraído de mis otras "empresas", y ha mantenido alejado al detective Cassell de la espalda de Albert y de la mía desde hace mucho tiempo, aunque él todavía está cerca como un olor desagradable.

Contras: Esta relación con estas dos mujeres es demasiado sensacional para mí. Crean una atmósfera impactante y peligrosa que no quiero que continúe. Me he dado cuenta de que soy un tipo anticuado en lo que respecta a mi relación femenina. Soy un hombre de una sola mujer, si tengo una relación tanto con Laura como con Wendy, esto no me califica como un hombre de "una sola mujer". Además, ya tengo una mujer: Alessia, y cuando pienso detenidamente en esto, ella supera por completo a Laura y a Wendy. Es hora de cancelar estas dos. La pregunta es, ¿cómo?

Entonces, mientras miro mi reloj de pared, veo que ha llegado el momento mágico para abrir la tienda y me acerco y giro mi pequeño cartel a la posición "Estamos abiertos", abro la puerta y vuelvo detrás del mostrador.

Tan pronto como colocó mi taza de café instantáneo debajo del mostrador, Albert hizo sonar el timbre de seguridad.

"Buongiorno tesoro", dijo Albert, mientras rápidamente cerraba mi puerta y giraba mi pequeño cartel a la posición "Estamos cerrados". ¿Por qué hace esto cada vez? Más importante aún, ¿por qué lo dejo?

"Buenos días, Albert. ¿Estamos ahora en modo italiano?".

"Cariño, soy un hombre con muchos talentos. Ya lo sabes, y los idiomas, todos los idiomas, son los idiomas del amor, algunos más que otros, seguro".

"Entonces, ¿qué te trae por aquí esta mañana?".

"¿Has oído el nombre de la señorita Wang Xiu Ying Danny, querido?".

"No precisamente. ¿A dónde te diriges con eso Albert?".

"Danny, querido, la señorita Wang Xiu Ying, es la única heredera del imperio industrial Hulan. ¿Has oído hablar alguna vez de Hulan Industrial?".

Dios, esta va a ser una disertación larga, lo puedo sentir. "No, Albert, nunca oí hablar de Hulan Industrial".

"Cariño, cariño. Déjame dejártelo más claro. ¿Has oído hablar de las marcas: Yuki, Amazonian, Dulcimo, Palomino, Panthers, entre algunas otras?".

"Por supuesto, esas son marcas de zapatos, zapatos de mujer, zapatillas de deporte y ese tipo de cosas. ¿Qué tiene que ver con Hulan Industrial y la señorita Wang Xiu Ying?".

"Bueno, el padre de la señorita Wang Xiu Ying, Zhang, fundó Hulan Industrial en 1999. Hulan Industrial tiene fábricas en China, Filipinas, Vietnam y Santo Domingo, y fabrica todas estas marcas y otras catorce marcas más".

"Está bien, gracias por la actualización de Dun y Bradstreet. ¿Cuál es tu punto, Albert?".

"Bueno, la señorita Wang Xiu Ying estuvo en Sídney y pasó toda la mañana en la tienda de Barry y Michelle Carmichael, ya conoces a los joyeros".

"¿Te refieres a *River City Diamonds*? ¿Qué tiene eso de inusual? Mucha gente va allí".

"Sí, lo hacen, pero ¿se dejan caer $29,500,000 dólares en una mañana?".

"$29,500,000. ¿Qué diablos compraron?".

"Bueno, la señorita Wang Xiu Ying decidió que era necesario gastar los miles de millones de papá y se compró varios collares hermosos. El primero en la lista fue un collar de diamantes briolette de 55.36 quilates conocido como *La Estrella de Malta*, por el que pagó $11,100,000 dólares. Luego, fue y también compró otro collar con un diamante amarillo intenso de 47.12 quilates. Este también está sujeto a una cadena tachonada de diamantes con un precio de $10 millones de dólares. Finalmente, tratando de hacer una trifecta, la señorita Wang Xiu Ying puso sus ojos en un conjunto de collar oblongo de diamantes circulares impecables con un precio impresionante de $8,400,000 dólares. Entonces, los Carmichael tuvieron una venta de $29,500,000 dólares, ¡y ni siquiera era la hora del almuerzo!".

"No es el equivalente a un mal día de ventas".

"De hecho, Danny, de hecho. ¿Sabes dónde guardará la señorita Wang Xiu Ying los collares hasta que regrese a Taiwán dentro de ocho o nueve meses, según los rumores?".

"¿En su bolsillo trasero?".

"Los collares se colocarán en una caja de seguridad en Protector Bóvedas en Sídney. El señor Carmichael va a hacer todos los trámites para una tasación oficial para que la señorita Wang Xiu Ying pueda asegurarlos antes de sacarlos en público. Ella ya ha hecho arreglos para dicha caja de seguridad. Una vez que el papeleo esté hecho, el Sr. Carmichael tomará y colocará los collares en la caja de seguridad para ella y luego le dará la llave para que pueda usarlos para el deleite de su corazón. Se supone que esto llevará entre dos y tres semanas o un poco más. Las columnas de chismes están repletas de rumores de que la señorita Wang Xiu Ying permanecerá en Sídney durante casi un año, por lo que los collares estarán fuera de casa, porque estoy seguro de que la señorita Wang Xiu Ying tendrá varias galas y funciones a las que asistir y los collares estarán puestos en su hermoso cuello. Gracias a Dios por la prensa y las secciones de celebridades, se puede obtener una gran cantidad de información estos días. Luego, están las vanidosas redes sociales en las que la gente contribuye todos los días. ¡Veo una oportunidad Danny, muchacho!".

"¿En realidad? Cómo Alberto, ¿cómo ves esta oportunidad y cómo vas a aprovecharla?".

"Dulzura, por una vez éste será mi plan y tu ejecución, no tu plan y tu ejecución".

"¿Cómo es eso?".

"Simplemente, cuando el Sr. Carmichael salga de Protector Bóvedas, obtienes la llave. Luego le das la llave a la 'nueva' Alessia y ella entra, recoge los collares y me los devuelve para que los deseche".

"Espera, Albert, ¿qué quieres decir con la 'nueva' Alessia?".

"Tranquilo cariño. Voy a regalarle a Alessia un cambio de imagen completo. Estoy pensando en comprarle una peluca negra fina y larga y cambiarle los ojos a un tono verde luna. Le daré una apariencia renovada, cejas, base y corrector, maquillaje para ojos, rubor y color de labios. No la reconocerás tú ni nadie si la captan las cámaras de circuito cerrado de televisión".

"Entonces, una vez que haya regresado, se deshace de la peluca y le quitaré todo el maquillaje. Luego la transformaré nuevamente en una Alessia 'nueva' por segunda vez. Esta vez se hará un corte y peinado con un corte rubio corto en capas, un cambio de color de ojos usando algunas lentes de contacto azul, y una buena coloración usando una paleta neutra que puede incluir melocotón, rosas rosados, cobrizos o marrón claro, que funcionarán para resaltar sus nuevos ojos azules, que ella y yo podemos decidir en ese momento".

Albert continúa: "Una vez terminado, me pondré en contacto con nuestro 'distribuidor', venderé los collares y dividiré la venta, que por cierto debería rondar los $15 millones de dólares o $5 millones de dólares cada uno. ¡Ese sí que es un plan! Todo lo que tienes que hacer es convencer a Alessia para que participe. Fácil, ¿verdad?".

"Ya te has puesto en contacto con nuestro 'distribuidor', ¿no? Por eso sabes que la 'adquisición' nos reportará $15 millones de dólares. ¿Estoy en lo cierto en mi suposición, Albert?".

Una sonrisa maliciosa se dibuja en su rostro y tímidamente dice: "Sí, cariño. Lo hice".

Sabes que la simplicidad del plan de Albert es, bueno, sencillo y debería funcionar. El único problema es que no hay manera de que involucre a Alessia. ¿Qué pensaría de las travesuras en las que hemos estado Albert y yo? Nunca le hablé de nuestras actividades extracurriculares. ¿Cómo reaccionará ella? No, no creo que le pregunte, pero si no es Alessia ¿quién? No es que pueda ir a www.seek.com y poner un anuncio: "Se necesita una delincuente para ayudar en un atraco. ¡Referencias requeridas!".

"Albert, no me siento cómodo involucrando a Alessia".

"Mi cariño, Danny. No hay otra opción. No hay nadie más en quien podamos confiar. La mujer te ama. Puedes verlo en sus ojos. Al menos acércate a ella. Imagínate otros 5 millones de dólares en nuestro 'súper sombra' e incluso, podrías retirarte y llevarla a algún lugar y vivir felices para siempre, ¡como en los cuentos de hadas!".

Sin esperar una respuesta, Albert me lanza un beso, se da vuelta, abre la puerta, gira mi cartel y sale.

Pasaron más de quince minutos. Estoy sentado en mi taburete, todavía aturdido, y mi sistema de seguridad vuelve a vibrar mostrando que ha llegado el primer cliente del día. De repente mi corazón se detiene.

Entra Alessia. Como siempre, ella luce simplemente impresionante. Su sedoso cabello castaño rojizo cae sobre sus hombros y está vestida con una sencilla falda negra y una notable blusa de seda de manga larga y tacones de tamaño mediano. Usando sólo un poco de maquillaje, porque casi no necesitaba ninguno, se acerca al mostrador y su voz fluye como la miel.

"Hola, Danny. ¿Cómo estás hoy?".

"Bueno, buenos días, Alessia. ¿Cómo puedo ayudarte en esta maravillosa mañana?".

"En el baile del Northport Sunrise Center de anoche, se subastó la colección de Fidel Castro. ¿Alguien ganó la subasta? Quería asistir y ofertar, pero no pude asistir. Intenté llamar al Northport Sunrise Center, pero lo único que obtuve fue que el número había sido desconectado, lo cual me pareció extraño. Entonces pasé por allí esta mañana y todas las puertas estaban cerradas. Muy extraño, así que fui a verte porque el catálogo decía que tú habías sido el donante", dijo Alessia con una voz adorable.

Oh, Dios mío. Alessia quería asistir a la subasta de paletas del Northport Sunrise Center y no lo logró. ¡Gracias, mamá por cuidar de mí!

"Eso suena extraño, Alessia, y sí, la colección de Fidel Castro se vendió en la subasta por $39,000 dólares, mucho más que si alguien hubiera entrado en mi tienda y la hubiera comprado. Fue por una causa noble, por lo que no me importó donar la colección. Es una lástima que no hayas podido ir a la subasta", -dije lo más amablemente posible, porque no quería que nada aumentara la conversación sobre el baile y sobre mí, siendo un hombre, diciendo algo equivocado.

"Siempre hay complicaciones en la vida, pero probablemente no habría podido ofertar tanto. Quizás $30,000 dólares hubiera sido mi oferta más alta. Si bien disfruto coleccionando, también me ajusto a un presupuesto", respondió nuevamente la voz angelical.

"Alessia, estás de suerte porque, como sabes, tengo muchos libros antiguos excelentes aquí para que los hojees y los compres. Mira hacia la parte trasera de la tienda y tómate tu tiempo. PD: los clientes especiales obtienen descuentos especiales en esta tienda", le digo guiñándole un ojo.

"Gracias, Danny, haré precisamente eso".

Mientras ella gira y va hacia la parte trasera de la tienda, no puedo evitar disfrutar de su forma mientras flota lentamente hacia la parte posterior, y justo en ese momento, la pequeña alarma de mi puerta suena de nuevo y Albert entra una vez más. ¿Ahora qué?

"Danny, querido, el mundo nos está sonriendo. ¡Tengo noticias para ti!".

Oh, chico.

"Albert, te has ido quince o veinte minutos como máximo, ¿qué pudiste haber averiguado? Habla en voz baja porque Alessia está en la parte trasera de la tienda".

"Básicamente, no hay ningún orden en lo que he dicho, ya que ambas noticias son información dinamita. Primero, recibí la visita del detective Cassell, y me sorprende que no esté aquí hablando contigo al respecto".

"¿Hablarme de qué, Albert?".

"La desaparición de Peter y Phyllis Bozeman. Resulta que Peter no era el hijo de Phyllis, sino su amante, y son estafadores y ladrones profesionales, o eso dijo el detective Cassell, y parece que se marcharon con todos los artículos que subastaron e incluso con los que no fueron subastados. Todo ha desaparecido. Incluyendo el dinero y todos los artículos. La policía calcula el robo en más de 4 millones de dólares, y esa es una estimación conservadora, ya que algunas de las personas adineradas que asistieron al baile transfirieron donaciones adicionales a la cuenta que Phyllis Bozeman les indicó como contribución caritativa. La policía fue notificada de varios robos esta mañana cuando los sirvientes de Kelly's y Ms Barrett's llamaron para decir que habían sido robados. ¿Coincidencia?, digo ¡de ninguna manera! Por una vez, creo que el detective Cassell tiene la vista puesta en otra persona en lugar de en nosotros dos. Cassell incluso insinuó, aunque sea ligeramente, que podrían ser los culpables de todos esos otros robos que siempre pensó que tú y yo cometíamos. Dios mío, ¿quién es esa joven diosa en la parte trasera de la tienda, Danny? ¿Esa es Alessia? ¡Luce fantástica hoy! Dice un Albert exhausto.

"Pues sí mi querido Albert, ella será la futura señora de Danny Monk, si tengo algo que ver con ello. Ahora, dijiste que tenías dos datos, ¿cuál es el segundo?".

"Sabes que te he contado el hecho de que me estoy haciendo demasiado mayor para seguir en el negocio del cabello y he estado pensando en jubilarme, ¿recuerdas?".

"Sí, Albert, recuerdo que me dijiste eso. Especialmente la parte de que eres 'viejo', lo que me hace preguntarme qué tan 'viejo', ya que soy años más joven que tú".

"Semántica cariño, sólo semántica. Déjame terminar, bueno, hablé con mi contador, y él sondeó y adivina qué, ¡Tommy Wynn ha regresado con una oferta para comprar mi pequeño salón!", admite un sonriente Albert.

"Albert, seamos claros. Tu 'pequeño salón' es la peluquería más importante de Sídney, sino de toda Nueva Gales del Sur, por lo que no me sorprende que algunas empresas estén interesadas. Mi primera pregunta es ¿quién es Tommy Wynn? ¿Estás satisfecho con la oferta y estás pensando en ello?", piensa también el hijo de la señora Monk, muy sorprendido.

"¡Ay, cariño, ¡qué poco sabes del negocio del cabello! Tommy Wynn es el propietario de peluquería más grande de toda Australia. Llegó a Australia en 1998, abrió su primer salón y expandió su nombre e imperio a más de 400 salones en todo el país. ¡Es multimillonario! Bueno, tal vez no sea un multimillonario, pero ciertamente hay cientos de millones en su cuenta bancaria. Y sí, la oferta era extraordinariamente atractiva, lo que me emocionó, y la acepté. Quiere que me quede entre tres y seis meses para ayudar en la transición y luego planeo retirarme".

"¡Guau! Estoy tan feliz por ti. ¿A dónde te jubilas? ¿Mosman? ¿Byron Bay?". Pregunto.

"¡Oh, Danny, eres tan local! Estoy pensando en Vietnam, Camboya o Portugal. Los tres países ofrecen un retorno glorioso del cambio del dólar australiano o tienen un bajo costo de vida, o ambas cosas, así que tan pronto como lo decida, te lo haré saber".

"Maldita sea, Albert, vas a vivir fuera del país. ¿Por qué?".

"Es hora de explorar otras aventuras, y con la venta del negocio y nuestro 'súper fondo en la sombra' que hemos construido a lo largo de los años, estaré sumamente cómodo".

Entristecido al escuchar su respuesta, hice una pregunta más: "¿No extrañarás a tus amigos?".

"Por supuesto, te extrañaré, mi dulce muchacho, pero tú, y tal vez la futura señora Monk", le hizo un gesto a

Alessia que seguía mirando los libros, "pueden venir a visitarme. Además, Gabriela y Mandy vendrán conmigo".

Sorprendido por esa afirmación le digo: "Albert, quizás se aprovechen de ti, amigo".

"No Danny, no lo harán. Acordaron venir sólo con la condición de que ambos se encarguen del mantenimiento de la casa, la limpieza, la cocina y el resto, así que yo no haré nada en la casa y ellos obtendrán alojamiento y comida, clasificación, fuera del trato y, además, son muy divertidos en muchos, muchos sentidos", comparte Albert sonriendo.

Perdí a Albert, al menos lo visitaré, ya que yo también tengo amplios fondos en mi propio "súper fondo en la sombra" que ambos construimos a lo largo de los años.

"Albert, amigo mío, no deseo más que lo mejor para ti. Pasarás antes de irte para que podamos celebrar". Declaro.

"Por supuesto, Danny, por supuesto", y señalando con la cabeza hacia la parte trasera de la tienda, "¡qué bella es!, y por favor, por favor, habla con ella lo antes posible sobre la oportunidad de la que hablamos antes". Albert me da un largo beso en los labios, lo que me toma por sorpresa, pero no me importó porque Albert es Albert y es mi mejor y leal amigo y lo extrañaré.

Cuando Albert sale de la tienda, Alessia se me acerca con una primera edición impresa firmada de *"Havana: Dreams a Storey of Cuba"* de Wendy Gimbel. No creo recordar su precio. Tendría que comprobarlo en mi software de inventario.

"Danny, ¿ése era Albert? Él es muy afectuoso".

"¿Qué? Ah, sí, él es muy afectuoso conmigo. Mi mejor, querido y leal amigo Albert. Ahora, ¿cómo puedo ayudarte?".

"Danny, ninguno de tus libros antiguos tiene una etiqueta con un precio. Estoy interesada en este. ¿Cuánto cuesta?".

"Déjame revisar mi computadora. Alessia, dame un momento". Introduje el título en mi computadora y sí, el precio es muy razonable de $50. Le dije: "¡Alessia, hoy es especial! El premio es cero porque te perdiste la subasta".

"Oh Danny, no, no puedes hacer eso. Por favor, déjame pagarlo o dime cómo puedo compensarte por un gesto tan encantador".

"Alessia, ¿qué tal si cenas conmigo en el nuevo restaurante que se inaugurará esta noche, la *Petite Maison*, propiedad del equipo de marido y mujer Timothée y Marta Bené y algunos inversores aquí en Northport? ¿Me harías el honor de asistir conmigo a esta gran inauguración? La gran inauguración es a las 8 p.m. Además, hay algo bastante importante y controvertido de lo que deseo hablarte".

"Qué gentileza. ¡Algo bastante importante y controvertido! Suena intrigante y peligroso. De hecho, estoy fascinada. Sí, Danny, lo haré. Te veré allí si te parece bien".

"Está bien", dije, empaquetando el libro para Alessia y, como siempre, ella rápidamente me dio un beso largo y suave que hizo que mi corazón se acelerara. Tal vez, sólo tal vez ella esté dispuesta a hacer este atraco.

Tan pronto como Alessia se fue, cogí el teléfono fijo, porque me di cuenta de que no había consultado con Timothée ni con Marta y esperaba que todavía hubiera espacio para mí. Cuando Timothée respondió, le expliqué mi situación, y casi pude sentir la sonrisa de Timothée, me aseguró que habría la mejor mesa disponible para mí a las 8 p. m. en *Petite Maison*.

"Danny, recuerda nuestro acuerdo de asociación. Tanto tú como Albert tienen garantía de reserva de por vida en *Petite Maison*. No hay necesidad de explicaciones. Sólo llama y estarás dentro. Nos vemos esta noche".

Ah, había olvidado la condición del acuerdo de asociación. Tal vez me esté haciendo viejo después de todo. Comprobando la hora, noto que son sólo las 11:30 a. m. y todavía tengo que hacer una venta, pero al recibir noticias sobre el detective Cassell, la próxima venta de su negocio por parte de Albert y su pronto retiro, y encabezando esta lista, una cita muy importante con Alessia. Bueno, ya hice mi día, con ventas o sin ventas.

Sabiendo que esta cita no es la primera desde que hemos estado juntos por un tiempo y, especialmente después de nuestra larga conversación en Java Hutt y Alessia pasando toda la noche conmigo en conversaciones largas y profundas, sé que ella no es alguien con quien sólo estoy teniendo una "relación divertida". Alessia no es Laura ni la inspectora jefe Wendy, ni Mary ni algunas de las demás. Alessia es especial, increíblemente especial, porque creo que lo supe cuando le dije que la amo. Sí, me enamoré perdidamente, como dice el viejo cliché.

Entonces, hay dos cosas que tenía que hacer: Primero, necesitaba pensar en qué ponerme esta noche, porque quería que fuera una gran velada; y segundo, todo lo que tengo que hacer es esperar la primera venta del día.

¡MAMÁ, TU DANNY ESTÁ ENAMORADO!

Creo que prepararse para una cita es un arte. Lo primero para empezar es la ducha. Aquí la temperatura del agua es especialmente importante. Por la mañana suelo darme una ducha fría y rápida que me llena de energía para empezar el día, pero por la noche lo mejor es una ducha caliente. En segundo lugar, como no tengo barba, me concentro en mi cabello. Me lavo con champú y acondiciono cada dos días, y hoy es un día de champú y acondicionamiento, lo cual me encanta hacer. Ahora bien, no soy un hombre vanidoso, pero ahora que me he enamorado completamente de esta mujer, un poco más de cuidado será suficiente, creo que después de todo, estoy cortejando (sí, conozco una vieja palabra) a esta mujer y a qué mujer no le gusta dejarse cortejar por un chico limpio y guapo. Oh, basta, Danny, como dijo Carly Simon: "eres tan vanidoso".

Luego, para mi lavado, utilizo un gel de baño de alta calidad al que sigo con mi esponja vegetal, que reemplazo cada tres meses, asegurándome así de que esté siempre limpia y ayudando así a eliminar mejor las células muertas de mi piel y también cualquier olor corporal.

El siguiente paso en la ducha es ese encantador rostro mío. La piel de mi cara, como la de la mayoría de los hombres, es menos dura que la de mi cuerpo, por eso uso un limpiador facial más formulado y menos intenso.

En el último paso, me seco. Primero, me doy palmaditas en la cara con la toalla para secarla y luego, sin mover la toalla de un lado a otro, me peino. Todos los hombres deben saber que el cabello queda frágil después de la ducha y que esa es la ruta más rápida hacia la caída del cabello.

Una vez fuera de la ducha, llega el momento de afeitarse. Mi piel está relajada, los folículos pilosos están suaves y los poros están abiertos después de una ducha caliente, lo que hace que este sea el momento perfecto para afeitarme, porque facilita que la navaja se deslice sobre mi piel. Nuevamente, todos los hombres deberían saber esto, pero la mayoría no lo practica porque todo esto lleva tiempo. Al estar soltero, tengo tiempo. Me pregunto si esto cambiará después de casarte. Probablemente no, supongo.

Así que ahora realizo sólo las últimas adiciones. Un poco de crema hidratante, una revisión rápida para asegurarme de que mis uñas estén cortadas, y luego tomo el secador de pelo, me peino y me seco el cabello al estilo deseado. Hecho. Ahora a elegir la ropa.

Esta noche voy a ser informal, así que me decido por unos pantalones chinos ajustados y elásticos de color salvia, que cubro con una camiseta Pima negra de lana de cordero australiana, y zapatillas de cuero, sin calcetines. Me miro al espejo y lo apruebo.

Tomando mis llaves, salgo por la puerta delantera/trasera y empiezo a caminar hacia *Petite Maison* para mi cita con Alessia.

Marta, que llega unos diez minutos antes, me saluda.

"Danny, qué bueno verte. Timothée me dijo que querías una mesa para esta noche. ¿Finalmente voy a encontrarme con Alessia esta noche?".

Es evidente que Albert ha estado parloteando sobre ella, incluso aquí.

"Timothée mencionó algo sobre una mujer cuando hablé con él, así que supuse que sería Alessia. Sí, Albert estuvo aquí anoche con Gabriela y Mandy y se lo pasó genial y se quedó incluso después de que cerramos, así que también podría haberla mencionado. Timothée y yo tomamos un par de botellas de vino y nos unimos a ellos. ¡Qué gente tan divertida! Debimos habernos quedado despiertos hasta las 3 de la madrugada cuando tuvimos que empujarlo a él y a las niñas hacia la puerta. Teníamos que dormir un poco. Albert parecía no tener ganas de dormir nunca".

"Sí, ese es Albert. Entonces, ¿dónde me quieres esta noche?".

"¿Qué tal si te llevo junto a la ventana grande que da al patio exterior, de esa manera tú y Alessia pueden ver todas las luces que se filtran entre los árboles?".

"Se escucha perfecto. Tráenos el menú cuando ella entre y ¿qué tal mi cerveza favorita mientras la espero?".

"Entendido. Vuelvo pronto".

Mirando mi reloj, noto que son poco más de las 8 p. m., por lo que Alessia llega tarde. En esta época del año, la biblioteca permanece abierta hasta tarde casi todas las noches, y los escritores australianos invitados hablan sobre su publicación reciente. A veces, la biblioteca mostraba un documental corto o una película que duraba más allá de las 8 p. m., hora de cierre, y esta noche probablemente era una de esas noches.

Mirando alrededor de *Petite Maison*, el establecimiento no estaba lleno, pero sí cómodamente espaciado para que todos estuvieran cerca, pero no tanto como para escuchar una conversación. Cuando Albert y yo nos acercamos a Marta y Timothée para proponerles abrir en Northport, les dimos una oferta que no podían rechazar y, aunque no perderíamos nada económicamente, ya que sabíamos que ambos eran excelentes chefs, la condición de abrir en Northport en lugar de Bondi o Leichhardt era un punto brillante, el que, por cierto, se me ocurrió, porque nos dio a Albert y a mí la posibilidad de reservar una mesa con poca antelación en un restaurante que tiene una cocina excelente. Sí, sé que lo olvidé una vez. Por favor, lector, no me recuerdes mis cada vez más viejas células grises.

Al escuchar la voz de Marta, la noto acompañando a Alessia hacia la mesa. Me levanto y espero a que llegue.

"Hola, Danny. Marta me decía que llegaste temprano y aquí estoy haciéndote esperar. Lo siento mucho, pero la película duró un poco más de lo que esperábamos y luego tuvimos que sacar a la gente y cerrar. Espero que te hayas entretenido".

Sonriendo, le respondí. "Sí, me han atendido bien. Veo que Marta no perdió tiempo en presentarse ante ti".

"Bueno, Marta mencionó que Albert no ha estado diciendo más que cosas maravillosas sobre mí".

"Normalmente viene aquí una o dos veces por semana y Marta dijo que cerró el lugar anoche, así que dudo que lo veas esta noche".

Como para llamarme mentiroso, aquí se acerca a la mesa Albert con Gabriela y Mandy colgando de sus brazos. Parece que acaba de levantarse de la cama.

"Danny cariño, qué bueno verte". Albert toma la mano de Alessia y le da un rápido beso en la mejilla antes de que Alessia pueda reaccionar.

Haciendo un gesto hacia la izquierda y luego hacia la derecha, Albert continúa hablando. "Éstas son Gabriela y Mandy, mis amigas más queridas además del querido Danny".

Se intercambia un rápido saludo y Albert continúa con su personalidad grandiosa para hacernos saber que él y las chicas no se unirán a nosotros en nuestra mesa, porque simplemente tomarán un trago rápido en el bar y luego se dirigirán a la ciudad, así Gabriela y Mandy podrán comenzar su espectáculo de cabaré a medianoche.

"Hasta la vista cariños. Alessia, ¡Creo que eres la indicada! Oh, Danny, no lo olvides", mientras mira a Alessia y nos lanza un beso a ambos.

Mientras los vemos dirigirse hacia la barra, Alessia me pregunta: "¿La indicada? ¿La qué Danny? ¿No olvidar qué?".

"Oh, la que ama comprar y coleccionar libros. La que me ama. Le conté todo sobre tu colección de libros y cómo trabajas en la biblioteca. Eso es todo".

"Ah, eso no parecía ser lo que quería decir. ¿Qué has dicho de mí, Danny? Vamos. Sé honesto conmigo".

"Bueno, por supuesto que dije que eras muy amable, inteligente, gentil e inteligente, muy inteligente".

"Caray Danny, me describes como si fuera un cachorro".

"No, no quise decir eso de esa manera. Lo dije todo sinceramente. Él sabe a qué me refiero".

"Sí, Danny, sé lo que quiere decir y también sé lo que tú quieres decir. Parece que algún día deberé tener una conversación con Albert por mi cuenta. Ahora, ¿qué vamos a cenar?".

"Bueno, veamos qué hay en el menú esta noche, ¿de acuerdo?".

Alessia mira el menú. Como siempre, *Petite Maison* tiene su menú habitual, pero a Timothée le encanta preparar varias creaciones especiales y esta noche me llaman la atención dos de ellas.

"Danny, ¿qué tal si pedimos bullabesa y pisto? Suenan deliciosos".

"Sí estoy de acuerdo. Timothée prepara la bullabesa con diversos pescados y mariscos. El menú dice que Timothée ha añadido tomates, aromas del sur de Francia, mostaza y yemas de huevo. Viene con pan y patatas. El pisto será un excelente acompañamiento para la bullabesa. Cuenta conmigo". Respondo alegremente.

Le hice un gesto a Marta para que trajera la carta de vinos y le dije sin mirarla: "Nos decidimos por la bullabesa y el pisto. No me hagas pasar por la carta de vinos. Sé que tienes algo bonito que sugerirme".

"Bueno, recomendaría un Coteaux Varois 2019: Chateau La Calisse Patricia Ortelli White, que es un vino blanco más ligero, elaborado con uva Sauvignon Blanc porque tiene un buen nivel de acidez y agrega algo de personalidad para acompañar el pescado de la bullabesa. Es bastante bueno y es una botella a un precio razonable".

Mirando a Alessia que me hace un gesto con la cabeza le digo: "Bueno, Marta, nos torciste el brazo. Iremos con tus sugerencias".

"Excelente. Enviaré al camarero con tu botella y retiraré el vaso de cerveza".

Sabiendo que esta noche iba a ser increíble, espero hasta que Marta se vaya y luego le pregunto a Alessia: "Entonces, ¿qué hay de nuevo en tu vida?".

"Danny, he estado muy ocupada estos últimos días. Primero, programé varias visitas de autores y firmas de libros. Siguió con varias clases comunitarias que tuve que organizar. Luego tuve que asistir a varias reuniones externas, ya que vamos a ofrecer nuevos servicios técnicos. Organicé dos veces la hora del cuento porque la persona que estaba programada llamó para decir que estaba enferma. Pasé una tarde entera ayudando a un grupo de escritura local a redactar una subvención solicitando fondos para crear un audiolibro de sus historias. Esa ha sido la novedad de la semana pasada y, por supuesto, una cosa más".

"¿Qué es?".

"Tú, cariño. Eres 'la única cosa más' en mi vida. ¿Soy 'lo único más' en el tuyo?".

¡Dios mío, nos estamos poniendo tiernos!

"Lo eres Alessia. Hemos pasado mucho tiempo juntos y aún así parece que no puedo tener suficiente de ti".

Se ríe tanto que deja escapar un bufido y yo me río. Todos en el lugar nos están mirando. Que vean todo lo que quieran porque sé que estoy enamorado.

Dios mío, estoy enamorado.

"¿Qué estás pensando cariño?, miras tan lejos en este momento".

"Alessia, creo que nunca te he dicho que te amo".

"Oh tonto, lo has dicho".

"¿Cuándo dije esas palabras?".

"Primero, al comienzo de nuestra amistad, no saliste y las dijiste. A medida que pasábamos más y más tiempo juntos, me lo demostraste con acciones, no con palabras. Finalmente, te lo dije primero esa mañana en tu tienda, recuerda que Albert estaba allí, y fue entonces cuando me lo dijiste a mí también".

"Vaya, debo estar perdiendo mis células cerebrales. Sí, ahora lo recuerdo, pero déjame decírtelo ahora mismo, Alessia Vassallo, oficialmente otra vez, para que pueda recordarlo: ¡Te amo!".

"Yo también te amo Daniel Monk" y se acerca y toma mi mano.

Pienso para mis adentros que ahora es el momento perfecto para hacerle saber a Alessia por qué está aquí. Comienzo la conversación y entro en una descripción completa y detallada del plan de Albert. El objetivo, el momento, la ejecución, los disfraces, el proceso de adquisición de los collares, la venta de los collares y nuestra recompensa, que compartiremos a partes iguales entre los tres. Todo está dispuesto para ella. Termino y escucho su respuesta.

"Sí, cariño, dulce Danny. Participaré de esta 'adquisición' como tú lo pides. Te amo profundamente".

Sé que estoy enamorado porque escucho el repiqueteo de campanas a mi alrededor y...

"Señor, ¿se encuentra bien?".

Como si algo me hubiera sacado de mi ensueño. Me doy cuenta de que estoy en mi tienda, miro a mi alrededor, y veo a un joven parado frente a mi mostrador. "Sí. ¿puedo ayudarte?". Pregunto.

"Hombre, parecía como si estuviera muy, muy lejos. Sólo vine a ver si vende libros universitarios usados".

"No, no los vendo. Sólo bestsellers y libros de interés general".

"Oh. Estoy estudiando la cultura aborigen y me preguntaba si tenía algún libro usado que pudiera utilizar para un informe".

"De acuerdo. Ven conmigo", y llevo al joven a la parte trasera de la tienda. Abro la estantería de cristal y saco *El pasado aborigen de Sídney. Investigating the Archaeological and Historical Records* de Val Attenbrow y le explico al joven: "Esta segunda edición se basa en las últimas investigaciones históricas, arqueológicas, geológicas, medioambientales y lingüísticas, así como en relatos orales de los aborígenes actuales que revelan la diversidad de la vida aborigen en la región de Sídney antes y durante los primeros treinta años del asentamiento británico. Cuesta $35. ¿Estás interesado?".

"Sí, eso suena genial".

Entonces, caminamos de regreso. Llamo a la venta y vuelvo a la realidad.

Dios mío, rara vez sueño despierto, pero seguramente lo hice en este momento. Miré el reloj de la pared y vi que eran las 5:49 p. m., casi la hora de cerrar y era hora de prepararme para mi cita para cenar con Alessia. Entonces me di cuenta de que no sólo era mi primera venta del día, sino que concluí que le diré a Alessia nuevamente que la amo, esta noche, en la cena.

Ojalá, mi madre, todavía estuviera con nosotros para poder decirle: "¡Mamá, tu Danny está enamorado!".

CONVENCER A ALESSIA

"Ahora que hemos ordenado nuestra cena y bebidas, Danny, por favor, dime en qué parte del mundo estabas cuando entré. Parecía que estabas con los duendes", dice una sonriente Alessia.

"Sí, lo sé. Debí estarlo porque ni siquiera te vi a ti ni a Marta acercarse a la mesa. Debí parecer un zombi o algo peor cuando te acercaste a la mesa". Respondí porque realmente estaba en modo de ensoñación. Mi conversación con Alessia, en el sueño de la tienda, fue muy bien. Esperemos que en esta realidad también vaya bien.

"Estoy preocupada por ti Danny. Primero, esta cena improvisada y el misterio detrás de esas dos palabras: 'importante y controvertida'. Todo parecía enigmático".

"Oh, chico, oh, chico, oh, chico", pensé.

Mi primer pensamiento es: "no ahora". Ahora no es el momento, pero se veía tan hermosa. Su rostro estaba tan ansioso mientras esperaba una respuesta, que decidí confiar en mi instinto y decirle lo que sentía por ella.

"Alessia, hay dos cosas que necesito, no, que quiero decirte y luego te preguntaré la parte polémica. Ten paciencia mientras comparto contigo algo que espero que ya sepas. Primero, te amo con todo mi corazón. Te amé desde el momento en que entraste en mi librería y en mi vida. No sé qué haría sin ti en ella", y con esa afirmación, me levanto y voy hacia ella, tomo su mano y la ayudo a levantarse y a darle a Alessia el beso más largo en el tiempo. Quiero decir, se sintió más largo que ese beso en los créditos de la película *Kids in América* de 2005.

Debió ser todo un espectáculo, porque después de un rato, escuchamos pequeños aplausos de algunos de los clientes de *Petite Maison* aprobando mi acción. Para nada avergonzados, ambos nos sentamos.

"Oh Danny, no sabes lo que esto significa para mí. Tengo los mismos sentimientos por ti y los compartí contigo esa mañana en tu tienda, y también me dijiste cómo te sentiste. He estado en una nube desde entonces. Todo lo que hago es pensar en ti en el trabajo, todo el día. Estoy tan emocionada de que me hayas dicho cómo te sientes. Tan pronto como entré y vi lo elegante que estabas vestido, pensé que iba a ser una velada increíblemente especial".

Antes de que pudiera seguir hablando, aparece un camarero con nuestra botella de vino y dos copas. Lo abre, vierte un poco en el vaso y me permite olerlo y saborearlo. Asintiendo con la cabeza, sirvió el vino en la copa de Alessia y terminó de llenar la mía. "Me hubiera venido bien una cerveza, pero esta noche es especial", pensé. Maldita sea, eso ya lo soñé despierto.

Debo admitir que estoy nervioso. No estoy seguro de cómo iniciar la conversación. ¿Entro suavemente en la historia detrás de Danny Monk o simplemente me sumerjo de lleno? Bueno, miro a Alessia y empiezo.

"Ahora, ¿qué tal si primero disfrutamos de nuestro vino y de nuestra comida y luego puedo decir lo que pienso sobre lo que me preocupa?

"Por supuesto, Danny, si eso es lo que quieres hacer, puedo esperar. Soy toda tuya esta noche y para siempre".

Marta se acerca con nuestra ensalada. "Alessia, Danny, Timothée les presenta su versión de una ensalada Niçoise. Ha puesto una mezcla de lechugas, tomates frescos, huevos duros, atún, judías verdes y aceitunas Niçoise Cailletier, pero nada de anchoas, porque Timothée sabe que a Danny no le gustan. Les traeré los platos principales en breve".

"Gracias Marta. Se ven simplemente deliciosos". Dice Alessia mientras toma su tenedor para disfrutar de lo que parecía una ensalada increíblemente especial.

"Sí, Marta. Se ven deliciosos. No puedo esperar a que llegue el plato principal". Yo añadí.

Alessia y yo disfrutamos la ensalada. Parecíamos bailarinas de balé mientras intercambiábamos el tenedor y el cuchillo por un sorbo de nuestro vino. Marta ha sugerido una botella de Dopff Pinot Gris de la famosa región de Alsacia, por su cuerpo flexible y con cuerpo. El vino mostró su encantador paladar con sus suaves y deliciosos sabores a plátano, miel y manzanilla. Un color amarillo pálido hacía que luciera espléndidamente sobre el mantel blanco. "Marta seleccionó bien", pensé.

No tardamos en devorar la ensalada y terminar la primera botella de vino. Bien, pensé que necesitaba el alcohol para aumentar mi coraje antes de hablar con Alessia.

Entonces, le indiqué al camarero que nos trajera una segunda botella.

"Danny, otra botella. ¿Está intentando seducirme, señor Monk?".

Dios, ella es adorable.

"Sí, por supuesto que lo estoy intentando". Cuando el camarero se acerca con la segunda botella, la abre y vierte el vino en dos copas nuevas.

Después de servir el vino, Marta se acercó con nuestros platos principales. "Los aromas que aporta son para matar", pensé.

"Esta noche, Timothée preparó un confit de pato. Timothée ha marinado la carne de pato en sal, ajo y tomillo durante treinta y seis horas y luego la ha cocinado lentamente en su propia grasa a baja temperatura. Viene con patatas asadas confitadas y ajo. Como acompañamiento de postre, tiene una sorpresa desértica para ambos. Por favor, háganme saber si necesitan algo más". Con una gran sonrisa, Marta nos deja para disfrutar de nuestra cena.

"Danny, ¿esta noche puede ser aún mejor? ¡No puedo esperar a terminar esta maravillosa comida y pasar el resto de la noche contigo!".

"Sí yo también. Ahora comamos", está llegando el momento de que el coraje haga efecto mientras bebo mi copa de vino antes de verter más en mi copa.

"Vaya, Danny. Realmente estás bebiendo esta noche. Ese no eres tú. Eres un hombre de uno a dos vasos. Debes sentirte genial", dijo mi Alessia mientras mordisqueaba la sabrosa y jugosa carne de pato. Cuando Albert y yo nos asociamos con Timothée y Marta y los animamos a abrir su restaurante en Northport, sabíamos que iba a ser bueno, pero esta comida resultó aún más espectacular de lo que imaginaba.

"El vino de esta noche es excepcional. Estoy bien". Sí, de hecho, mi coraje está aumentando. Puedo sentirlo corriendo por mis venas. Tal vez otra botella termine el tratamiento, así que le hago un gesto al camarero para pedir la tercera.

"Otra botella Danny. Recuerda que la noche es joven, cariño. Tenemos todo el tiempo del mundo. Si mañana tengo que hacer novillos en la biblioteca, puedo hacerlo, pero todavía tienes una tienda que abrir", dijo Alessia riendo.

La tercera botella de vino llega con copas frescas. Alessia hace un gesto de que ya no quiere, pero yo asiento con aprobación para que entre más coraje líquido en la copa de vino fresco.

Mientras ambos terminamos el confit de pato, me doy cuenta de que es hora de comenzar mi conversación, así que me armo de valor con un gran trago de vino y empiezo.

"Alessia, hay otra razón por la que te pedí que vinieras conmigo esta noche. Debo compartir contigo un elemento de mi vida que no he comentado en todos estos meses que llevamos juntos. Ya conoces un aspecto de mí, el propietario de una pequeña librería y tienda de artículos de oficina que trabaja seis días a la semana y vive encima de su tienda en un edificio que compró hace años. Lo que no sabes es cómo conseguí el edificio o cómo lo mantuve, la tienda y mi estilo de vida todos estos años".

"Danny, mi amor, no estoy segura de a dónde te diriges con esta charla, pero sé que has estado en tu tienda todos los días trabajando duro. Durante los últimos ocho meses, hemos pasado muchas noches y fines de semana juntos, hablando y compartiendo historias de nuestras familias y amigos. Hablamos de nuestras emociones, nuestros pasatiempos, nuestras actividades comunes, así que estoy reflexionando sobre lo que no me has dicho. ¿Qué es lo que te preocupa, Danny? Dime por favor".

"Alessia, lo que has dicho es correcto. Estos últimos ocho meses han sido los mejores de mi vida. Nunca he encontrado un alma con la que pueda compartir tanto de mi vida personal y estar verdaderamente seguro y relajado".

Alessia se ríe. "Entonces, ¿me convierto en algo así como tu segundo Albert? Que, por cierto, debo llamarlo para agradecerle por el magnífico bolso Hermes que consiguió que me regalaras. Todavía tengo que usarlo. Supongo que tendremos que encontrar otra ocasión en la que pueda hacerlo", mientras continúa riéndose.

"Sí. A Albert le gustaría saber de ti, pero como tú sabes, podría ser complicado, ya que ahora vendió su negocio y se está preparando para viajar al extranjero. Hasta donde ni siquiera pienso, él lo ha decidido". Pensé que mi cara había adoptado una expresión deprimente cuando hablé de Albert.

"Oh, Danny, te ves muy triste al decir eso. Estoy segura de que Albert siempre se mantendrá en contacto contigo y lo visitarás en el futuro. Estoy segura de eso".

"Me alegra que hayas dicho eso. Estoy seguro de que lo haré. Ahora, déjame compartir contigo lo que necesito decirte".

Alessia puso su mejor cara pensativa y comencé.

"Hace varios años, Albert planteó la posibilidad de que ambos tuviéramos un buen aumento en nuestros ingresos, y específicamente para mí, la posibilidad de comprar el edificio donde está *Village Books & Stuff*. Esta oportunidad fue para irrumpir en un automóvil estacionado en nuestro estacionamiento mientras el propietario estaba en el salón de belleza de Albert, y el autor del robo fui yo. Descubrí rápidamente cómo eludir el sistema de seguridad del coche, abrí el maletero y me fui con un pequeño y precioso trozo cuadrado de mármol blanco que valía $1,250,000 dólares para cada uno de nosotros. Con mi parte pagué la hipoteca del edificio y me sobró un poco para abrir una cuenta bancaria en el extranjero, en Nives".

Alessia se mostró reservada por unos momentos y luego dijo: "Bueno, eso es algo que nunca te habría creído, o en lo que Albert jamás se habría metido. Espero que esto haya sido algo único".

"Por un centavo, por una libra", pensé.

"No, esto fue sólo el comienzo de muchas más oportunidades, Alessia. No sé cómo describirlo, aparte de que el dinero en efectivo era bueno, era excitante, placentero, apasionante y, con las conexiones de Albert, nuestras 'adquisiciones', porque eso es en lo que Albert dijo que estábamos, en el 'negocio de adquisiciones', se vendían al mejor postor. Las 'adquisiciones' siguieron apareciendo y, a lo largo de los años, ambos logramos más de unos cuantos robos y añadimos varios millones a nuestra cuenta bancaria en el extranjero. Incluso, ayudamos a un detective local a desentrañar un asesinato ocurrido hace un tiempo, a pesar de que este oficial siempre ha desconfiado tanto de Albert como de mí, y ha aludido en muchas ocasiones a que cree que no somos más que un dúo de sinvergüenzas sucios y podridos, disfrazados de propietarios de 'negocios respetables'".

"Ah, claro. Todos estos robos".

"Adquisiciones", inyecto.

"Está bien, ¿qué te han valido las 'adquisiciones'?". Pregunta Alessia.

"Actualmente tengo $10,300,000 dólares en una cuenta en el extranjero". Nerviosamente respondo.

"Bueno. Ahora me contaste todo, ¿verdad? Ya terminaste con esta estupidez, ¿cierto?".

"No exactamente Alessia. Albert nos ha contratado para 'adquirir' algunos collares de diamantes de valor incalculable que nos harían ganar $5,000,000 de dólares a cada uno, aumentando así nuestras cuentas en el extranjero a más de $15 millones de dólares más o menos unos pocos miles. Pero esta última empresa tiene un pequeño contratiempo".

"¿Qué es?".

"Necesitamos traer a un tercero y este tercero tiene que ser de persuasión femenina".

Alessia se sentó allí y entonces no sólo cayó el centavo, sino que también pareció caer como una tonelada de ladrillos.

"¿Quieres que te ayude a ti y a Albert en este acto sin sentido?".

"Sí, lo queremos".

"¿Cómo se supone que debe ser cometido este acto criminal?".

Entonces, le explico a Alessia todo el proceso de pensamiento que Albert había ideado esta vez y cómo, después de una cuidadosa consideración, pensé que funcionaría.

Antes de que Alessia pueda responder, Marta se acerca y pregunta: "¿Estamos listos para el postre?".

Alessia se gira para mirar a Marta y con la mirada más dura que jamás haya visto en su rostro, casi le grita: "Ahora no, Marta, ahora no", lo que hace que Marta se sienta bastante avergonzada y se retira de nuestra mesa.

Regresando su mirada hacia mí, Alessia dice: "Continúa".

Continuando, le explico a Alessia que los $5 millones que menciono eran para cada uno de nosotros, incluida ella. Cada uno de nosotros tendría 5 millones de dólares y, con esa cantidad de dinero, ella y yo podríamos planificar un futuro juntos.

Alessia espera lo que me parece una eternidad, pero no pudieron ser más de cuarenta y cinco segundos. Y comienza una letanía de preguntas:

"¿Cómo puedes siquiera pensar que consideraría participar en una actividad así? Pensé que me conocías, pero no es así, Danny. No tengo el corazón de ladrón que aparentemente tienes. Acabas de profesar tu amor por mí y ahora me pregunto: ¿lo hiciste para que yo pudiera unirme a ti y a Albert para robar estos collares? ¿Qué clase de monstruo eres jugando con mi corazón de esta manera? Primero, me dices que me amas, ¿y qué? ¿Y luego me haces estas preguntas? ¿Qué se supone que haga? Derretirme en tus brazos y decir, oh sí, Danny, por supuesto que me convertiré en una criminal. ¡Cualquier cosa por ti! ¡Dios mío, me siento mal cuando me olvido de devolver un libro a la biblioteca y trabajo en la biblioteca!", casi grita.

"Cálmate Alessia, por favor. Déjame explicarte", y le informé a Alessia más detalles de su participación. Le dije cómo robaría el bolsillo del señor Carmichael, conseguiría la llave y luego se la pasaría. Explico específicamente cómo usaría una hermosa peluca negra, un cambio de imagen fantástico y que se vería muy diferente cuando recuperase los collares. Simplemente aparecía a la hora del almuerzo, cuando había nuevo personal de servicio al cliente en Protector Bóvedas, relevando a los individuos de la mañana para el almuerzo. Cómo luego entraría a una habitación privada después de abrir la puerta que contiene la caja de seguridad, extraería los tres collares, los colocaría en su bolso, cerraría la caja de seguridad, colocaría la caja de nuevo y aseguraría con llave la cerradura y luego, simplemente saldría por la puerta delantera.

Una vez que terminase, regresaría con Albert, quien luego le cortaría, teñiría y peinaría su cabello de manera tan completamente diferente que ni siquiera su madre la reconocería. Después, Albert tomaría los collares y desempeñaría su papel en la "adquisición" contactando a nuestro "distribuidor" para iniciar la venta de los collares.

Después de explicar todo esto, hice una pausa y esperé una reacción.

Tengo una.

Alessia colocó su servilleta sobre la mesa, se inclinó sobre la mesa y dijo: "No, Danny, no me uniré a ti y a Albert en esta alocada aventura suya. No puedo creer que siquiera consideres invitarme aquí esta noche para pedirme que cometa un crimen. Es un delito grave y esperas que me quede sentada aquí después de escuchar el secreto que me has ocultado durante todos estos meses que hemos salido. Entonces te atreves a pensar que me uniré a ti en este esfuerzo. Explicas mi participación en esta acción descabellada y ni siquiera mencionas que, si nos atrapan, podríamos acabar en la cárcel durante muchos años. No te importo en absoluto, así es como yo lo veo. No tengo más palabras para compartir contigo. Me voy ahora. No intentes detenerme ni hablarme en el futuro. No te comuniques conmigo de ninguna manera o forma porque no responderé. Cuando esté lista, y si alguna vez lo estoy, te llamaré, pero en este momento lo último que tengo en mente es a Daniel Monk y a su amigo Albert. Quiero pensar en las actividades criminales que has cometido en el pasado. Quiero pensar en la nefasta actividad en la que esperabas que participara. Sobre todo, quiero pensar en cómo no pude ver todo esto antes y, lo que es peor, en cómo pensaste que podías siquiera acercarte a mí para considerar esta escapada. Adiós, Danny". Alessia se giró y me dejó con la boca bien abierta. ¡Esta noche, básicamente apestaba!

Preferí más la versión de ensueño.

UN NUEVO COMIENZO

Han pasado más de cuatro meses desde que hablé, vi o escuché de Alessia. Mis intentos de contactarla han sido infructuosos en las semanas posteriores a su salida furiosa del restaurante. Mis llamadas telefónicas van directamente a su correo de voz. Sin querer ser insistente, esperé más de un mes antes de ir a la biblioteca para verla y tratar de ver si podíamos hablar sobre lo que había sucedido. Para mi sorpresa, me dijeron que había renunciado a su puesto hacía aproximadamente un mes y nadie había sabido nada de ella. Asombrado por esto, esperé hasta el día siguiente y fui a su casa donde encontré un cartel de "Se vende" de un agente inmobiliario, con una pegatina de "Vendido" salpicada. Asombrado por esto, llamé al agente de bienes raíces quien me dijo que la casa fue puesta en venta hacía poco más de un mes y que se vendió rápidamente, ya que la casa estaba vacía cuando se vendió, lo que hizo que fuera más fácil venderla porque "una casa vacía es un lienzo para el posible comprador. ¿Estaba interesado en comprar?". Le colgué.

Estas acciones me dijeron que Alessia había decidido estar fuera de mi vida, pero ¿hasta tal extremo? ¿La lastimé tanto? ¿O fue un insulto que pensara que ella se preocupaba tanto por mí como para llevar una vida delictiva conmigo y con Albert?

Así que estos últimos meses me he concentrado en el negocio y he renunciado a la "adquisición" de los collares. Albert ha venido a verme con frecuencia con la esperanza de que cambiara de opinión, pero fue en vano, porque ya no tenía el interés, la pasión. La emoción pareció haberse evaporado en el momento en que Alessia salió del restaurante esa noche.

Entonces, mis días han sido rutinarios. Levántate, prepárate, abre la tienda, recibe entregas, inventaría las entregas, abastece los estantes y atiende a los clientes, cierra y regresa escaleras arriba a tu guarida y lame tu corazón herido.

Este lunes por la mañana, esperaba que mi día fuera como muchos de los días anteriores, pero Albert entró en mi tienda, casi arrancando la puerta de entrada de sus bisagras y haciendo que mi campanita se moviera salvaje y ruidosamente. Se acerca a mí mientras me siento detrás de mi mostrador y golpea el periódico sobre mi mostrador. "¡Mira este titular Danny, mira!".

Agarro el periódico y leo el titular. Vale, eso es noticia, pero a quién le importa.

"Vamos, Danny, necesitas recuperarte. Alessia ha tomado su decisión. Han pasado más de cuatro meses y medio desde la última vez que la viste. Intentaste llamar y ella no respondió tus llamadas. Probaste la biblioteca sin éxito. Incluso fuiste a su casa y ella vendió la casa. Me parece que necesitas empezar de nuevo, Danny; Creo que lo necesitas. ¡Quién diría que nuestra idea de incluirla en nuestro 'equipo de adquisiciones' la molestaría tanto, pero después del periódico de esta mañana, no importa porque alguien nos ganó el premio!".

Albert tiene razón. Alguien se nos adelantó. La señorita Wang Xiu Ying y el señor Barry Carmichael de River City Diamonds denunciaron a la policía un delito de robo de tres "collares hermosos y caros" mientras estaban en posesión de Protector Bóvedas. La empresa ha proporcionado el vídeo CCTV de la policía de Nueva Gales del Sur, y la policía ha proporcionado dicho vídeo a todos los canales de la red nacional para que el público ayude con la identificación de la mujer solitaria que se ve entrando y saliendo de las instalaciones de Protector Bóvedas. La compañía de seguros, Seguros Generales Ltda., incluso ofreció una comisión de $2,900,000 dólares, por los collares, sin hacer preguntas, pero nadie los aceptó.

Miro a Albert. Había estado tan furioso por perder esta "adquisición" que ni siquiera hizo su rutina normal de girar mi letrero a la posición de cierre y cerrar la puerta y, ¿sabes qué?, no me importó.

"Ahora Danny, por favor sal de este modo zombi en el que has estado. Estas cosas suceden. El amor es algo voluble y lastima a todos en un momento u otro. Odio verte así cariño. Es bastante deprimente".

"Sí, estoy de acuerdo", pienso. Es una lástima, pero ¿cómo puedo salir de ella? No es como si pudiera olvidarla. Porque Alessia, como dijo Albert hace un tiempo, es, era la indicada. Ahora no tengo más que recuerdos de su voz, su sonrisa, su rostro, sus sentimientos por mí. No creo que encuentre a otra mujer como ella.

"Bueno, Danny, veo que no puedo serte de ninguna utilidad hoy, así que te dejaré con tus pensamientos. Por favor, si me necesitas, llámame y me apresuraré. En cualquier momento. Dia o noche. ¡En cualquier momento!

¿DE ACUERDO?". Entonces Albert viene hacia mí y me da un fuerte y largo abrazo que puedo decirles que necesitaba mucho.

"Gracias, Albert. Eres el mejor".

"Lo sé, querido. Lo sé". Salió dejando mi campanita tintineando.

Escucho que suena el timbre de la puerta trasera, lo que significa que tengo una entrega, así que voy a ver qué llega hoy. Cuando abrí la puerta, encontré a Aarif, mi repartidor habitual, sonriendo. "Buenos días, señor Monk. Aquí están los libros de esta semana de Northport Booksellers. ¿Quiere que los deje en el almacén o los lleve al frente de la tienda?".

"El frente de la tienda está bien. No estoy demasiado ocupado hoy". Lo seguí con las cuatro cajas de libros empujadas en un carrito. Dejó las cuatro cajas junto al mostrador, firmo el recibo de entrega, acompaño a Aarif de regreso a la puerta trasera donde ambos nos despedimos del día y cierro la puerta con llave. Hasta la semana que viene, creo.

Cuando me acercaba a la puerta principal, vi al señor Ewan Carmichael y al mismo joven que vi con él en el baile del Northport Sunrise Center hace unos meses. El joven parece llevar consigo un maletín de aspecto extraño.

"Hola, señor Monk. ¿Cómo estás hoy?".

Realmente no quieres saberlo, creo; "Bien señor Carmichael. ¿Cómo puedo ayudarle hoy? ¿Hay algún libro que necesite? Por favor, no me diga que necesita el periódico de Northport porque sabe que no vendo dicho periódico ni ningún otro".

"No, señor Monk. Lo recuerdo porque me lo has dicho en muchas ocasiones. ¿Te he presentado alguna vez a mi nieto, Mikey Carmichael?".

"No, señor Carmichael, no lo ha hecho". Estreché el firme apretón de manos del joven.

"Señor Monk, ¿le he mencionado alguna vez mi conexión con *River City Diamonds*?".

"No señor, no lo ha hecho", me pregunto hacia dónde va esta conversación.

"Barry es mi hijo mayor y Mikey es su hijo".

"Oh, ahora que lo menciona, hay un ligero parecido, sí, ahora lo veo".

"Tengo una propuesta para usted, señor Monk", mientras le hace un gesto a Mikey, quien coloca el maletín de aspecto extraño en mi mostrador, lo abre, saca un montón de papeles, cierra el maletín, me entrega los papeles y se levanta.

"¿Qué es eso señor Carmichael?".

"Ese es un contrato para comprar su tienda, edificio, mercancía. Todo. 'Cierre con culata y con forma de cañón', dijo Sir Walter Scott".

Echo un vistazo rápido a la documentación y busco rápidamente cualquier mención de cifras y cosas así, y encuentro todo lo que necesitaba ver en el medio de la primera página en números grandes y claros.

"Señor Carmichael, ¿a qué se debe el interés en comprar mi negocio?".

"Es una historia larga, señor Monk, pero le daré la versión condensada. Mikey ha estado dirigiendo varias tiendas para su padre en las playas del norte, cuatro tiendas para ser exactos. En los últimos años, estas mismas tiendas han sido asaltadas y, aunque se han robado algunos artículos, sólo unos pocos, como si el ladrón sólo quisiera unos pocos, cada vez que ocurre el robo, el ladrón obtiene entre $40,000 y $50,000 en artículos. Nunca más, nunca menos, como si el ladrón no quisiera hacernos demasiado daño, pero el daño que hizo ha impactado la salud mental de mi nieto".

"Oh, abuelo, no hables de eso con el señor Monk".

"Está bien, Mikey. Cuanto más sepa el señor Monk de nuestras intenciones, menos preocupación tendrá por el cambio de dueño de su negocio".

"Continúe, señor Carmichael", digo, pero Mikey se hace cargo.

"Déjame hablar abuelo. Señor Monk, no es estrés mental ni nada parecido, es más bien una cuestión familiar. Mi papá parece no entender lo que está pasando, y en más de una ocasión le he dicho que el negocio de joyería no es el negocio minorista en el que me gustaría estar. Entonces, si bien los robos han sido un punto de presión, ése no es el objetivo de nuestra reunión de hoy aquí. Simplemente no tengo pasión por este oficio, en el comercio minorista en general sí, pero no en este oficio. Como dijo mi abuelo, parece que al ladrón le gusta irrumpir en las tiendas que administro y, por cierto, otros joyeros locales también fueron 'golpeados' (pues la policía me lo ha mencionado), así que no estoy solo, y a ellos también les robaron pequeñas cantidades de artículos, nuevamente, en el mismo rango de $40,000 a $50,000 cada vez. Extraño. En pocas palabras, hablé con mi abuelo al respecto y se nos ocurrió esta solución".

"Veo. ¿Cómo es que la policía no ha logrado detener al ladrón o los ladrones?".

"No puedo hablar por las otras tiendas, pero en mis cuatro tiendas el individuo ha sido muy astuto al pasar nuestro sistema de seguridad. Simplemente pirateándolo lo suficiente como para desviar tanto el audio como el video durante el tiempo suficiente para que él pueda abrir las cerraduras de nuestras puertas, entrar y obtener lo que quiere. Luego se marcha y reinicia las alarmas como si nunca hubiera pasado nada. Justo cuando mis subdirectores llegan al día siguiente y empiezan a preparar el día, se dan cuenta de que han asaltado las bóvedas y se han llevado los artículos, también pequeños. La policía queda desconcertada ante la experiencia del individuo y se pregunta por qué simplemente no roban más. Una situación bastante extraña. ¿Por qué la pregunta señor Monk?", dijo Mikey.

"Sólo curiosidad de mi parte. Ahora respóndeme esto. Tu solución a tu dilema es comprar mi tienda. ¿Cómo?".

Mikey continúa: "Señor Monk, mi abuelo ha estudiado su tienda durante los últimos meses y ve el cuidado que le ha puesto. Cómo trata a sus clientes. La base de clientes que este servicio de atención al cliente ha traído a la tienda y la calidad de dicha clientela. Mi abuelo cree que, si comprara la tienda, como inversión personal, con el tiempo yo podría, al administrarla para él, convertirme en propietario también".

"Señor Carmichael, Mikey, gracias por venir hoy y hacer esta propuesta. No estoy listo para darle una respuesta hoy porque necesito llevar esta documentación a mi abogado y a mi contador. Por favor, déjemelo y me comunicaré con usted, Sr. Carmichael, lo antes posible. ¿Le parece justo?".

"Efectivamente, así es, señor Monk. Por cierto, señor Monk, soy un tipo de empresario anticuado. No regateo. Investigué y te ofrecí el mejor precio. Es una propuesta de tómalo o déjalo. ¿Me entiendes?". Mientras él me da la mano y yo le doy la mano a Mikey después y asiento mostrando mi comprensión de esta propuesta. "Una forma honorable de hacer negocios", pensé. Mientras se van, el timbre suena, esta vez más suave, como si el pequeño timbre supiera que el final de nuestra relación está cerca.

Llevando el acuerdo de venta a la trastienda, hice dos copias. Coloco las copias en dos sobres separados. Luego llamo a Northport Rapid Couriers y solicito que un conductor recoja ambos sobres y los entregue. Uno para mi abogado y el otro para mi contador. Mientras esperaba a que llegara el conductor del mensajero, escribí dos notas breves y diferentes, una para el contador y otra para el abogado, y luego coloqué la nota dentro junto con el acuerdo de venta. Realizo entonces dos llamadas a dichos profesionales y les informo lo sucedido para que estén atentos a la entrega de dicho sobre y dicha nota en sus respectivas oficinas. Les dije que conservaba el documento original.

Unos diecisiete minutos después, un vehículo de mensajería se detiene frente a mi tienda. "Tuvo suerte de conseguir un lugar", pensé, ¿o es una premonición? El conductor entra, se presenta, me hace firmar un recibo de recogida y me entrega una factura. Saco la cartera, saco lo suficiente para cubrir la factura y una pequeña propina, vale, estoy de buen humor, de mal humor, pero generoso. El mensajero me entrega rápidamente otro recibo por el efectivo recibido y sale por la puerta principal. Ahora todo lo que tengo que hacer es esperar a que los dos destinatarios del paquete me llamen con acuse de recibo y esperar su análisis basado en mis notas.

Después de que el conductor sale del lugar de estacionamiento, levanto mi teléfono fijo nuevamente, marco el número y espero la respuesta.

"Danny cariño, ¿estás bien? ¿Qué necesitas? ¿Cómo puedo ayudar? ¿Estás bien?".

"Cálmate, Albert. Todo está bien. Me preguntaba si vendrías a una cena el viernes por la noche en *Petite Maison*. Sólo tú y yo. Digamos las 7 p.m. Necesito hablar contigo".

"Por supuesto mi amor. Voy a estar allí. Por cierto, tu voz suena intrigante. ¿Tuviste noticias de Alessia?".

"No, Albert, no las he tenido. Eres un buen amigo. Gracias por preguntar, te veré entonces".

Mientras cuelgo el teléfono, me siento detrás del mostrador y pienso en todo lo que ha sucedido y sí, tal vez esta oportunidad podría ser sólo una forma de comenzar de nuevo.

UNA LARGA NOCHE

El resto de la semana transcurrió rápidamente, con más de lo mismo cada día y la mayoría de mis pensamientos se concentraron en Alessia preguntándome si alguna vez la volveré a ver y, por supuesto, en la propuesta del Sr. Ewan Carmichael de comprar mi negocio y dejar que su nieto Mikey lo administrara con la esperanza de que Mikey, eventualmente, se la compre a su abuelo o la herede.

Puntualmente, a las 6 p.m., cerré mi tienda y me dirigí a mi unidad para prepararme para mi cena con Albert en *Petite Maison*. Ayer recibí recomendaciones por escrito tanto de mi abogado como de mi contador. La recomendación fundamental de estos profesionales fue que la propuesta del Sr. Carmichael era sólida. No sólida, sino generosa, fue la palabra que ambos usaron en su recomendación. Los aspectos financieros fueron sólidos y generosos y me recomendaron que, si estaba listo, todo lo que tenía que hacer era firmar el documento original que guardaba, enviárselo al abogado del Sr. Carmichael y que ellos se encargarían del resto del papeleo. El tiempo total para completar todas las transacciones sería de aproximadamente un mes. "Un mes", pensé mientras me vestía, y toda mi vida en este lugar terminaría. Todo por lo que trabajé. Todo a lo que dediqué mi tiempo se habría ido. Mi legado se iría. ¿Qué legado? Pensé que sin Alessia no habría ningún legado que transmitir. Alessia y yo nunca hablamos de niños, pero ella es siete años menor que yo y todavía está en esa "época dorada" para que una mujer tenga hijos. ¿Habría estado abierta a una pequeña Alessia o a un pequeño Danny? Supongo que nunca lo descubriré.

Me miré rápidamente en el espejo sólo para asegurarme de que estaba, como mínimo, "presentable para salir", lo cual pensé, recogí mis llaves, salí por la puerta de mi casa y caminé hacia *Petite Maison*.

El motivo de mi reunión con Albert fue multipropósito. En primer lugar, puedo mencionarle la propuesta del señor Carmichael. Luego, hacerle saber lo que pensé que podríamos o deberíamos hacer con todas nuestras actividades comerciales actuales en el área: *Petite Maison* y la floristería *Pink Petals de Ophelia,* ya que está pensando en abandonar el país. Realmente quería su opinión en estas áreas, porque debo admitir que no he pensado con claridad desde que Alessia se fue y necesito decidir mi futuro a partir de este momento. Albert ya ha decidido esto. Él vendió *Cut Me Crazy*, y quizás le queden tres meses de contrato con la gente que lo compró y luego podría mudarse al extranjero con Gabriela y Mandy, y yo no tendría con quién intercambiar ideas, así que necesitaba asegurarme de que mi tiempo con Albert estaría bien aprovechado.

Al llegar a la *Petite Maison* me recibe Marta: "Buenas noches, Danny. Qué bueno verte de nuevo. No tengo una mesa de dos asientos disponible para ti y Albert, pero espero que no te importe una mesa más grande junto a la gran ventana que da al jardín trasero. Por favor sígueme".

"No, Marta. No hay problema, lo entiendo" dije, siguiéndola hasta la mesa y Marta colocó dos menús sobre la mesa. Cogí un menú y me pregunté qué beber. Como estoy bastante indeciso estos últimos meses, le pido una sugerencia a Marta. Ella replicó: "Bueno, Danny, estoy segura de que te gustará una nueva mezcla que está circulando por todo Sídney y que también hemos adoptado aquí en *Petite Maison*. Se llama Eucalipto Martini. Lo probé y, si bien esta bebida puede no ser para todos, puede que valga la pena probarla y sorprender tu paladar. A mí me pasó cuando lo probé. ¿Te interesaría uno?".

"¿Que hay en él?".

"Es una bebida sencilla. Contiene ginebra, almíbar, lima, huevo y una hoja de eucalipto. Parece un poco espumoso, pero no lo es. Toda una delicia".

"Está bien, Marta, probaré uno. Para cuando regreses, debería tener mi pedido del menú listo".

"Excelente Danny. Toma tu tiempo. Sin prisa".

Marta se giró y se dirigió a la barra para pedir mi bebida, y noté que Michelle del *Royal @ Bondi* estaba detrás de la barra. Bueno, parece que Marta y Timothée sacaron a Michelle de su antiguo establecimiento. Bien. Sirve un buen brandy, si no recuerdo mal. Eché un vistazo al menú y no estaba seguro de qué comer, y como Albert se unirá a mí en unos minutos, miré mi reloj, a menos que llegue tarde, lo cual es normal para él, podríamos pedir cosas diferentes y luego probar de los platos de cada uno. Lo hice muchas veces con Alessia y ahora lo hago con Albert. ¡Qué giro de los acontecimientos!

"Danny mi amor. Ya estás aquí. Lindo. Pensé que por una vez iba a ganarte, pero desgraciadamente no fue así", dijo Albert mientras se sentaba. Antes de sentarme, no pude evitar mirar su vestimenta para la noche. Albert debe gastar una fortuna en ropa, ya que todavía no lo he visto usar el mismo atuendo dos veces, así que, o tiene el armario más grande del mundo, o simplemente compra ropa barata, la usa una vez y la tira. Con sus brazos cortos y sus bolsillos largos, creo que tiene un armario grande. Esta noche no es diferente, porque tiene un traje de dos piezas de color rosa, de lino suave y sólido, con un botón y una camisa blanca con cuello abierto y, ¿te creerías que ha complementado el atuendo con un par de zapatos cómodos auténticos de Yuki con el motivo de Bob Esponja y sin medias? Sólo Albert puede salirse con la suya.

"Querido, estoy aquí por tu llamada, así que seré todo tuyo esta noche. Dime ¿qué tienes en mente?".

En ese momento Michelle se acerca a la mesa con mi bebida en la mano: "Señor Monk, aquí tiene su bebida".

"Eso se ve delicioso, Danny".

"Bueno, parece que esta bebida, el Eucalipto Martini, está de moda en todo Sídney. Tiene..."

"Oh, no me importa lo que tenga. Se ve simplemente delicioso. Yo también quiero uno, por favor".

Asintiendo, Michelle volvió al bar para crear otra obra maestra, esta vez para Albert.

"Así que vamos, cariño, dímelo. ¿Por qué me invitas a cenar?".

"Albert, ¿qué te hace pensar que sólo una cuestión ha motivado esta cena? ¿No es posible que quisiera verte y pasar un rato agradable con mi mejor amigo?".

"Por supuesto, dulzura, por supuesto, es que has estado tan deprimido últimamente que pensé que algo pasaba, eso es todo".

"Bueno, quiero pasar un buen rato y sí, quiero discutir algunos temas, pero todo puede esperar hasta después de la cena. Oh, mira, aquí viene Michelle con tu bebida".

Una Michelle sonriente se acercó a nosotros y colocó la bebida frente a Albert, quien la tomó y me ofreció un brindis. Golpeamos vasos y bebimos. Caramba, es bueno para el paladar, como decía Marta.

"Oh Dios mío, oh, Dios mío. ¡Esta bebida no sólo parece deliciosa, sino que lo es! Por favor, dos más", dijo Albert. "Va a ser una noche larga", pensé.

Michelle asiente y se pone a trabajar en nuestro segundo pedido de bebidas.

"Entonces, Danny, Marta ha venido y te ha contado alguna oferta especial que debamos conocer o elegimos los excelentes platos del menú de Timothée". Dice mientras me pasa el menú sobre la mesa.

"Veamos qué hay en el menú y si no encontramos algo que nos guste, podemos llamar a Marta para ver si hay algún plato especial que Timothée haya creado para la noche".

Ambos empezamos a mirar el menú y me doy cuenta de que tengo hambre, así que miré los platos principales disponibles y me decidí por el Potage Parmentier, que es una sopa caliente con patatas y puerros. Sé que Timothée le añade cebolla, que se cocina y luego se hace puré hasta que adquiere una consistencia suave y delicada, haciendo de este plato su receta. Ya lo había probado antes y me encantó. Como plato principal, elegí pescado al estilo vasco con pimientos verdes y almejas de Manila, presentado en un plato hondo con varios pimientos verdes suaves esparcidos como: Anaheim, poblano, morrón y shishito, con el pescado y las almejas encima. Timothée disipa cualquier idea de que este plato esté seco al afirmar que él personalmente echará el caldo restante sobre el pescado y lo adornará con perejil picado y pimienta de Espelette. "Un menú bastante espléndido", pensé. No estoy seguro de si comeré postre después de esto, pero siempre existe la posibilidad. Dejo mi menú y miro a Albert.

"Bueno Albert, ¿qué has decidido?".

"No puedo decidirme. ¿Con qué vas, cariño?".

Me tomo un momento para decirle a Albert mis selecciones y él apoya mi recomendación y elige lo mismo, así que le hago un gesto a Marta, quien se acerca y toma el pedido. "¿Quieres un vino con eso Danny?" ella pregunta. Y antes de que pueda responder, Albert deja escapar: "No, nos quedamos con los Martini. Son suntuosos Marta. ¿Podrías traernos otros dos?".

Entonces, nuevamente creo que será una de esas noches. Ya casi hemos terminado nuestra segunda ronda y Albert está encargando la tercera. Debería ser una noche interesante.

"Danny, cuando me invitaste a venir esta noche, pensé que habías tenido noticias de Alessia y que querías hablar de ello. ¿Llamó dulzura?".

"No, Albert, no lo hizo, y esta noche quiero abordar algunas cuestiones sobre varios temas. Podemos empezar ahora y continuar mientras comemos. ¿Está bien para ti?".

"¡Por supuesto, precioso, soy todo oídos! Dispara".

"Mi primera pregunta se refiere a ti. ¿Cuándo te irás de Australia?".

"Bueno, me quedan tres meses de mi acuerdo transitorio con Tommy Wynn y su empresa, y no puedo esperar, porque la mujer que estoy entrenando...", y Albert hace aquí el cartel de comillas aéreas, ""'es inútil'. Creo que va a arruinar todo el trabajo que construí a lo largo de los años. Es bastante desalentador ver lo que probablemente sucederá cuando me vaya. Odio siquiera pensar en ello".

"Una segunda pregunta Albert. ¿Entonces lamentas haber vendido el negocio?".

Albert bebe un par de sorbos de su Martini y se toma un momento para responder. "Sí, Danny, creo que me arrepiento de haber vendido *Cut Me Crazy* a la mafia de Wynn. ¿Por qué lo preguntas?".

"Sólo estoy pensando Albert. Sólo estoy pensando en voz alta aquí. ¿Tienes energía para una pregunta más antes de que llegue la comida?".

"Sí, cariño. Esto es casi como una búsqueda del tesoro: haces preguntas y me llevas a un plan glorioso. ¡Puedo sentirlo! ¿Dónde está Marta con nuestras bebidas?". Se bebió el último trago de la segunda ronda y, si, como lo convocan los dioses alcohólicos, Michelle aparece con dos Eucalipto Martini más y recupera los vasos viejos.

"Albert. ¿Puedes aclarar cuándo piensas salir del país?".

Aquí Albert se vuelve un poco más solemne y bebe casi la mitad del Martini antes de responderme: "Querido, tanto Gabriela como Mandy están dudando sobre irse. Su trabajo les ofreció una extensión de contrato de dos años, algo en lo que están pensando. Aman sus carreras, pero también desean estar conmigo. Entonces, ahora se debaten entre dos opciones. Siento su angustia también porque lo último que quiero hacer es estresarlas".

"Ya veo". Y ahora me toca saborear el Martini antes de seguir con mis preguntas, pero ahí viene Marta con el Potage Parmentier y los cuencos están humeantes. "Danny,

Albert, estos son realmente buenos. Les traeré un par de baguettes para que absorban la sopa mientras esperan a que se enfríe un poco. ¿Están listos para otro Martini?".

Albert asiente con una gran sonrisa en su rostro y estoy de acuerdo con él. Marta sonríe y espera mientras tomamos las últimas gotas del elixir y luego se lleva los vasos vacíos. ¡Se acerca la cuarta ronda!

Comenzamos a comer la sopa caliente, pero Marta regresa rápidamente con muchas baguettes calientes y cada uno toma una, comenzamos a romper la baguette en pedazos más pequeños y a dejar caer los pedazos de pan en el tazón de sopa y dejar que el pan absorba nuestra maravillosa sopa. Ésta es la entrada. Michelle llega con nuestras bebidas y casi terminamos la sopa cuando Marta regresa para ver cómo estamos.

"¿Cómo está la sopa, señores?" pregunta Marta.

"Excelente", dijimos ambos al unísono. "Bien. Veo que casi terminan con la sopa y los Martini. ¿Quieren otra ronda?".

Miro a Albert que sonríe y asiente y tengo que estar de acuerdo, están deliciosos, así que asiento hacia Marta. Sí, la quinta ronda está en camino.

"Excelente. Déjame llevar los platos de sopa y Michelle llegará pronto con sus bebidas".

En cuanto Marta se va, sigo con mis preguntas. "Albert, ¿el acuerdo de venta contenía una cláusula de no competencia o una cláusula de no captación que recuerdes haber leído?".

"Hice que mi abogado lo leyera y no mencionó nada y, para ser honesto, no recuerdo haber leído nada sobre este asunto. Lo llamaré por la mañana y le pediré que vuelva a verificar tu pregunta. ¿Por qué lo preguntas, Danny?".

"¿Tu abogado trabaja los sábados?".

"Bueno, tú abres tu tienda el sábado y yo también. ¿Por qué un abogado no abriría un sábado?".

"Touché Albert, touché de hecho. Entonces, si no estás seguro de haber vendido *Cut Me Crazy*, y tanto Gabriela como Mandy están divididas por dejar sus carreras y no estás seguro de irte de Australia al extranjero sin ellas, ¿por qué no empezamos tú y yo un nuevo salón juntos? y de esa manera no tienes que salir de Australia y ambas chicas no tienen que decidir entre sus carreras y la tuya, ¡pueden tener ambas! ¿Estás interesado?".

¡Todo el rostro de Albert se iluminó! ¡Era como si un sol saliera en el horizonte hacia un nuevo día!

"Oh Danny, ¿podemos hacer esto y no ser demandados? ¿Estás seguro? No quiero entrar en una larga batalla legal con la mafia de Tommy Wynn. ¿Estás seguro?".

"Señores, aquí están sus Martinis. Me alegro de que los estén disfrutando", y Michelle se da vuelta y retira los vasos vacíos.

Miré a Michelle salir y luego miré a Albert.

"Veamos qué tiene que decir tu abogado mañana cuando lo llames y le hagas la pregunta, así que esta noche bebamos Albert. Tendremos nuestra comida en breve y tal vez un par de Martinis más, porque hay muchos puntos que deseo discutir contigo y comenzar un plan estratégico. ¡Siento que va a ser una noche larga!".

El resto de la noche pasó rápido con nuestro delicioso pescado al estilo vasco sabiendo delicioso como prometí, y debo decirle a Marta que Michelle realmente lo hace genial con los Martinis de eucalipto, porque perdí la cuenta de cuántos bebimos. Albert y yo planeamos todo lo que queríamos hacer, y todo dependía de que Albert llamara a su abogado el sábado y confirmara lo que esperábamos fuera la falta de una cláusula de no competencia y de no captación. Haría que nuestros planes fueran mucho más fáciles de implementar.

Durante mi conversación con Albert, no mencioné la propuesta de compra del señor Carmichael porque quería escuchar primero las respuestas a las cláusulas de no competencia y no captación, por lo que un par de días más de espera no deberían ser gran cosa, aunque intuyo que el señor Carmichael quiere avanzar rápido en esta propuesta.

Exactamente a las 10 a. m., bajé las escaleras sin sentir prisa. Cualquiera que sea el estado en el que se encuentre la tienda a partir del viernes, no puede ser malo. Entonces, después de apagar la alarma de seguridad y encender todas las luces, caminé hacia la puerta principal, la abrí, puse mi pequeño letrero en la posición "Estamos abiertos" y ahora esperé al primer cliente del sábado.

Ese primer cliente resulta ser nada menos que otro socio comercial tanto para Albert como para mí, porque aquí entra Allison Standerton de la floristería *Ophelia's Pink Petals* y novia de Marcelo Gutiérrez, también socio de la floristería.

"Buenos días, Danny. Necesito entrar y salir corriendo y conseguir un par de resmas de papel para impresora y algo de tinta magenta para nuestra impresora de inyección de tinta. Nuestro pedido no ha llegado".

"Tómate tu tiempo, Allison. Déjame saber lo que obtienes y lo pondré en tu cuenta y te facturaré a final de mes como de costumbre".

"Excelente, gracias, Danny", respondió Allison mientras iba a buscar sus suministros.

Ahora quizás te preguntes por qué, si Allison y Marcelo son socios en el negocio de las flores con nosotros, ¿por qué obtendrían sus suministros de oficina de la gran empresa y no de nosotros? Ésa es una pregunta excelente, debo añadir, pero la razón es que, si bien somos socios,

Albert y yo somos socios silenciosos, y la compra ocasional en *Village Books & Stuff* pasará bastante desapercibida si alguna vez se realiza una investigación. No se puede ser demasiado cuidadoso con el detective Cassell, siempre atento a cualquier motivo para investigarnos. Además, muchas veces no puedo superar sus precios, igualarlos sí, pero no superarlos.

"Danny, tengo tres resmas de papel y una tinta magenta y, por si acaso, también una negra. Gracias y nos vemos", y Allison me lanzó un beso rápido mientras salía por la puerta, dejando mi pequeño timbre sonando. Tomo nota rápidamente de los materiales en mi cuaderno y tomé mi libro de interés actual. No estoy seguro de por qué, pero me gustó el título y ahora no puedo dejar el libro.

El título es *Asgard: Leyendas, Mitos y Verdades* de Witham C. Hudson. Esta es una primera edición en perfecto estado, con una sobrecubierta impecable también. El libro cuenta con ilustraciones en blanco y negro y fotografías y dibujos. Firmado por el autor, abarca todo: religión, mitología, sexo, fenómenos inexplicables, arqueología, antropología, cine, Atlántida, brujería, aritmética, lenguaje, genealogía e incluso diseño de aviones. Lo que sea, si hay algo extraño por ahí, es muy probable que esté registrado en este libro o que haya algún comentario al respecto. Lo recogí y no puedo soltarlo. Mientras me siento detrás de mi mostrador, continúo leyendo el libro con cautela hasta que escucho mi campanita sonar nuevamente, miro mi reloj de pared: 11 05 a.m., bueno, al menos el día parece pasar rápido y ahí llega Albert con el outfit más llamativo que he visto hoy, y una sonrisa para complementar el outfit.

Como es normal para Albert, realiza su rutina, que por momentos es como la de una bailarina. Hace piruetas y cierra la puerta principal y cambia el letrero de "Estamos abiertos" a la posición de "Estamos cerrados", y me indica que lo siga a uno de los sillones. Coloco mi marcador en la página que estoy leyendo, me acerco y me siento a su lado. Al acercarme al sofá, pienso que está radiante esta mañana. Albert lleva un traje cruzado de dos piezas a rayas moradas con una camisa violeta abotonada y, como si quisiera ser desagradable, tiene un cinturón occidental con un borde enrollado en gris con una enorme "A" dorada estampada en la hebilla. Para colmo, llevaba unas hermosas botas de cuero bruñido color jengibre de R.M. Williams, que le daban unos centímetros extra de altura.

"Está bien, Albert, tienes una sonrisa enorme. ¿Qué la ocasiona?".

"Bueno, cariño, acabo de hablar por teléfono con mi abogado y me dice que el acuerdo de venta no tiene cláusula de no competencia ni de no captación. Dijo que lo encontró muy extraño cuando lo leyó por primera vez, pero no encontró nada malo, por eso no dijo nada al respecto y por eso me recomendó que aceptara la oferta, porque no sólo la oferta financiera era generosa, sino que significaba que, si quería volver al 'negocio del cabello', como tú lo llamas, podría hacerlo. Por cierto, no pienses que no sé que me tienes en tu teléfono como "Peludo". Bastante insultante, por cierto". Se acurrucó contra mí y continuó: "Danny, yo digo que comencemos esa asociación de la que hablamos anoche y que la hagamos progresivamente ahora que tenemos todos los hechos". ¿Qué dices, muchacho?".

Antes de que pueda responder, alguien llama a la puerta y veo a esta atractiva dama rubia con un lindo corte de pelo corto que me indica que quiere entrar.

"Albert, necesito conseguir esto. Espera mientras veo cómo puedo ayudar a este cliente".

"Claro, cariño, me sentaré aquí en silencio como si estuviera en un monasterio, pero antes de eso, me prepararé un café arriba. ¿Está bien?".

"¿Qué Albert, hoy no hay Venti de Java Hutt?".

"No estoy de humor, cariño, hoy no. Nos vemos en un santiamén".

Entonces, cuando Albert subió las escaleras, abrí la puerta y miré directamente a los ojos de la dama. Me quedé helado. "Alessia, eres tú, ¿verdad?".

Alessia entra y repite la pirueta de Albert, cierra la puerta detrás de ella y me planta un largo y dulce beso antes de que pueda reaccionar. No era así como pensé que la volvería a ver, pero a quién le importa. Alessia ha vuelto, al menos, por ahora.

"Alessia, ¿dónde has estado? ¿Cómo es que te ves así? ¿Cómo es que vendiste tu casa? ¿Por qué dejaste tu trabajo?". Probablemente tenía algunas preguntas más, y todo lo que ella hizo fue colocar su dedo índice en mis labios, tomó mis manos y me llevó de regreso al mismo sofá en el que había estado sentado con Albert hacía unos minutos.

"¡Oh, Danny, he sido una tonta en la forma en que te traté, y una tonta deshonesta además!".

"¿Qué quieres decir con eso Alessia? ¿Qué quieres decir con deshonesta?".

"Vi a Albert ir hacia atrás. ¿Regresará? Quiero que él también escuche lo que tengo que decir".

"Sí, fue hacia atrás. Subió las escaleras para prepararse una taza de café. Le haré bajar", así que saco el móvil del bolsillo y cuando contesta a todo digo: "Albert. Ahora, abajo, pronto", y cuelgo.

Lo que suena como una manada de elefantes pisoteando las escaleras, es Albert corriendo escaleras abajo hacia el salón donde estamos sentados Alessia y yo, y de repente se detiene.

"¡Alessia! ¡Regresaste cariño!" y la pone de pie y le da un abrazo de oso y la besa en ambas mejillas, pero luego, da un paso atrás: "Espera, ¿por qué debería estar feliz de verte? ¡Destruiste el corazón de mi mejor amigo cuando te fuiste!".

"¡Albert! ¿Cómo me reconociste?".

"No te reconocí. Reconocí el bolso Birkin Hermès de piel magnolia Togo con exclusivos herrajes de paladio que te regalé, cariño, y que, por cierto, queda maravilloso en tu brazo".

"Veo que el cambio me hace ver bastante diferente. Déjenme explicarles el porqué del cambio y las razones por las que volví a verlos a ambos, primero, para disculparme y explicarles el por qué. ¿Puedo?".

Ambos asentimos y Albert cruza alrededor de la mesa de café y toma el segundo sofá frente a nosotros, y Alessia comienza su historia.

"Le dije a Danny que había sido deshonesta con él y estoy aquí para explicarlo y disculparme. Cuando Danny me pidió que me uniera a ustedes en la 'adquisición' de los collares y me explicó el plan, miré y actué como si me indignara, pero en realidad fue un acto, un acto deshonesto".

Mirándome a mí y después a Albert, Alessia continúa hablando: "Verás, también le oculté a Danny un secreto que no divulgué esa noche como lo hizo él cuando mencionó las actividades extracurriculares en las que ambos han estado. Yo también he tenido mis propias actividades extracurriculares. Estas actividades son un medio sencillo para proporcionarme fondos para comprar y ampliar mi colección de libros. Soy una pequeña ladrona. Una ladrona común y corriente de tipo modesto. Sólo entro en las tiendas para conseguir artículos que podría vender o empeñar, pero en cantidades menores. Lo suficiente como para ayudarme en mi compra de libros coleccionables, pero nunca en la magnitud en la que ustedes dos lo han hecho. Robo principalmente en joyerías y en pequeñas cantidades en la parte de la costa norte de la ciudad. A veces, uno o dos artículos me daban entre $40,000 y $50,000 dólares, suficiente para que valiera la pena y, con suerte, lo suficiente como para que después de un tiempo, la policía dejara de vigilar poco a poco, especialmente después de que las compañías de seguros pagaran su compensación a la joyería".

"¿Por qué Alessia? ¿Por qué no compartiste esto conmigo esa noche en *Petite Maison*?" Lo habría entendido. Sinceramente, no te habría juzgado (y nunca, nunca lo habría hecho). Y, por cierto, por experiencia puedo decirte que la policía no olvida un robo. Puede que les lleve una eternidad, pero no dejan de buscar sospechosos".

"Está bien, es bueno saberlo", dijo Alessia. "Por una tonta razón, pensé que, si iba a pasar el resto de mi vida contigo, necesitaba estar en la misma clase de 'experto en adquisiciones' que ustedes dos. Entonces, fingí que me insultaban y salí furiosa del restaurante para robar los collares yo misma usando el plan que dijiste que Albert había ideado".

"¿Usaste mi plan?" Pregunta Albert y antes de que Alessia pueda responder, añade: "¿Funcionó?".

En ese momento, Alessia abre su bolso Hermes y saca una gran caja azul Tiffany y la desliza hacia Albert, quien gradualmente le quita la tapa y sus ojos se salen de sus órbitas, y luego, lentamente, gira la caja para que pueda ver su contenido y, sí, puedo afirmar enfáticamente que Alessia ha llegado a las "grandes ligas" en el sector del robo.

Mirando a Alessia simplemente pregunto: "¿Cómo?".

"Solamente seguí el plan que me explicaste con sólo unos pequeños ajustes en cuanto a la táctica para obtener la clave, pero en general, seguí paso a paso lo que me habías explicado. Lo único que no puedo hacer es deshacerme de los collares, así que ahora que me he convertido en la proverbial tercera rueda de esta asociación, pensé en venir, disculparme y entregar los productos a los profesionales".

Me tomo un momento para pensar en lo que Alessia acaba de decir y miro a Albert, quien parece babear por los collares, porque sí, son impresionantes, pero todavía estoy herido, terriblemente herido, y aún así, al ver a Alessia, el dolor parece ser menor.

"Alessia, sólo puedo decir que todavía estoy herido. Estos últimos meses han sido horribles para mí. Me sentí perdido, solo, sin valor, es probablemente la mejor palabra para describir mi autoestima, y ahora entras, nos dices que lo sientes, dejas caer los collares frente a nosotros como muestra de disculpa y ¿esperas qué? ¿Qué esperas Alessia? ¿Puedes contestarme eso?".

Veo algunas lágrimas rodar por los ojos de Alessia y, Dios mío, también de los de Albert, y antes de que Alessia pueda responderme, Albert casi grita: "Oh, tonto. ¿No ves que ella te ama? Mira dentro de tu corazón para perdonarla. Sus acciones cimentaron su relación contigo, Danny. ¿No puedes ver eso? Ella consideró que con sólo lograr un puntaje grande crearía el nivel de confianza que se requiere para estar en este tipo de 'negocio de adquisiciones' en el que hemos estado durante años y confiar unos en otros, ¿no es así? Una vez más, Danny, entiendo de dónde viene Alessia y acepto lo que hizo. ¿Harás lo mismo?".

Miro a Albert al otro lado de la mesa de café y veo la sinceridad en su rostro y el tono de sus palabras, luego me giro y miro a Alessia, sentada a mi lado, esperando una respuesta que diga si la acepto o la rechazo. ¿Cuál será? En lo que debió parecer una eternidad, miré directamente a Alessia, respiré hondo y la enfrenté con mi respuesta.

"Alessia. ¿Quieres casarte conmigo?".

Antes de que Alessia pudiera responder, Albert saltó de su sillón y comenzó a gritar, saltar y llorar, sí, mucho llanto y muchas ráfagas cortas de palabras como: "Maravilloso". "Tan condenadamente espléndido", "Una boda, una boda". "¿Qué me voy a poner?" "¿A quién vamos a invitar?" "¿Dónde lo vamos a hacer?" "¿Cuándo?" "¿Cuál es el mejor mes para una boda?" "¿Qué van a vestir las chicas?" "¡Mucho que hacer!" "¡Hay mucho que planear!".

Excelente, creo, y ni siquiera es su boda. ¿Cómo será cuando le toque? Me lo pregunto y me vuelvo hacia Alessia, que todavía tiene lágrimas en los ojos, pero también una sonrisa radiante y, mientras espero su respuesta, la puerta de entrada suena.

Mirando mi reloj, veo que son casi las 13:00 horas y me pregunto cuántos clientes perdí hoy porque tenía mi registro cerrado. No importó, pero el tiempo pasó volando y durante nuestra conversación pareció detenerse. Entonces, hago un gesto a Alessia y a Albert para hacerles saber que voy a ver quién está en la puerta y, cuando me acerco, veo que es el señor Carmichael.

Mientras le abría la puerta, él entró, miró a Alessia y a Albert y luego dijo: "¿Estoy interrumpiendo algo? Puedo volver más tarde si lo deseas".

"No, señor Carmichael, eso está bien. ¿Le puedo ayudar en algo?".

"Necesito preguntarte algo en privado. ¿Podemos ir a la parte trasera de la tienda?".

Señalando hacia el salón donde están sentados Alessia y Albert, le digo: "Venga, señor Carmichael, y siéntese junto a mis amigos". Lo que tenga que decir lo puede decir delante de ellos. No tengo secretos para ellos". Noto que Albert esconde cuidadosamente la caja de

Tiffany detrás de él y se inclina hacia atrás para ocultarla al señor Carmichael. Alessia también se levantó y se sentó junto a Albert.

"¿Misterios? ¿Qué secretos, Danny?", pregunta Albert.

Hago una rápida presentación del señor Carmichael y luego le digo que haga sus preguntas mientras nos sentamos en el sofá vacío frente a Alessia y Albert.

"Bueno, señor Monk, ¿ha pensado en mi propuesta sobre la tienda?".

"Danny, ¿de qué propuesta está hablando el señor Carmichael?". Pregunta Alessia.

"Bueno, Alessia, Albert. El señor Carmichael me ha hecho una propuesta muy generosa para comprar la tienda, el edificio y todo el stock. Todo".

"¿Qué? ¿Cuándo pasó esto? ¿Cómo es que no sé nada al respecto? Danny, ¿ibas a decirme esto en algún momento?". Albert muy infeliz espetó mientras Alessia se quedaba sentada en silencio. Mirando y escuchando.

"Señor Monk, ¿este hombre es tu socio comercial? Mi registro muestra que tú eres el único propietario de *Village Books & Stuff*. ¿Te importaría explicar qué está pasando?". Dice el señor Carmichael bastante indignado.

"Soy su socio espiritual, señor, no su socio comercial. Hasta ahora soy yo quien se ha ocupado de él, pero le pasaré el testigo en breve", señalando a Alessia quien sonríe ante esa afirmación.

"No entiendo señor Monk. ¿Ha tomado una decisión, señor?".

"Sí, señor Carmichael. Su oferta es extremadamente generosa, pero la rechazaré. *Village Books & Stuff* no está a la venta".

Como siempre, Albert empezó a aplaudir y a hacer muecas al señor Carmichael, lo cual no era necesario, lo miré severamente y se detuvo. Alessia se levantó, me dio un rápido beso en la mejilla y suavemente me susurró al oído: "bien por ti" antes de volver a sentarse junto a Albert.

"Bueno, eso es todo. Como te comenté, no regateo, y te agradezco tu decisión. Buen día señor". El señor Carmichael se levantó y se giró para irse, y lo acompañé hasta la puerta. Le pregunté mientras salía por la puerta: "Señor Carmichael, ¿Qué cambios iba a realizar en la tienda si hubiera dicho que sí a la compra?".

"Sí, iba a hacer cambios. Iba a vender el periódico de Northport en la tienda y ahorrarme el tener que caminar hasta el quiosco". Me estrechó la mano y me dejó con una sonrisa en el rostro. Cerré la puerta de nuevo y regresé con mis camaradas.

"Ibas a decírmelo, ¿verdad, Danny?", dijo Albert.

"Sí, te lo iba a decir Albert, pero después de que tu abogado aclaró la pregunta, no hay razón para que venda y, si obtengo la respuesta correcta de Alessia, bueno, eso también consolida la respuesta".

"Entonces Alessia, ¿cuál es tu respuesta? ¿Quieres convertirte en la señora de Daniel Monk?".

Alessia miró a Albert, luego a mí y luego dijo: "Bueno…"

SOBRE EL AUTOR

La revolución cubana de 1959 le presentó a José uno de los muchos desafíos de su vida. José nació en La Habana, Cuba y la revolución cubana lo vieron subir solo a un avión a los once años y llegar a un orfanato en el pequeño pueblo de Washington, Georgia. No volvió a ver a sus padres hasta que cumplió dieciocho años y se graduó de la escuela secundaria en Atlanta, Georgia.

Estudió Administración de Empresas en la Universidad Estatal de Georgia. De la universidad, se dirigió al mundo de las finanzas trabajando para el First National

Bank de Atlanta (ahora Wells Fargo) y luego pasó al mundo de la consultoría financiera trabajando como gerente de proyectos, viajando a muchas asignaciones en los Estados Unidos, Europa y Australia.

José comenzó a escribir su primera novela después de iniciarse en la escritura creativa en un grupo de escritores en Camden, Nueva Gales del Sur, Australia. Esto le dio "el virus", como él lo llama, y pronto su mente creó su primer personaje importante: Danny Monk.

Actualmente, José está trabajando en una antología de cuentos basados en sus escapadas del orfanato y otras experiencias divertidas de la vida.

Cuando José no está escribiendo, puedes encontrarlo sentado en el centro comercial local observando a la gente y obteniendo inspiración para sus futuros personajes.

Cuando no está frente a su computadora trabajando, José lee o pasa tiempo con su esposa dando largos y tranquilos paseos por el área de Camden.

Visite   www.jfnodar.com.au   o www.northportbooksellers.com.au para obtener más información.

Si tiene algún comentario que desee compartir sobre este libro o cualquiera de mis libros, envíeme un correo electrónico a: info@jfnodar.com.au Te responderé en 24 horas.

¡Gracias por su compra!

José F. Nodar © 2024

www.ingramcontent.com/pod-product-compliance
Lightning Source LLC
Chambersburg PA
CBHW061052100726
47911CB00012B/195